POLTERGEIST UND POPCORNMUSTER

DER STRICKCLUB DER VAMPIRE, BAND 9

NANCY WARREN

ISBN: Ebook 978-1-990210-81-5

ISBN: Gedruckt 978-1-990210-82-2

Cover-Gestaltung von Lou Harper von Cover Affair.

Übersetzung: Christine L. Weiting – Language + Literary Translations, LLC.

Ambleside Publishing

VORWORT

Band 9 – Poltergeist und Popcornmuster: Ein paranormaler Cosy-Krimi

Macht ein mörderischer Poltergeist Oxford unsicher?

Als in einem College in Oxford ein Hausmeister die Bibliothekstreppe hinunterstürzt und ums Leben kommt und auch noch eine Professorin angegriffen wird, macht die Gerüchteküche dafür einen Poltergeist verantwortlich, der dort angeblich sein Unwesen treibt.

Als passionierte Strickerin ist die Professorin Kunde in Lucy Swifts Handarbeitsgeschäft *Cardinal Woolsey's*. Lucy ist überzeugt, dass hier ein lebendiger Mörder am Werk ist, der sein Verbrechen einem wehrlosen Geist in die Schuhe schiebt. Daher entschließt sie sich, dem wahren Täter eine Falle zu stellen und dem Mordopfer Gerechtigkeit widerfahren zu lassen.

Doch am College lauert Gefahr, als dort alte Geheimnisse und neue Verbrechen aufeinandertreffen. Rafe Crosyer, Vampir und Experte für antike Bücher wird beauftragt, die Literatursammlung des Colleges zu begutachten und erlebt hautnah, wie wütend der Geist wirklich ist.

So wütend, dass er jemanden umbringen würde? Oder versucht der tobende Poltergeist, Lucy und Rafe etwas anderes mitzuteilen?

Und werden sie die Botschaft entschlüsseln, bevor es zu spät ist?

Melden Sie sich zu Nancys spamfreien Newsletter auf NancyWarrenAuthor.com an und erhalten Sie gratis die Geschichte von Rafe, dem hinreißend attraktiven Vampir aus der Serie *Der Strickclub der Vampire.*

Werden Sie Teil von Nancys privater Gruppe auf Facebook, wo wir uns über Bücher, Stricken, Haustiere und das Leben an sich austauschen. facebook.com/groups/NancyWarren-Knitwits

POLTERGEIST UND POPCORNMUSTER

KAPITEL 1

enn ich „Popcorn" höre, denke ich an Kino und an einen Karton mit knusprigem Puffmais, gewürzt mit extra viel Salz und Butter. Ich gehöre nämlich nicht zu den Menschen, die meinen, Popcorn sei etwas zum Abnehmen. Für echte Hardcore-Strickerinnen, zu denen ich ebenfalls nicht gehöre, ist Popcorn hingegen eine Art Noppenmuster. Wenn man das Popcornmuster richtig hinbekommt, entsteht damit ein voluminöses Kleidungsstück voller Noppen, die tatsächlich wie Popcorn aussehen. Alice Robinson Wright, die gerade von ihrer Hochzeitsreise durch die großen Bibliotheken Europas zurück war, hatte sich bereit erklärt, in meinem Laden, Cardinal Woolsey's, einem Strick- und Wollgeschäft in Oxford, einen Strickkurs zum Thema Popcornmuster anzubieten.

Als sie mit einem im Popcornmuster gestrickten Pullover in meinen Laden gekommen war, hatte mir dieser so gut gefallen, dass ich sie fragte, ob sie bereit wäre, dazu einen Kurs bei mir zu halten. Sie stimmte zu, und schon bald hatten sich acht Personen dazu angemeldet. Genau die richtige Anzahl, um Alice nicht zu sehr einzuschüchtern, da zu viel Publikum sie nervös machte. Der Unterricht würde bei Cardinal Woolsey's im Hinterzimmer stattfinden.

Es war Ende Januar, die schreckliche Zeit des Jahres, in der die Feiertage vorbei waren und der Frühling noch in weiter Ferne schien. Die Tage waren kurz, kalt und bewölkt. Das perfekte Strickwetter.

Zwanzig Minuten vor geplantem Kursbeginn am Montagabend traf Alice ein. Ihren Popcorn-Pullover trug sie zu einer bequemen Jeans. Sie strahlte übers ganze Gesicht. Die Ehe bekam Alice eindeutig sehr gut, ganz besonders die Ehe mit dem Mann, in den sie jahrelang hoffnungslos verliebt gewesen war. Aber es war eben doch nicht hoffnungslos gewesen. Charlie Wright, Besitzer von Frogg's Books, dem Buchladen gegenüber von Cardinal Woolsey's, war einfach nur ahnungslos und sich seiner eigenen Gefühle nicht bewusst gewesen.

Hexe zu sein hat in so einem Fall durchaus seine Vorteile. Es gelang mir nämlich, den beiden etwas auf die Sprünge zu helfen – wenn auch mit einigen ungeplanten und vorübergehend katastrophalen Folgen – bis Charlie und Alice schließlich nicht nur glücklich verliebt waren, sondern mich auch baten, bei ihrer Hochzeit Brautjungfer zu sein.

Die Hochzeit war leider Schauplatz eines schrecklichen Verbrechens geworden, aber Alice und Charlie hatten diesen schweren Start mit einer Zweisamkeit überwunden, die darauf schließen ließ, dass sie eine lange und glückliche Ehe führen würden. Ihre Flitterwochen hatten sie wegen der Mordermittlungen verschieben müssen und sie letztendlich über Weihnachten mit einer schönen Reise nach Italien nachgeholt.

Alice hielt eine Geschenktüte in der Hand, als sie hereinkam, und überreichte sie mir mit den Worten: „Die habe ich in Italien gesehen und dachte, sie wären perfekt für dich."

Geschenke liebe ich, so sehr wie jeder andere auch. Ehrlich gesagt, vielleicht sogar noch mehr. Erfreut öffnete ich also das Päckchen. Darin befand sich eine sehr schicke Tüte mit italienischer Aufschrift.

„Die habe ich in Florenz gefunden, in einer Seitenstraße in der Nähe der Ponte Vecchio. Da konnte ich einfach nicht widerstehen."

Ich öffnete das kleine Schmuckkästchen, das zum Vorschein kam, und darin lag ein Paar Ohrringe: Kleine silberne Stricknadeln mit winzigen Wollknäueln. Ich war so begeistert, dass ich mich zu Alice hinüberbeugte und sie umarmte. Die silbernen Creolen, die ich bisher trug, tauschte ich sofort gegen die neuen Ohrringe. Da wir auch fertig gestrickte Pullover verkauften, hatte ich einen Spiegel im Laden, in dem ich mich betrachten konnte. Die Ohrringe tanzten, als ich meine langen blonden Locken über meine Schulter warf.

Ich war gerade fertig mit dem Bewundern meiner Ohrringe, da kamen auch schon die Strickschüler und -schülerinnen. Die erste war Eileen Crosby, eine elegante blonde Frau, Anwältin und frischgebackene Großmutter. Eileen verbrachte jede Sekunde ihrer Freizeit mit dem Stricken oder Häkeln von Decken und Pullovern sowie kleinen Schühchen und Mützchen für ihren kleinen Enkel. Natürlich gab es immer wieder neue Bilder von Baby Henry zu bewundern. Er war wirklich ein süßer kleiner Junge, und trug einiges zur Steigerung meines Umsatzes bei. Eileen hatte fast geweint, als ich sie um ein paar Fotos von Henry bat, auf denen er die von ihr gestrickten Sachen trug, damit ich sie neben der Babywolle an die Wand hängen konnte.

Hinter ihr kam Hudson Carter herein. Hudson war Mitte zwanzig. Er war groß, dünn und dunkelhaarig und studierte irgendetwas, das mit Philosophie und Mathematik zu tun hatte und so kompliziert war, dass ich nicht einmal verstand, was eigentlich sein Fachgebiet war. Er stammte aus Liverpool und strickte gerne zur Entspannung. Den Popcorn-Pulli wollte er seiner Mutter zum Geburtstag stricken. Ich fand es schön, dass zur Abwechslung einmal ein Sohn etwas für seine Mutter strickte.

Als Nächste kamen Florence und Mary Watt, zwei unverheiratete Schwestern, denen der Elderflower Tea Shop nebenan gehörte. Erst vor kurzem hatten sie ernsthaft mit dem Stricken begonnen. Beide waren um die achtzig und als meine Großmutter noch lebte, waren sie eng mit ihr befreundet gewesen. Granny war über sie immer auf dem Laufenden, aber jetzt, wo sie Mitglied des Vampir-Strickclubs war, durfte sie sich nicht mehr blicken lassen und musste so tun, als wäre sie tot und begraben. Da sie ab und zu schlafwandelte, kam sie manchmal in ihren früheren Laden gestolpert, was mir einigen Stress bereiten konnte. Mit einem Vergessenszauber musste ich dann ihre ehemaligen Kunden von der Erinnerung an die Begegnung mit einer Frau befreien, bei deren Beerdigung sie gewesen waren und die auf einmal höchst lebendig wirkend vor ihnen stand. Auf mich selbst konnte ich diesen Vergessenszauber allerdings leider nicht anwenden!

Die Schwestern Watt sprachen davon, sich zur Ruhe zu setzen, und hatten zu stricken begonnen, um ihre Tage auszufüllen. Ich persönlich bezweifelte, dass sie jemals in den Ruhestand treten würden. Sie liebten ihre Arbeit, und niemand backte so leckere Scones wie Mary Watt. Aber sie hatten Freude am Stricken und hatten sich daher beide für diesen Kurs entschieden.

Polly und Scarlett kamen atemlos und mit roten Wangen an. Polly hatte mit dem Stricken begonnen, um ihre Hände zu beschäftigen, während sie mit dem Rauchen aufhörte, und Scarlett, die mir manchmal im Laden half, wollte sie dabei unterstützen. Beide waren Studentinnen am Cardinal College, in unmittelbarer Nähe von Cardinal Woolsey's. Violet, meine Cousine und Verkäuferin, kam als Letzte. Normalerweise würde sie keine Kurse belegen, da sie bereits eine gute Strickerin war, aber sie hatte Liebeskummer und musste sich beschäftigen. Vi hatte sich in einen Mann verliebt, der nicht bei ihr geblieben war. Bei der Hochzeit von Charlie und Alice war Alistair Grundell-Smythe Trauzeuge gewesen, und Violet Brautjungfer. Sie hatten sich gut verstanden, aber er hatte sich als eine ziemliche Enttäuschung erwiesen. Er war ohne ein Wort des Abschieds nach London zurückgekehrt.

Um fünf vor sieben waren alle da, außer Fiona McAdam, einer Professorin für Frauenliteratur am Saint Mary's College. Ihre Unpünktlichkeit überraschte mich, denn Fiona war mir bisher nicht als unzuverlässig aufgefallen. Sie wohnte erst seit ein paar Monaten in Oxford und war eine begeisterte Strickerin. Wir hatten uns angefreundet, da sie so oft in meinem Laden war, um Wolle zu kaufen. In ihrem Beruf musste sie so viel lesen, dass sie zu Hause zur Entspannung lieber Hörbücher hörte und dabei strickte. Sie war außerdem süchtig nach TV-Krimis, die in Oxford spielten, und konnte auch beim Fernsehen stricken.

Sie war alleinstehend, und ich fragte mich, ob sie vielleicht ein wenig einsam war. Es war nicht leicht, in eine neue Stadt zu ziehen, das wusste ich sehr wohl. Ich hatte das Glück oder das Pech gehabt – das ist Ansichtssache –, hier sofort ein Netzwerk zu finden: Ich entdeckte, dass eine Gruppe extrem strickbegabter Vampire unter dem Cardinal Woolsey's ihr Zuhause hatten und meinen Laden als Zweitwohnung betrachteten.

Zuerst war ich entsetzt, aber als ich die Vampire näher kennengelernt hatte, wurden sie meine Freunde. Jedoch macht man Leute, die die Kämpfe des Ersten Weltkriegs selbst im Schützengraben erlebt haben oder einst mit Heinrich VIII. beim Bankett saßen, nicht mit seinen sterblichen Freundinnen bekannt. Daher schlug ich Fiona die Teilnahme am Popcornkurs vor, in der Hoffnung, sie könne sich dort mit ein paar lebendigen Menschen anfreunden. Eigentlich brauchte sie keinen Strickunterricht, aber die Kurse waren immer gesellig und eine gute Möglichkeit, andere Strickbegeisterte kennenzulernen. Ihr gefiel sowohl die Idee als auch der Musterpulli, den ich ihr zeigte, und sie meldete sich sofort an.

Einige der Kursteilnehmer waren bereits in den hinteren Raum gegangen, aber ich stand noch am Fenster. Die Schwestern Watt beobachteten immer gerne das Kommen und Gehen auf der Harrington Street, also leisteten sie mir Gesellschaft und schauten ebenfalls aus meinem Schaufenster.

Nyx, meine schwarze Katze und Vertraute, war an ihrem

üblichen Platz und döste in dem Wollkorb, der fester Bestandteil meiner Schaufensterauslage ist. Tagsüber ist er zu ihrem Bett geworden, und da viele Passanten stehenbleiben, um sie zu bewundern und Fotos zu machen, sehe ich sie auch als Bestandteil meines Marketingprogramms. Sie drehte sich auf den Rücken und starrte uns mit ihren grüngoldenen Augen an, da wir sie offensichtlich bei ihrem Nickerchen störten.

„Ich verstehe nicht, was mit Fiona passiert ist", sagte ich und ignorierte Nyx wortlose Aufforderung, mich woanders hinzustellen. Von Fiona war nichts zu sehen, aber auf der gegenüberliegenden Straßenseite ging ein Paar vorbei, das sich angeregt unterhielt. Florence sah Mary mit einem wissenden Lächeln an. „Die zwei scheinen sich wirklich gut zu verstehen." Natürlich schaute ich mir daraufhin das Paar, das sich freundlicherweise gerade unter einer Straßenlaterne befand, genauer an. Auf den ersten Blick hätte ich die beiden nicht für ein Liebespaar gehalten. Sie berührten sich nicht, der Abstand zwischen ihnen war ziemlich groß, und irgendetwas an ihrer Körpersprache ließ den Gedanken an Turteltauben abwegig erscheinen.

Die Frau hatte kurzes, graues, dauergewelltes Haar, und eine große Brille dominierte ihr Gesicht. Sie trug einen praktischen marineblauen Wollmantel und darunter eine schwarze Hose und schwarze Laufschuhe. Der Mann neben ihr war etwas eleganter. Sein graumeliertes Haar war kurz, aber schick geschnitten. Sein kamelfarbener Mantel hatte den Glanz von Kaschmir, und seine Lederstiefel schimmerten im Licht der Straßenlampe wie frisch poliert. Er war groß mit kräftigem Brustkorb, während seine Begleiterin wie ein kleines Vögelchen wirkte. Während sie sich unterhielten, hielt er seinen Kopf zu ihr hinuntergebeugt.

Mary schüttelte den Kopf. „Ich bin mir da nicht so sicher, Florence." Dann schaute sie zu mir. „Sie kommen gelegentlich in unsere Teestube. Also, Cassandra Telford kennen wir natürlich. Sie wohnt in der Nähe und kommt ziemlich oft vorbei. Sie arbeitet an einem der Colleges. Er ist irgend so ein internationaler Geschäftsmann. Wir wissen nicht, wie er heißt. Er zahlt immer in bar." Kunden, die keine Spuren in Form eines Kreditkartenbelegs hinterließen, mochte sie nicht. „Flo ist überzeugt, dass sie eine Fernbeziehung haben."

Unser Interesse blieb völlig unbemerkt, während das Paar an uns vorbeiging und dann aus unserem Blickfeld verschwand, als es am Ende der Straße nach links abbog.

Ich schaute noch ein paar Minuten lang aus dem Fenster. Von Fiona keine Spur.

Um fünf nach sieben hatten alle Teilnehmer im Hinterzimmer Platz genommen und waren startbereit. Achselzuckend schlug ich Alice vor, schon einmal anzufangen, während ich Fiona anrief. Vielleicht war sie ja eingeschlafen. Oder sie war krank. Eigentlich schien sie nicht der Typ zu sein, der mir nicht telefonisch oder per E-Mail mitteilen würde, dass sie nicht kommen kann.

Als ich sie auf dem Handy anrief, ging der Anruf direkt auf die Mailbox. Ich hinterließ für alle Fälle eine Nachricht. Danach räumte ich den Laden auf und bearbeitete meine Online-Bestellungen, während hinten der Kurs lief.

Den Vorhang zwischen dem vorderen Teil des Ladens und dem Hinterzimmer hielt ich geschlossen, aber trotzdem konnte ich Alices leise Stimme hören, wenn sie etwas erklärte, dann das Gemurmel der Unterhaltungen und gelegentlich Gelächter. Es schien eine gesellige Runde zu sein, und ich bedauerte, dass Fiona es heute Abend nicht geschafft hatte zu kommen. Vielleicht sollte ich Vi oder Alice bitten, mir zu zeigen, wie man ein Popcornmuster strickte, und selbst an dem Kurs teilnehmen.

Ich griff gerade in das oberste Regalfach, um ein paar Knäuel Kammgarn in einem wunderschönen Weinrot herauszuholen, um einen Auftrag zu erledigen, als eine Männerstimme hinter mir sagte: „Lass mich das für dich holen.“

Die Stimme im kühlen Befehlston jagte mir einen Schauer über den Rücken. Ich drehte mich um und sah Rafe Crosyer vor mir, der wie immer perfekt gestylt war und umwerfend aussah. Ich hob die Brauen. „Ich dachte, ich hätte die Vordertür abgeschlossen.“

„Wirklich?“

Ich wusste echt nicht, warum ich mir überhaupt die Mühe machte. Er kam und ging sowieso, wann er wollte. Seit etwa fünfhundert Jahren war er ein Vampir und ließ sich von so banalen Dingen wie Türschlössern nicht daran hindern zu tun, was ihm gefiel. Glücklicherweise war er für mich sowohl ein Freund als auch ein Beschützer. Und noch etwas, das ich nicht näher definieren wollte. Also trat ich zurück und ließ ihn an das hohe Regal. „Drei Knäuel.“ Er brauchte keine weiteren übernatürlichen Kräfte als seine Körpergröße von 1,90 m im Vergleich zu meinen 1,70 m. Er reichte mir die Wolle, und ich legte sie zu der Bestellung. Ich sprach leise, um die Strickenden im Hinterzimmer nicht zu stören. „Was machst du denn hier?“

„William schickt mich.“

Er deutete auf eine Plastikkühlbox, die direkt in der Tür

stand, und sofort war mein Interesse geweckt. William Thresher war Rafes Butler und ein unglaublich guter Koch. Sein Problem war, dass es nicht sehr befriedigend war, für Rafe zu kochen. Wenn William also zum Kochen kam, gab er mir gerne etwas von seinen Kreationen ab. Ich war ein begeisterter Fan seiner Kochkünste, es kamen also dabei alle auf ihre Kosten.

„Seit der Hochzeit von Charlie und Alice hat William immer wieder Angebote für Cateringjobs bekommen. Er hat dir einige Proben zur Verkostung geschickt und möchte wissen, was du davon hältst."

„Nach allem, was ich bisher von William gekostet habe, stimme ich für alles mit Ja. Aber natürlich werde ich erst alles aufessen, bevor ich eine endgültige Entscheidung treffe."

Nyx erwachte, erhob sich und streckte ihren Rücken. Dabei stand sie mit den Pfoten im Wollkorb, der zu ihrem Bett geworden war. Natürlich würde ich die Wolle darin, die voller Katzenhaare war, niemals verkaufen können, aber Nyx sah so niedlich aus, dass sie mir immer neue Kunden brachte. Viele Leute konnten einfach nicht widerstehen und mussten hereinkommen. Auf vielen Facebook-Posts, auf Instagram und wer weiß, wo sonst noch, waren die Fotos meiner Katze zu sehen.

Sie war ein Riesenfan von Rafe, also kam sie heruntergesprungen, gesellte sich zu uns und rollte sich um seine Beine. Dann miaute sie, um auf den Arm genommen zu werden. Als er das tat, krabbelte sie an seiner Brust hoch, legte sich über seine Schulter und blieb dort zufrieden schnurrend hängen.

Sie waren so eng miteinander verbunden, dass mir das Herz aufging, wenn ich sie so sah. „Willst du nicht schon raufgehen? Der Kurs ist in etwa einer halben Stunde zu

Ende, dann komme ich nach. Dann kannst du William meinen Bericht schon heute Abend überbringen."

Schließlich war der Kurs vorbei. Zufrieden mit ihren Fortschritten kamen die Stricker und Strickerinnen aus dem Hinterzimmer. Sie verabschiedeten sich alle von mir, bis zur nächsten Woche, und dann gingen sie. Alice und Vi gingen als Letzte. „Ist es gut gelaufen?", fragte ich.

„Ja", antwortete Alice. „Ich glaube, die meisten von ihnen brauchen gar keine Anleitung. Sie waren alle sehr geübt. Aber mir hat es Spaß gemacht."

„Du hast das wunderbar gemacht", sagte Violet zu ihr. Vi hatte dunkle Augenringe und hatte aufgehört, sich die vordere Haarpartie zu färben, was immer ihr Markenzeichen gewesen war. Ich machte mir ziemliche Sorgen um sie. Alice anscheinend auch, denn sie sagte: „Violet und ich werden den Abend im Pub ausklingen lassen. Ich glaube, Scarlett und Polly kommen auch. Komm doch vorbei, wenn du Lust hast."

„Gern, wenn ich es schaffe." Aber an erster Stelle meiner Tagesordnung stand jetzt erst einmal die Verkostung köstlicher Leckereien.

Ich schloss hinter ihnen ab und ging dann rasch ins Hinterzimmer und schloss die Falltür dort auf. Diese führte zu den Tunnelgewölben unter der Stadt, wo die Vampire in einem wunderschönen unterirdischen Komplex unter meinem Laden wohnten. Es gab viele Eingänge zu den Tunneln, aber oft kamen und gingen die Vampire durch mein Hinterzimmer. Das Schloss konnte sie nicht aufhalten, aber es erinnerte sie daran, einen anderen Weg zu nehmen, falls sich Menschen im Hinterzimmer aufhielten.

Dann ging ich die Treppe hinauf in meine Wohnung.

Rafe hatte den Tisch für mich gedeckt und sogar eine Flasche Rotwein geöffnet. Diese sah sowohl alt als auch teuer aus, stammte also wahrscheinlich aus Rafes eigenem Weinkeller und nicht aus dem Schrankfach über meinem Kühlschrank, wo ich meinen mageren Weinvorrat aufbewahrte. Er sagte: „William wollte, dass du das Essen mit dem Wein probierst, den er dazu zu servieren gedenkt."

„Ich bin wirklich froh, dass ich heute Abend keine Zeit hatte, richtig zu Abend zu essen."

Während wir uns unterhielten, servierte er eine Lobster-Bisque. Er selbst aß nichts, aber er schenkte sich ein Glas Wein ein, um mir Gesellschaft zu leisten. Ich kostete von der Suppe und hätte am liebsten gleich alles aus dem Suppenteller getrunken. Sie war cremig und zart, mit ordentlich großen Hummerstücken. „Wie lecker", stöhnte ich.

„Hervorragend. William wird sich freuen. Irgendwelche Kritik?"

„Ja. Der Teller ist zu klein."

„Hebe dir etwas Hunger für den zweiten Gang auf."

Während des Essens erkundigte ich mich nach seiner Arbeit. Diese war sehr interessant: Er restaurierte alte Schriften, von Papyrusrollen bis hin zu Erstausgaben aus neuerer Zeit. Er sagte: „Im Moment arbeite ich an einem Gutachten der Sammlung des St. Mary's College."

Ich schaute zu ihm hoch. „Für Versicherungszwecke?"

„Das ist die offizielle Begründung der Hochschule, aber ich vermute, dass die Sammlung verkauft werden soll. St. Mary's ist finanziell angeschlagen, und man munkelt, dass das College einen seiner größten Geldgeber verlieren wird."

„Wieso das?"

Er lehnte sich zurück und streckte seine langen Beine vor

sich aus, wobei er einen Knöchel über den anderen legte. „Aus zwei Gründen. Erstens fehlen die wertvollsten Stücke aus der Sammlung der Bibliothek."

Ich hätte mich fast an meiner Suppe verschluckt und musste husten. „Was?" Erst seit ich Rafe kennengelernt hatte, war mir bewusst geworden, wie wertvoll einige dieser alten Bücher und Handschriften waren. „Wurden sie gestohlen?"

„Das ist genau die Frage." Er schaute in sein Glas, wo das Licht auf der Oberfläche des Rotweins spielte, so, als wäre er davon fasziniert. „Die Sammlung enthält ein frühes Manuskript von *Frankenstein* mit handschriftlichen Notizen von Mary Wollstonecraft Shelley."

„Wow." Selbst ich konnte mir ausrechnen, dass so etwas ein hübsches Sümmchen wert war.

„Und ein handgeschriebenes Manuskript von *Jane Eyre*. Das ist nicht nur als Einzelstück wertvoll, sondern auch, weil dazu eine Briefsammlung von Charlotte Brontë gehört."

„Das alles hat also nicht nur finanziellen, sondern auch wissenschaftlichen Wert."

Er sah mich anerkennend an. „Genau. Es ist schon schlimm genug, wenn ein wertvolles Manuskript abhandenkommt, aber die dazugehörigen Notizen und Briefe der Verfasser sind im Grunde unbezahlbar."

„Gibt es irgendwelche Hinweise darauf, was passiert ist?"

Er konzentrierte sich wieder auf seinen Wein. „Die ehemalige Rektorin, eine Frau namens Georgiana Quales, ist vor fast zehn Jahren verstorben. Nach ihrem Tod wurde festgestellt, dass die Schätze verschwunden waren."

„Und in ihren Sachen wurde nichts gefunden? Keine Briefe? Nichts in ihrem Testament?"

„Es war ein plötzlicher Tod."

Die Art, wie er „plötzlicher Tod" sagte, ließ mich aufblicken. Plötzlicher Tod ist nicht gleich *plötzlicher Tod*. „Wie ist sie gestorben?"

„Ihr Genick war gebrochen. Sie wurde tot am Fuße einer Steintreppe aufgefunden, die zur Bibliothek hinaufführte."

KAPITEL 2

„Ein schlimmer Sturz", sagte ich, nachdem Rafe mir erzählt hatte, dass sich die ehemalige Rektorin des St. Mary's College bei einem Sturz von der Bibliothekstreppe das Genick gebrochen hatte.

„Das war es. Was noch schlimmer war: Nachdem sie während ihrer tadellosen Amtszeit viel zur Verbesserung von St. Mary's beigetragen hatte, liegt nun ein Schatten des Verdachts über ihrem Andenken."

Ich hatte das Gefühl, dass er mir einiges verschwieg. „Du hast sie gekannt, nicht wahr?"

„Ja. Ich würde sagen, dass Georgiana sich sehr für das College und ihre Studierenden engagiert hat. Ursprünglich war es ein Frauencollege, also eines der wenigen Colleges, wo Frauen studieren durften. Es besaß keine Ländereien, außer dem Grundstück, auf dem die Hochschule selbst steht, also sagte sie immer, diese wertvollen Schriften seien eine Art Versicherungspolice. Bei Bedarf hätte man sie verkaufen können, um das College zu retten."

„Und wo sind sie?"

„Eine sehr gute Frage."

„Es ist schon komisch. Eine meiner strickenden Kundinnen ist dort Professorin für Frauenliteratur. Ihr Name ist Fiona McAdam."

Er lächelte ein bisschen. „Eigentlich ist das kein Zufall. Ich habe Professorin McAdam kennengelernt, und da sie gerade am Stricken war, habe ich ihr von deinem Laden erzählt und ihr vorgeschlagen, einmal vorbeizukommen."

„Das war nett von dir. Sie ist auch eine gute Kundin. Heute Abend hätte sie eigentlich zu meinem Strickkurs kommen sollen, aber sie ist nicht aufgetaucht."

Er zog die Stirn in Falten. „Das ist seltsam. Ich habe sie nämlich heute gesehen. Sie sagte, sie komme heute Abend und freue sich darauf."

„Hat sie vielleicht krank ausgesehen oder so?"

„Nein. Vielleicht hat sie sich etwas eingefangen."

„Vielleicht. Sie ist nicht ans Telefon gegangen. Ich werde es morgen früh noch einmal versuchen."

„Also, wenn du jetzt deine Hummersuppe aufgegessen hast, habe ich hier von William Medaillons vom Filet Mignon in pikanter Cognacsauce an einem winterlichen Gemüse-Medley."

Um meine Lippen zuckte es. „Das hast du auswendig gelernt."

Seine Augen antworteten mit einem humorvollen Funkeln. „Nein, überhaupt nicht. Ich habe die Beschreibung für William sogar selbst geschrieben. Er ist viel zu bescheiden."

Ich fand es großartig, dass Rafe seiner rechten Hand half, sein Geschäft voranzubringen, und da ich selbst viele von Williams Gerichten gekostet hatte, vermutete ich, dass er bald sehr gefragt sein würde. „Hast du dir überlegt, was passiert, wenn William so sehr mit Catering-Jobs beschäftigt ist, dass er keine Zeit mehr hat, dein Butler und Verwalter zu sein?"

„Was willst du damit sagen?"

„Wir leben nicht mehr im Feudalzeitalter, Rafe. Er könnte kündigen."

Er schaute mich an, als ob wir uns doch noch im Mittelalter befänden und ich ein unterwürfiger Bauer wäre, der für seine Unverschämtheit bestraft werden sollte. „William wird nie aus meinem Dienst ausscheiden."

Ich fand das gar nicht lustig. „Du hast ihm doch nicht gedroht, oder?" Wie sonst könnte Rafe so sicher sein, dass sein Hausangestellter niemals gehen würde?

Wow, wenn ich dieser arme Bauer wäre, hätte ich mir jetzt nur noch mehr Ärger eingehandelt. Sein Blick wurde kalt und leer. So weltgewandt Rafe auch war – wenn er diesen kalten, harten Blick bekam, musste ich an seine dunkle Vergangenheit denken und daran, wozu er fähig war. „Glaubst du wirklich, ich würde einen treuen Diener so behandeln?"

„Nein." Das dachte ich wirklich nicht. „Aber wie kannst du so sicher sein, dass er nicht kündigt, wenn er ein erfolgreiches Unternehmen aufbaut? Nichts für ungut, aber ich bezweifle, dass er es leicht hat mit dir als Arbeitgeber." Vor allem für jemanden, der leidenschaftlich gerne kocht.

„William bleibt aus Treue bei mir."

„Ok, Treue kann ich verstehen. Ich sage mir auch gern, dass ich im Cardinal Woolsey's treue Kunden habe, aber wenn ein besseres Geschäft eröffnet, das die Wolle zu einem günstigeren Preis verkauft, werde ich sie verlieren."

Er stellte den zweiten Gang vor mich hin, und als ich davon kostete, war ich nur noch überzeugter, dass William auf dem besten Weg zu einem florierenden Geschäft war. Mit diesen Talenten könnte er am Ende Restaurants haben, die seinen Namen trugen, und vielleicht eine eigene Kochshow im Fernsehen.

Als Rafe sich wieder gesetzt hatte und ich zu sehr mit dem Essen beschäftigt war, um den Mund aufzumachen, sagte er: „Die Familie von William Thresher steht seit mehr als zwanzig Generationen in meinen Diensten."

Ich hörte auf zu kauen und starrte ihn an. „Wie bitte?"

„Der Ur-ur-ur-ur-ur-ur-ur...großvater von diesem William hat sich und seine Söhne auf ewig an mich gebunden."

„Das hört sich für mich nach Sklaverei an."

„Das zeigt, dass du keine Erfahrung mit der Sklaverei hast. Mit jeder neuen Generation kommt ein Sohn, der von seinem Vater ausgebildet wurde, zu mir, um für mich zu arbeiten. Dies ist nie unter Zwang geschehen. Ja, William könnte mich verlassen. Ja, sein Sohn könnte beschließen, dass er lieber Rennfahrer oder Botaniker werden möchte, aber bisher ist das nicht passiert. Die Threshers legen großen Wert auf Loyalität, und ehrlich gesagt ist es immer von großem Nutzen für die Familie gewesen, für mich zu arbeiten. Sie haben immer meine Geheimnisse gehütet und meine Interessen gefördert, weil unsere Schicksale so eng miteinander verknüpft sind."

„Gibt es denn schon einen kleinen William, der zu deinem nächsten Diener ausgebildet wird?"

Er lächelte ein bisschen. „Noch nicht."

Ich fragte mich, ob Rafes Großzügigkeit mit dem Catering

so selbstlos war, wie ich angenommen hatte. „Es muss schwer sein für William, Frauen kennenzulernen, wenn er den ganzen Tag in deinem Herrenhaus festsitzt. Wenn er mit seinem Catering-Geschäft mehr unter Leute kommt, lernt er vielleicht eine Frau kennen und kann deinen nächsten Butler zeugen."

„Ich unterstütze ihn bei allem, was er tut." Das sagte er in einem so hochnäsigen Ton, dass ich wusste, dass ich recht hatte. Rafe wollte, dass William sich daran machte, den nächsten Crosyer-Butler, Mädchen für alles und Hüter dunkler Geheimnisse in die Welt zu setzen.

Da es sich nicht mehr lohnte, ihn über William auszufragen, begann ich stattdessen über fehlende Manuskripte und fehlenden Strickschülerinnen nachzudenken. „Du hast erwähnt, ein großer Geldgeber könnte sich aus zwei Gründen aus dem St. Mary's College zurückziehen. Was ist der zweite Grund?"

Er setzte sich wieder auf seinen Stuhl. „Das ist der interessantere." Er hielt inne, als wollte er seine Worte sorgfältig auswählen. „Angeblich soll ein Poltergeist in der Bibliothek sein Unwesen treiben."

Ich brach in überraschtes Gelächter aus. „Ein Poltergeist? Willst du mich veräppeln?"

Er sah mich mit gerümpfter Nase an, was normalerweise bedeutete, dass ich etwas gesagt hatte, was er für dumm hielt. „Lucy, ich bin ein Vampir, der gerade mit einer Hexe spricht. Was gibt es bei einem Poltergeist zu lachen?"

Ich zuckte mit den Schultern. „Ich weiß nicht. Zu viele Horrorfilme, denke ich. Braucht man für die nicht einen Exorzisten?"

Er schüttelte den Kopf. „Du meinst Leute, die von einem Dämon besessen sind."

Wie dumm von mir.

„Ein Poltergeist ist ein sehr interessantes Wesen. Diese Art von Geistern wird von der Energie junger Menschen, insbesondere gestörter Jugendlicher angezogen."

„Ach ja? Gestörte junge Leute gibt es am College zuhauf." Ich dachte an meine eigene dramatische Studienzeit zurück. Studierende müssen mit einer Unmenge von Gefühlen fertig werden – der erste Umzug von zu Hause, Liebschaften an der Uni und die ewig nagende Frage: Was will ich einmal werden? Dazu kommt noch das Studieren selbst, der Notendruck und vielleicht ein Teilzeitjob, um sich bis zum Abschluss über Wasser zu halten. Ich könnte mir vorstellen, dass für einen von aufgewühlter jugendlicher Energie angelockten Geist ein College genauso unwiderstehlich ist wie Katzenminze für meine Nyx.

„Wurdest du wirklich mit der Schätzung der Bibliothekssammlung beauftragt oder ist dein eigentlicher Auftrag, den Poltergeist loszuwerden?"

Er schüttelte den Kopf. „Offiziell gibt es keinen Poltergeist. Ich wurde lediglich gebeten, den Bestand der Bibliothek zu bewerten. Doch es sind viele Gerüchte im Umlauf. Du brauchst nur einige der Studierenden zu fragen, besonders die, die nach der Vorlesungszeit schon einmal allein in der Bibliothek waren. Oder den Hausmeister, Wilfred Eels. Er hat einige sehr abenteuerliche Geschichten auf Lager."

Obwohl das Essen köstlich war, legte ich Messer und Gabel weg. „Hast du diesen Poltergeist gesehen?"

Er schüttelte den Kopf.

Die Vorstellung von einem ruhelosen Gespenst

erschreckte mich ein wenig. Nun, vor nicht allzu langer Zeit hatte ich geglaubt, dass Rafes längst verstorbene Frau ein solches sei und dass sie mich umbringen wolle. Ich bin nicht frei von Ängsten vor übernatürlichem Chaos.

Ich wandte mich wieder meinem Essen zu. „Ich frage mich, ob der Hexenzirkel helfen kann." Ich wusste es nicht, aber wir hatten Schutzzauber und Amulette, um das Böse abzuwehren. Vielleicht wüsste eine meiner Schwesterhexen, wie man einen Poltergeist loswird. Man konnte sie ja mal fragen.

„Wie kommst du mit deiner fortgeschrittenen Hexenschulung voran?"

Diese sarkastische Bezeichnung benutzte ich selbst seit einiger Zeit. Die Leiterin unseres Hexenzirkels, Margaret Twigg, hatte zusammen mit meiner Cousine Violet und meiner Großtante Lavinia beschlossen, dass ich einen Grundlagen-Crashkurs benötigte, da ich die gesamte Ausbildung, die junge Hexen normalerweise erhalten, verpasst hatte. Zum Beispiel, wie man einen Zauber aufheben konnte.

Ich dachte, sie machten Spaß, als sie darauf bestanden, dass ich lernen sollte, auf dem Besen zu reiten, aber ich stellte fest, dass sie es ernst meinten, und entdeckte, dass es überraschend viel Spaß machte, mich in die Lüfte zu erheben, ohne auf den Verkehr achten oder überlegen zu müssen, welche Straßenseite die richtige war. Nyx war meine Co-Pilotin, und zwar eine ausgezeichnete. Ich musste auch an immer komplizierteren Zaubertricks arbeiten, von denen viele der Verteidigung dienten. „Es läuft gut, aber es gibt viel zu lernen, und sie drängen mich, schnell voranzukommen. Rafe, sie sagen, eine Gruppe böser Hexen versuche, unsere Schwesternschaft zu zerstören. Meinst du, das ist wahr? Oder stellt Margaret Twigg das einfach nur dramatisch dar?"

Er schüttelte den Kopf. „Ich weiß es nicht. Glaub mir, wir Untoten haben genug mit unserer eigenen Politik am Hals. Ich versuche, mich aus eurer herauszuhalten."

Bevor ich nach Oxford kam, wusste ich gar nicht, dass ich besondere Fähigkeiten hatte. Wenn mich jemand gefragt hätte, ob ich eine Hexe sein wollte, hätte ich dankend abgelehnt. Es stellte sich jedoch heraus, dass ich gewisse Fähigkeiten und Kräfte besaß, und wenn ich nicht lernte, sie richtig zu kontrollieren, war ich laut Margaret anfällig dafür, von jemand anderem kontrolliert zu werden. Und zwar von jemandem, der vielleicht nicht die besten Absichten hatte. Das war der Hauptgrund, warum ich diesen zusätzlichen Stunden zugestimmt hatte.

Vielleicht lag es daran, dass ich jetzt einfach besser aufpasste, aber ich bemerkte Dinge, die ich vorher nicht bemerkt hatte. Seltsame Geistesblitze, die entweder schlechte Träume waren oder, wie Margaret Twigg glaubte, Omen für die Zukunft.

In der Zwischenzeit hatte ich kaum Zeit zum Stricken, und das war ein weiterer Bereich, in dem es mir ernsthaft an Fähigkeiten mangelte.

Rafe schien etwas sagen zu wollen, aber dann klingelte sein Handy. Er warf einen Blick darauf, und sein Gesicht erstarrte. Er nahm den Anruf entgegen. An seinem Gesichtsausdruck konnte ich erkennen, dass er schlechte Nachrichten bekam. Als er sein Handy sinken ließ, sagte er: „Ich muss gehen. Im St. Mary's College wurde eine Leiche entdeckt."

Ich hatte eine Vision, als ob ich einen Filmausschnitt sähe. Ich sah Fiona McAdam ausgestreckt auf dem Boden liegen. Ich kannte sie nicht gut, aber sie war eine meiner Kundinnen. Sie hatte keine Verwandtschaft hier in Oxford, und nach dem, was sie mir erzählt hatte, auch nur wenige Freundschaften.

Ich stand auf. „Ich komme mit."

KAPITEL 3

*S*chweigend stiegen wir in Rafes schwarzen Tesla und surrten durch die Nacht zum St. Mary's College. „Ach, die arme Fiona", stöhnte ich.

Ich spürte eine Schwere in der Brust, so als hätte ich ihren Tod verhindern können. Den ganzen Abend über hatte ich an sie gedacht. Ich hatte sie sogar angerufen. Warum hatte ich mir nicht die Mühe gemacht, nach ihr zu suchen?

„Beruhige dich, Lucy. Du weißt doch noch gar nichts."

Er hatte recht. Eine seltsame Vision bedeutete nicht, dass ich richtig lag. Genauso wenig wie alle meine Träume in Erfüllung gingen. Doch seit ich nach Oxford gezogen war, schien ich unnatürliche Tode so anzuziehen wie die stürmische Energie Jugendlicher einen Poltergeist. Das Schlimmste war, dass es sich bei den meisten der Todesfälle, auf die ich gestoßen war, um Mord gehandelt hatte.

Fiona McAdam schien eine nette Frau zu sein, eine engagierte Dozentin, die ihrem Akzent nach von irgendwo aus Schottland nach Oxford gekommen war, um ihr Wissen weiterzugeben und an Forschungsprojekten zu arbeiten.

Wer würde so jemandem den Tod wünschen? Und warum?

Es dauerte nicht lange, bis wir das College erreichten, und natürlich kannte Rafe den Nachtportier und wurde direkt durch das Tor gelassen und sogar auf einem der kostbaren Parkplätze willkommen geheißen.

Die Kripo Oxford war bereits vor Ort. Wir sahen ein paar Polizeiautos auf dem Parkplatz stehen. Wir waren so schnell alarmiert worden, dass noch nicht einmal der Krankenwagen da war. Ich sah Rafe interessiert an. „Wer hat dich eigentlich angerufen?"

Er war immer sehr zurückhaltend, was seine Quellen anging; sein Netzwerk war unglaublich. Alles, was er sagte, war: „Jemand von der Arbeit."

„Tot oder untot?" Er sah mich nur an und antwortete nicht. Ich drängte ihn immer wieder, mir mehr über sich und sein Netzwerk zu erzählen, denn ab und zu ließ er sich etwas entlocken. Jedoch nicht heute Abend. Aber immerhin hatte er mich mitkommen lassen, also wollte ich ihn nicht verärgern.

Frauen studierten in Oxford seit der viktorianischen Zeit. Damals wurden mehrere Frauen-Colleges gebaut, darunter auch das St. Mary's. Allerdings konnten Frauen erst in den 1920er Jahren offiziell akademische Abschlüsse erwerben. Jetzt waren alle Colleges gemischtgeschlechtlich, obwohl die letzten Frauencolleges erst in den letzten beiden Jahrzehnten begonnen hatten, Männer zuzulassen, so auch St. Mary's. Zu diesen altmodischen Vorstellungen des St. Mary's passte das viktorianisch-gotisch anmutende graue Steingebäude, an dessen Seiten Efeu emporwuchs. In der Dunkelheit machte meine Vorstellungskraft Überstunden und die Ranken wirkten auf mich wie geisterhafte Finger, die versuchten, das dunkle Gebäude zurück in die Erde zu ziehen.

Am Haupteingang herrschte ein reges Treiben, und ohne auch nur den Anschein zu erwecken, dass wir unseren Kurs ändern würden, legte Rafe mir einen Arm um die Taille und führte mich einen schmalen, schlecht beleuchteten Pfad entlang. Auf beiden Seiten ragten dunkle Büsche hoch, sodass man sich wie in einem grünen Tunnel vorkam. Der Weg führte uns zu einem Seiteneingang. Das Gebäude mochte zwar alt sein, aber ich stellte fest, dass die Sicherheitsvorkehrungen auf dem neuesten Stand waren. Er öffnete die Tür mit einer Schlüsselkarte, und wir betraten einen schwach beleuchteten Korridor. Vor uns befand sich ein Schwarzes Brett mit verschiedenen Aushängen. Einer davon schnürte mir vor Trauer die Kehle zu. „Vorläufer des Feminismus und die Schwestern Brontë" lautete der Titel. „Ein Vortrag von Professorin Fiona McAdam." Ich überflog den ersten Absatz. „Wie ließ die Sprache der Schwestern Brontë die leisen Botschaften des Feminismus hinter den Schürzen und Hauben ihres unterdrückten Landlebens hervortreten?"

Ich machte rasch ein Foto von dem Plakat, denn Rafe war schon auf dem Weg zum Tatort, und ich traute mich nicht, den ganzen Aushang zu lesen, sonst hätte ich ihn aus den Augen verloren.

Die Vorlesung war für nächste Woche angesetzt und öffentlich zugänglich. Würde man sie absagen müssen?

Ich eilte hinter Rafe her. Er schritt durch die Gänge, als ob er genau wüsste, wohin er ging, obwohl mir das Ganze wie ein Kaninchenbau vorkam. Wir bogen einmal ab und passierten eine Reihe von geschlossenen Türen. Dann hörte ich Stimmen. Er öffnete eine weitere Tür, und wir gelangten an das Ende der Treppe. Ich hatte nicht erwartet, direkt auf die Leiche zu stoßen, aber eines wusste ich sofort: Dieses Bild entsprach nicht meiner Vorstellung.

Das Opfer war nicht einmal eine Frau. Der tote Mann lag mit dem Gesicht nach unten auf dem Steinboden. Als erstes sah ich seine blau behosten Beine. Seine Hose sah aus wie die eines Elektrikers. Marineblau und aus dicker Baumwolle. An seinem Gürtel hing ein Schlüsselbund. Er trug ein passendes marineblaues Hemd, und ich konnte gerade noch seinen Hinterkopf mit spärlichem, lockigem, grauem Haar erkennen. Mehrere Personen drängten sich um die Leiche. Zwei davon kannte ich:

Detective Inspector Ian Chisholm von der Kripo Oxford und seinen Sergeant.

Ian kannte ich recht gut. Wir sind sogar ein paar Mal zusammen ausgegangen. Er kniete neben der Leiche, berührte sie aber nicht. Bei ihm stand Detective Sergeant Barnes, der neu in Oxford war und ihm zusah.

Als Rafe und ich am Tatort ankamen, drehte sich Sergeant Barnes um und stellte sich vor uns, um uns die Sicht zu versperren. „Sie können hier nicht rein."

Bei diesen Worten hob Ian den Kopf. Er stand auf und kam auf uns zu. „Rafe. Lucy." Seine Augen waren freundlich, aber scharf. „Was führt Sie hierher?"

Eine völlig logische Frage, da ich in einem Wollgeschäft arbeitete und weder hier studierte noch sonst irgendeine Verbindung zu dieser Hochschule hatte. Warum hatte ich nicht daran gedacht, dass Polizisten am Tatort sein würden, die mir Fragen stellen könnten? Ich hätte mir eine Geschichte ausdenken sollen.

Natürlich hatte ich das nicht getan, aber Rafe ergriff das

Wort. „Ich bin gebeten worden, den Bestand der Bibliothek von St. Mary's zu bewerten. Ich habe ein außerordentlich interessantes Buch über viktorianisches Stricken gefunden, das meiner Meinung nach sehr wertvoll sein könnte, also habe ich Lucy eingeladen, es sich anzusehen." Es gab eine kleine Pause, und dann fügte er hinzu: „Da sie ein Strickwarengeschäft besitzt, wollte ich ihre Expertenmeinung zu dem Text hören."

Wäre ich nicht so nervös gewesen, hätte ich schallend gelacht. Jeder, der mich gut kannte, wusste nämlich, dass ich das Gegenteil einer Strickexpertin war.

Ob Ian ihm die Geschichte abnahm oder nicht, ließ er nicht erkennen. Er sah Rafe weiterhin an. „Waren Sie heute schon vorher zur Arbeit hier?"

„Ja."

„Um wie viel Uhr sind Sie gegangen?"

Rafe schien zu überlegen. Er sah auf die Leiche hinunter, als ob ihm das auf die Sprünge helfen könnte. „Gegen vier Uhr. Vielleicht ein paar Minuten später."

„Kennen Sie den Toten?"

„Ohne sein Gesicht gesehen zu haben, kann ich ihn nicht eindeutig identifizieren, aber von der Kleidung und den Haaren her ähnelt der Tote dem Hausmeister und Gärtner Wilfred Eels."

„Sie kennen den Gärtner?", fragte Ian mit einem Anflug von Sarkasmus.

Rafe antwortete noch um eine Stufe sarkastischer. „Der Mann trug ein Namensschild an seinem Hemd, wie Sie feststellen werden, wenn Sie ihn umdrehen. Wir haben jedes Mal, wenn wir uns begegneten, ein paar Worte gewechselt, und der Nachname ist ungewöhnlich. Leicht zu merken."

Sergeant Barnes machte sich Notizen, sodass Ian weiterfragen konnte. „Wann haben Sie Wilfred Eels zuletzt gesehen?"

„Er hat heute Nachmittag in der Bibliothek gearbeitet. Er hat ein zerbrochenes Fenster repariert."

Währenddessen arbeitete mein Gehirn auf Hochtouren. Ich hatte definitiv eine Vision von Fiona McAdam gesehen. Sie war nicht zum Abendkurs in meinem Laden erschienen und ging nicht ans Telefon. Ich war erleichtert, als ich feststellte, dass die Leiche auf dem Boden nicht die ihre war. Aber wo war sie dann?

Möglicherweise war meine Vision falsch gewesen, aber im Grunde meines Herzens glaubte ich das nicht.

„Was ist mit Mr Eels passiert?", fragte ich.

Ian betrachtete den gebrochenen Körper auf dem Boden, als ob es ziemlich offensichtlich wäre. Das war es wohl, aber wenn ich in meiner Zeit in Oxford etwas gelernt hatte, dann war es, niemals Vermutungen anzustellen, wenn jemand starb. „Wir müssen den Bericht des Gerichtsmediziners abwarten, aber es sieht so aus, als wäre er die Treppe hinuntergestürzt." Er wandte sich wieder Rafe zu. „War Mr Eels noch da, als Sie die Bibliothek verließen?"

„Ich glaube schon."

Draußen waren weitere Fahrzeuge zu hören, und die Gruppe von Beamten, die sich um den Toten versammelt hatte, löste sich auf.

Ich hatte den Mann jetzt deutlich im Blickfeld. Ich war keine Expertin, aber so wie sein Kopf am Körper abgeknickt war, dachte ich, sein Genick sei gebrochen.

Ian sagte: „Ich fürchte, Sie und Ihre Strickexpertin müssen ein andermal wiederkommen."

Autsch.

„Selbstverständlich", sagte Rafe.

Wir wollten uns gerade umdrehen, um den Weg zurückzugehen, als ein Schrei von oben ertönte. „Sir, hier oben liegt noch eine Leiche."

Rafe und ich tauschten Blicke. Leise sagte ich: „Fiona."

Ian und Sergeant Barnes rannten die Treppe hinauf. Da niemand da war, der uns aufhalten konnte, folgten wir ihnen. Rafe war einfach nur neugierig, aber ich hatte in Bezug auf Fiona ein so starkes Gefühl, dass ich nachsehen musste, ob sie es war. Und, ob ich irgendwie helfen konnte. Hexen waren von jeher Heiler, und solange sie noch lebte, konnte ich vielleicht etwas tun – ich hoffte nur, dass ich nicht zu spät kam.

Es war eine schmale, unebene Steintreppe. Kein Wunder, dass der arme Kerl sich das Genick gebrochen hatte. Sie hatte jedoch ein dickes Geländer, an dem ich mich beim Hinauflaufen festhielt. Ich hatte es zwar eilig, aber der Gedanke, dass ein Mann bei einem Sturz von dieser Treppe ums Leben gekommen war, ließ mich auf Sicherheit achten. Wir stürmten in die Bibliothek, jemand von uns keuchte, um zu Atem zu kommen. Das war ich.

Ein uniformierter Polizeibeamter stand an dem zusammengesunkenen Körper einer Frau. Es war genauso wie in meiner Vision. Ich erkannte sie sofort und rannte nach vorne. „Fiona McAdam", sagte ich hastig. „Das ist Fiona McAdam."

Ian drehte sich um und sah wütend aus. Ich wusste, dass er uns gleich hinauswerfen würde, aber das war mir egal. Ich trat noch einen Schritt vor und sah, dass sich ihre Finger bewegten, so als wolle sie winken. „Sie lebt."

Ich war so glücklich, dass ich vor Freude fast geweint hätte.

Rafe nickte. Ich wusste, dass eine seiner übersinnlichen Vampirfähigkeiten darin bestand, zu erkennen, wann ein Mensch lebte und wann er tot war. Ich stellte mir vor, dass er das Blut pumpen hören konnte. Oder vielleicht konnte er es riechen. Er bestätigte nur, was ich bereits wusste.

Ihre Augenlider flatterten.

Ich rannte zu ihr und fiel neben ihr auf die Knie. Ich nahm ihre ausgestreckte Hand. „Fiona", sagte ich. „Ich bin's, Lucy. Du hattest einen Unfall. Bleib einfach ruhig liegen."

Hinter mir sagte Ian zu Barnes: „Holen Sie den Arzt und einen Krankenwagen."

Sergeant Barnes war bereits auf dem Weg zur Treppe.

Ich rieb ihre Hand zwischen meinen Händen und versuchte, sie zu wärmen. „Fiona. Fiona, kannst du mich hören? Ich bin Lucy."

Sie stöhnte. Ihre Augen öffneten sich zuckend und schlossen sich wieder, so als würde es ihr wehtun, sie zu öffnen. Mit leiser, zittriger Stimme sagte sie: „Mein Kopf. Mit tut alles weh."

Ich schaute über meine Schulter zu den beiden Männern. „Sie ist so kalt." Gerade als Rafe begann, seinen Mantel abzulegen, kam ein Sanitäter. Ich drückte ihre Hand, bevor ich sie losließ. „Es wird alles gut, Fiona. Der Sanitäter ist da."

Für mehr keine Zeit. Ich erhob mich neben ihr und ging weg.

Ich sah mich in der Bibliothek um. Sie hatte enorm hohe Decken und eine Galerie mit noch mehr Büchern. Direkt neben ihr stand eine dieser Bibliotheksleitern auf Rädern, und überall waren Bücher über den ganzen Boden gepurzelt. War sie von der Leiter gefallen? War sie geschubst worden?

Jetzt, da die Sanitäter vor Ort waren, konnte ich nichts mehr tun. Rafe suchte meinen Blick, und mit einem Nicken folgte ich ihm. Wir gingen durch eine Tür, die in den Hauptteil des Collegegebäudes führte. Dort gab es Besprechungsräume und Hörsäle, alles war ruhig und dunkel.

„Geht es dir gut?", fragte er mich und nahm meine Hand in die seine, die kühl war.

„Ich glaube schon. Nur etwas aufgewühlt. Ich habe ein schlechtes Gewissen, weil ich mich nicht stärker bemüht habe, sie zu finden, als sie nicht zum Strickkurs erschien, und es ist immer schrecklich, Zeuge des Todes zu werden."

„Es gab nichts, was du hättest tun können."

Wahrscheinlich hatte er recht, aber das Problem mit Zauberkräften war, dass ich das Gefühl hatte, ich sollte ein Kreuzritter oder zumindest ein kleiner Superheld werden.

„Es kann kein Zufall sein, dass sie und Wilfred Eels in der gleichen Nacht am gleichen Ort verunglückt sind. Einer von ihnen tödlich."

„Nein, ich glaube nicht, dass es ein Zufall gewesen ist. Wilfred Eels starb an der gleichen Stelle wie Georgiana Quales vor zehn Jahren."

Ich senkte meine Stimme, damit mich niemand anderes hören konnte. „Könnte es der Poltergeist gewesen sein?"

Er sah auf mich herab, und in den Schatten des steinernen, gotischen Collegegebäudes am späten Abend war er genau am passenden Ort. „Möglicherweise. Oder es ist ein sehr menschlicher Killer am Werk."

Ich war mir nicht sicher, was mir mehr Angst machte.

KAPITEL 4

*A*m nächsten Morgen rief ich als Erstes im Krankenhaus an, um mich nach Fiona McAdam zu erkundigen.

Zu meiner Überraschung erfuhr ich, dass sie bereits am selben Tag entlassen werden sollte. Wie würde sie nach Hause kommen? Ich wusste, dass sie weder Freunde noch Verwandte in der Gegend hatte, und da ich mich daran erinnerte, wie einsam ich nach meinem Umzug hierher manchmal gewesen war, hinterließ ich eine Nachricht, dass ich sie abholen würde.

In Wahrheit tat ich das nicht nur aus Großzügigkeit. Ich hatte einen Hintergedanken. Ein Mann war gestorben. Auf den ersten Blick sah es wie ein Unfall aus. Er war eine Steintreppe hinuntergestürzt und hatte sich das Genick gebrochen. Aber ein ganz ähnlicher Sturz hatte Georgiana Quales das Leben gekostet. Und Fiona McAdam war in der Bibliothek angegriffen worden. Irgendetwas Seltsames ging hier vor, und ich sah die Gelegenheit für ein Projekt, das ich mir im Rahmen meiner Hexenfortbildung zusätzlich anrechnen lassen konnte. Würden wir dem College helfen können, es von einem lästigen Geist zu befreien? Ich wollte es unbedingt versuchen.

Ich war nicht die beste Fahrerin Englands, schon gar nicht in einem Auto. Im Linksverkehr musste ich mich immer noch konzentrieren, vor allem in Verkehrskreiseln, die ich für ein Werk des Teufels hielt, das extra erfunden worden war, um Amerikaner zu quälen.

Aber ich dachte, ich könnte es wohl schaffen, Fiona McAdam sicher nach Hause zu bringen, und wenn sie über das Geschehene sprechen wollte, war ich gerne bereit, ihr zuzuhören. Ich mochte sie nicht nur, sondern meine Neugierde war geweckt. Verdächtige Todesfälle waren schon faszinierend genug, aber ein Tod, der möglicherweise durch einen Poltergeist verursacht wurde?

Hatte Fiona Beweise für den gestörten Geist gesehen?

Das Radcliffe Hospital war leicht zu erreichen, und es gab genügend Parkplätze. Fiona wartete bereits angezogen auf mich. Sie hatte ein schmerzhaft aussehendes blaues Auge und einen Verband über der Stirn, bis zum Haaransatz. Ihr linker Arm steckte in einer Schlinge. Sie wirkte blass, aber ruhig.

Als sie mich erblickte, lächelte sie. „Lucy", sagte sie mit leicht schottischem Akzent. „Wie nett von dir, mich abzuholen. Ich hätte auch ein Taxi nehmen können, aber das Krankenhaus hat es lieber, wenn ein Freund oder Verwandter die Patienten bei der Entlassung abholt."

„Das mache ich gerne. Wenn man sich etwas angeschlagen fühlt, ist es doch schön, ein vertrautes Gesicht um sich zu haben."

Sie verzog das Gesicht und berührte vorsichtig den

Verband an ihrem Kopf. „Und ich fühle mich tatsächlich ziemlich angeschlagen."

Der ganze Papierkram war erledigt, und sie hatte eine Handtasche auf dem Schoß, die die Polizei vermutlich gefunden und zu ihr ins Krankenhaus gebracht hatte.

Sie war steif und hinkte leicht. Eine Krankenschwester brachte sie trotz ihrer Proteste im Rollstuhl zum Auto.

Auf dem Weg zu ihr nach Hause hielten wir an der Apotheke, um mit ihrem Rezept die Schmerzmittel abzuholen. Neben der Apotheke gab es einen kleinen Lebensmittelladen, und sie kaufte ein paar Dinge ein, die sie für ein paar Tage Ruhe brauchte.

Dann wies sie mir den Weg zu ihrer Wohnung, die sich im oberen Stockwerk eines Hauses im Stadtteil Jericho befand. Natürlich bestand ich darauf, ihr die Einkäufe nach oben zu tragen, und sie wehrte sich nicht dagegen. Stattdessen klammerte sie sich am Geländer fest, als wir die zwei Stockwerke hinaufgingen. Sie holte die Schlüssel problemlos aus ihrer Handtasche, schien dann aber Schwierigkeiten zu haben, den Schlüssel ins Schloss zu stecken. Schließlich wandte sie sich mir zu. „Es besteht Verdacht auf eine leichte Gehirnerschütterung. Deshalb haben sie mich über Nacht dabehalten. Ich kann nicht genau sehen, wie ich den Schlüssel ins Schloss stecken muss. Dürfte ich dich bitten ...?"

„Natürlich", sagte ich, nahm ihr den Schlüssel ab und schloss die Tür auf. „Du hast dich ganz schön verausgabt."

„Ich habe auf einer Leiter gestanden, weißt du. Ich wollte ein Buch aus einem hohen Regal holen. Oder eines zurückstellen. Ich weiß nicht mehr genau, was passiert ist. Ich bin gestürzt, oder etwas hat mich getroffen, und dann weiß ich nur noch, dass du dich über mich gebeugt hast. Und die Polizei war da."

Sie tat mir so leid. „Soll ich dir eine Tasse Tee oder Kaffee machen? Möchtest du etwas essen?"

„Nur etwas Tee. Bitte, tu so, als wärst du bei dir zu Hause."

Es war ziemlich offensichtlich, wo ich die Lebensmittel abstellen sollte. Ihre Wohnung bestand im Wesentlichen aus einem einzigen Raum mit zwei Türen, die vermutlich zu ihrem Schlafzimmer und ihrem Badezimmer führten. Geradeaus befand sich eine moderne Küche mit Schränken und Haushaltsgeräten auf der einen Seite und einer Kücheninsel und einer Frühstücksbar auf der anderen. Diese führte in einen Wohnbereich mit einer kleinen Sitzecke, einem Gaskamin und einem Fernseher. In einer Fensternische hatte sie einen Schreibtisch aufgestellt, der mit Papieren und einem Computer vollgestopft war.

Die Einrichtung war modern und ziemlich neutral. Ich vermutete, dass die Wohnung für Leute wie Fiona eingerichtet war, die als Gastprofessoren oder vielleicht auch Doktoranden hier waren. An der Wand hingen Bilder und ein Regal mit Büchern, die dem Ganzen eine etwas persönlichere Note verliehen. Über der Rückenlehne der Couch lag eine zusammengefaltete karierte Decke, und ihre Tasche mit Strickzeug stand auf dem Boden.

Ich setze den Wasserkocher auf und räume die wenigen Einkäufe weg. Sie ging ins Schlafzimmer, und während ich darauf wartete, dass das Teewasser kochte, betrachtete ich ihre Bücher und die Bilder an ihren Wänden.

Diese Frau nahm ihre Aufgabe ernst. Die Bücher waren alt und sahen wertvoll aus, jedenfalls für einen Laien wie mich. Es handelte sich um verschiedene Ausgaben von

Werken der Brontë-Schwestern sowie um einige wissenschaftliche Werke über sie, darunter ein dickes Buch von Fiona selbst: *Die Brontës: Landschaften des Geistes.*

Zu den Bildern an der Wand gehörte auch eine Bleistiftzeichnung des Brontë-Pfarrhauses in Haworth. Und nein, ich erkannte es nicht. Der Titel des Bildes stand darunter. Gerade besah ich mir eine viktorianisch anmutende Zeichnung von drei beieinanderstehenden jungen Frauen, als Fiona in einer bequemen Jogginghose und einem Sweatshirt auftauchte.

Sie stellte sich neben mich. „Die Schwestern Brontë. Das ist natürlich nicht das Original. Aber ich finde es inspirierend."

„Du bist ja ein richtiger Fan", sagte ich und deutete auf die Bücher.

Sie lächelte und ließ sich auf der Couch nieder. „Sie sind mein Lebenswerk."

Ich brühte den Tee auf und brachte zwei Tassen herüber.

Wir setzten uns gegenüber, ich auf den bequemen Sessel, sie auf die Couch. Ich wollte sie nicht ausfragen, denn das würde zweifellos schon die Polizei tun. Dennoch fragte ich mich, ob sie sich vielleicht bei einem freundlichen Gespräch mit jemandem, den sie kannte und dem sie vertraute, wieder an etwas erinnern könnte. Wusste sie überhaupt, dass Wilfred Eels in der Nacht ums Leben gekommen war?

Sie nippte an ihrem Tee. „Es tut mir leid, dass ich es nicht zu deinem Strickkurs geschafft habe, Lucy. Ich hatte mich darauf gefreut."

„Du kannst nächste Woche kommen", erwiderte ich fröhlich. „Du wirst die anderen rasch einholen." Es war gut, dass sie sich daran erinnerte, dass sie zu meinem Kurs hatte kommen wollen. Woran erinnerte sie sich sonst noch? „Wie schrecklich, dass so etwas passiert, vor allem, wenn man erst seit ein paar Monaten in Oxford ist."

Sie seufzte und lehnte sich zurück. „Ich wünschte, ich könnte mich erinnern. Es war nach Feierabend, und ich dachte, ich wäre allein in der Bibliothek."

„Kannst du dich erinnern, etwas gehört zu haben?"

Sie schaute mich an, aber ihr Blick war weit weg, und ich dachte, sie würde sich den Vorabend in Erinnerung rufen, um sich zu vergegenwärtigen, was sie bemerkt hatte. „In so einem alten Gebäude gibt es doch immer irgendwelche Geräusche, oder? Nein, ich habe nichts Ungewöhnliches gehört." Und dann: „Auch wenn ich durch laute Stimmen gestört wurde. Zwei Männer, glaube ich."

Ich wusste nicht, wie ich sie auf den Hausmeister ansprechen sollte, also sagte ich nichts, sondern nippte nur an meinem Tee. Plötzlich sagte sie: „Die Polizei hat mir gesagt, dass letzte Nacht ein Mann gestorben ist. Wilfred Eels."

Ich nickte und war froh, dass ich nicht um den heißen Brei herumreden musste.

Ihre Tasse klapperte, als sie sie wieder auf die Untertasse stellte. „Er war so ein netter Mann. Er hat ein defektes Licht-band in einer der Arbeitsnischen repariert. So habe ich ihn kennengelernt. Er schien sehr nett zu sein. Wenn er nicht gerade Wartungsarbeiten am Gebäude durchführte, sah ich ihn draußen, wo er dafür sorgte, dass um das Gebäude herum alles ordentlich war." Sie legte eine Hand an ihren Kopf und rieb sich die Schläfe, als ob sie schmerzen würde. „Es ist alles sehr traurig."

Da sie das Thema angesprochen hatte, traute ich mich,

etwas tiefer zu bohren. „Hattest du Mr Eels an dem Tag gesehen?"

Ihre Lippen verzogen sich belustigt, als sie mich ansah. „Du stellst ja dieselben Fragen wie die Polizei."

Das war so eine dumme Angewohnheit von mir. „Es ist einfach so seltsam."

„In der Tat, seltsam. Ja, ich hatte ihn am selben Tag schon einmal gesehen. Wie ich hatte er in der Bibliothek gearbeitet. An einer der Fensterbänke musste ein Wasserschaden repariert werden und dann hat er, glaube ich, einen Riss in einer der alten Fensterscheiben entdeckt." Sie lächelte. „Er hatte mich freundlicherweise nach meiner Strickarbeit gefragt. Da habe ich ihm das Strickmuster für den Pullover gezeigt, an dem ich in deinem Kurs arbeiten wollte." Sie hob ihre Tasse und die Untertasse hoch und trank einen belebenden Schluck Tee. „Es tut mir leid, dass ich den Unterricht verpasst habe, Lucy. Ich hatte mich so darauf gefreut."

„Wenn man bewusstlos geschlagen wurde, gilt das als Entschuldigung."

Sie lächelte über meinen dummen Witz, und ich fügte rasch hinzu: „Wenn es dir besser geht, wird Alice dir helfen, deinen Rückstand schnell aufzuholen." Wir blickten beide auf ihren Arm in der Schlinge. „Wann immer das sein wird. Und, wenn du stattdessen lieber dein Geld zurückhaben willst, ist das auch in Ordnung."

„Nein. Der Pullover gefällt mir wirklich gut, und ich finde Stricken so beruhigend. Der Arm ist ja nicht gebrochen, es ist nur eine Zerrung. Ich werde abwarten, was der Arzt sagt." Kopfschüttelnd schaute sie auf ihre Stricktasche am Boden. „Die Tüte mit der Wolle und dem Muster für den Popcorn-

Pullover liegt immer noch auf meinem Schreibtisch im College. Ich denke, da kann sie vorerst auch bleiben."

Ich trank meinen Tee aus und konnte sehen, dass sie müde aussah. „Ich sollte dich ins Bett gehen lassen." Ich bemerkte einen Schreibblock und einen Stift auf ihrem Küchentisch und griff danach. „Ich schreibe dir meine Handynummer und die Nummer des Ladens auf. Du kannst mich jederzeit anrufen, wenn du etwas brauchst."

„Das war wirklich nett von dir." Dann sah sie mich verwirrt an. „Lucy, wieso bist du eigentlich gestern Abend dort gewesen?"

Das war nun wirklich eine peinliche Frage. Ich konnte ihr ja nicht erklären, dass Rafe mich in die Bibliothek geschleust hatte, weil er über sein geheimes Vampirnetzwerk herausgefunden hatte, dass dort jemand gestorben war, und dass ich aufgrund meiner Hexenvisionen voreilig angenommen hatte, es sei Fiona gewesen.

Ich hatte etwas Zeit gehabt, mir eine Erklärung auszudenken, falls sie mir genau diese Frage stellen würde, obwohl mir Rafe bereits den plausibelsten Grund geliefert hatte. „Du kennst doch Rafe Crosyer?"

„Ja, den kenne ich." Sie wirkte immer noch verwundert.

„Er ist ein Freund von mir. Wie du weißt, arbeitet er zurzeit in eurer Bibliothek. Dabei ist er auf einige alte Strick- und Handarbeitsschriften gestoßen und wollte meine Meinung dazu hören."

Sie schien mir diese Geschichte abzunehmen und nickte verständnisvoll. „Es ist wirklich eine sehr gute Bibliothek, obwohl ich kaum glaube, dass großer Bedarf vorhanden ist für die vielen unveröffentlichten Manuskripte über das Leben und die Handarbeiten von Frauen aus viktorianischer

Zeit. Ich fürchte, die Bibliothekare sind zu großzügig gewesen, als sie einigen dieser alten Abhandlungen Platz in den Regalen einräumten. Ich kann mir aber vorstellen, dass es einige unterhaltsame Manuskripte über das Stricken gibt, obwohl das natürlich nicht mein Forschungsgebiet ist."

Meines war es auch nicht, aber das behielt ich für mich. Mich als Strickexpertin auszugeben, war mir fast so unangenehm wie das Stricken an sich.

Ich wollte gerade gehen, als es zweimal klingelte.

„Da wird jemand an der Tür sein. Ich erwarte ein Paket mit Forschungsmaterialien. Könntest du vielleicht drangehen, Lucy?"

„Natürlich." Ich ging zur Gegensprechanlage und nahm ab. „Hallo?"

„Ms McAdam? Hier spricht Detective Inspector Ian Chisholm von der Kripo Oxford. Wir haben noch ein paar Fragen an Sie, wenn Sie nichts dagegen haben."

Mir wurde ganz flau im Magen. Ich legte meine Hand auf den Hörer und sagte Fiona, die Polizei stehe vor der Tür. Sie sagte mir, ich solle sie hochschicken, was ich auch tat.

Als ich die Tür öffnete, sah ich, dass DS Barnes mit Ian gekommen war. Natürlich schauten beide überrascht, als sie mich sahen. DS Barnes kam direkt herein, aber Ian packte mich am Arm und zog mich nach draußen auf den Treppenabsatz. „Lucy? Was machst du denn hier?" Er schien nicht gerade erfreut, mich zu sehen. Seine Polizistenaugen blickten mir scharf ins Gesicht.

„Fiona McAdam ist eine Kundin von mir. Sie hatte noch keine Zeit, hier in Oxford Freunde zu finden, also habe ich sie vom Krankenhaus abgeholt."

Er trug einen Gesichtsausdruck, den er oft zu haben

schien, wenn er in meiner Nähe war. Irgendwie frustriert und fasziniert zugleich. „Offenbar hat sie ja jetzt dich." Sein Tonfall deutete an, dass sie sich vielleicht lieber nach weiteren neuen Freunden umsehen sollte.

Ich ging zurück in die Wohnung, und Ian folgte mir. „Die Polizei ist hier, Fiona", sagte ich, „dann mache ich mich jetzt auf den Weg."

Erschrocken riss sie die Augen auf. „Nein, bitte, Lucy. Bleib hier." Sie legte ihre unverletzte Hand an den Kopf. „Ich hoffe, Sie haben nichts dagegen", sagte sie zu den beiden Beamten, „aber ich würde mich besser fühlen, wenn während der Befragung eine Freundin dabei sein kann."

Ian stimmte zögernd zu, und ich erklärte mich bereit, zu bleiben. Was hätte ich auch machen sollen? Ich wollte sie nicht allein lassen, wenn es ihr so schlecht ging. Außerdem hatte ich ein Interesse an diesem Fall, da ich fast zeitgleich mit der Polizei am Tatort eingetroffen war.

Ian warf mir einen eher resignierten als überraschten Blick zu.

Wir gingen alle in den Wohnbereich, und Fiona bat alle, Platz zu nehmen. Die Wohnung war nicht für viele Personen ausgelegt. Es gab drei bequeme Sitzplätze, zwei auf der Couch und einen auf einem Sessel, und dann ein paar Barhocker an der Mücheninsel. Sergeant Barnes entschied sich, mit seinem stets bereiten Notizblock und gezücktem Stift an der Wand stehenzubleiben, während Ian sich gegen-über von Fiona auf den Sessel setzte und ich neben sie.

Zuerst fragte Ian Fiona, wie es ihr ginge.

Sie gab zu, dass sie sich schwach und angeschlagen fühlte. „Der Arzt sagt, dass nichts gebrochen ist, das ist gut." Sie hörte sich an, als würde sie sich bemühen, tapfer zu sein.

„Das freut mich." Er lächelte sie aufmunternd an. „Hoffentlich geht es Ihnen bald besser. Ich möchte nicht zu viel von Ihrer Zeit in Anspruch nehmen, aber wir müssen Ihnen noch ein paar Fragen zu gestern Abend stellen."

Sie schloss kurz die Augen und schien all ihre Kräfte zu bündeln, bevor sie sie wieder öffnete. Sie war blass und abgemagert. „Natürlich helfe ich, wo ich kann."

„Wann haben Sie gestern Abend die Bibliothek betreten?"

„Das war etwa um halb fünf. Ich wollte die Quelle für ein Zitat überprüfen, für einen Vortrag, den ich nächste Woche halte."

Jetzt war es an mir, aufmunternd zu nicken. „Vorläufer des Feminismus und die Brontës."

Sie schenkte mir ein zittriges Lächeln. „Genau."

„Glaubst du, du wirst wieder so weit auf den Beinen sein, dass du den Vortrag halten kannst?"

Ich konnte fast sehen, wie sich ihre Wirbelsäule aufrichtete. „Natürlich, auf jeden Fall. Ich werde mich doch von ein paar blauen Flecken und einem Schlag auf den Kopf nicht davon abhalten lassen, meinen Job zu machen."

„Der Vortrag ist öffentlich, ich habe vor zu kommen", sagte ich.

Das schien sie sehr zu freuen. „Ein vertrautes Gesicht. Wie schön. Wie ich schon sagte, bin ich gegen halb fünf in die Bibliothek gegangen. Ich hatte vor, nur kurz zu bleiben." Sie schaute mich an. „Ich wollte an dem Abend zu einem Strickkurs in Lucys Laden gehen und wusste, dass ich um halb sieben losmusste. Nun, Forschung ist eine seltsame Sache. Ich fing an, mir eine Sache anzusehen, und es kam

43

eins zum anderen. Bevor mir klarwurde, wo ich war, war es schon nach sechs."

Sie hatte also Rafe nur knapp verpasst, der nach vier Uhr gegangen war.

„Wer war sonst noch in der Bibliothek?"

„Ich glaube, ich war allein. In der Bibliothek gibt es mehrere Nischen, sodass es durchaus möglich ist, dass noch jemand dort war, aber ich habe niemanden gesehen."

„Der Hausmeister? War er da?"

„Wilfred? Nein. Ich glaube nicht."

„Erinnern Sie sich an den Sturz von der Leiter?"

Sie schüttelte den Kopf und zuckte zusammen. „Ich weiß es wirklich nicht. Lucy hat mich gefragt, ob ich etwas gehört habe ...", was mir einen strengen Blick von Ian einbrachte. „Aber wenn ich mit meiner Forschung beschäftigt bin, bekomme ich oft gar nicht mit, was um mich herum passiert. Ich bin dann sehr vertieft. Ich verliere das Zeitgefühl und vergesse manchmal sogar, wo ich bin. Aber ich glaube, ich habe Männerstimmen gehört."

„Haben Sie gehört, was sie gesagt haben?"

„Nein. Ich hatte den Eindruck, dass sie sich stritten, aber ich könnte mich irren. In meiner Erinnerung ist alles etwas verschwommen."

„Haben Sie an dem Tag mit dem Hausmeister gesprochen?"

„Ja. Ich hatte ihn vorher in der Bibliothek gesehen. Wir haben über nichts Besonderes gesprochen. Er hat ein Fenster repariert."

„Ist sonst noch jemand in die Bibliothek gekommen, während Sie dort waren?"

Sie hob hilflos ihre unversehrte Hand. „Möglich. Wie ich

schon sagte, wenn ich in meine Forschung vertieft bin, bekomme ich manches nicht mit. Außerdem saß ich ziemlich versteckt in der Ecknische." Ein kleines Lächeln umspielte ihren Mund. „Die Brontë-Sammlung. Die Sammlung in St. Mary's ist ziemlich bemerkenswert. Ich bin noch dabei, ihre besten Seiten kennenzulernen."

Ich fragte mich, ob Ian von den verschwundenen Brontë- und Shelleymanuskripten wusste.

„Ach ja. Apropos Brontës: Haben Sie jemals von verschwundenen Manuskripten gehört, die im Besitz des St. Mary's College waren? Ich habe gehört, dass eines von Charlotte Brontë eigenhändig geschrieben wurde?" Nun, das beantwortete meine unausgesprochene Frage.

Sie sah wahrhaftig traurig aus. „Ja, natürlich, das habe ich. Das ist eine der Tragödien des viktorianischen Literaturbetriebs. Ich glaube, es gab auch von Charlotte selbst angefertigte Zeichnungen ihrer Romanfiguren, so wie sie in ihrer Vorstellung aussahen. Wie Sie sich denken können, gibt es nur wenige erhaltene Beispiele für die Korrespondenz dieser bemerkenswerten Frauen. Wenn Dickens einen Zettel für den Metzger kritzelte, wurde der sorgfältig aufbewahrt. Aber im Fall der Brontës, George Eliot und sogar bei der armen Jane Austen ist ganz wenig von der Korrespondenz erhalten geblieben." Sie war in die Stimme einer Lehrerin verfallen, und ich bekam einen Eindruck davon, wie es sein muss, in einem ihrer Tutorien zu sitzen. DS Barnes machte sich gewissenhaft Notizen, sodass diese polizeiliche Befragung einem Lehrgang glich. „Stellen Sie sich vor, wenn wir diese Briefe lesen könnten, vor allem, wenn die Autorinnen über ihre laufenden Arbeiten sprechen würden, was wir alles lernen könnten."

Ian fragte: „Haben Sie von Wilfred Eels Sturz gehört?"

Bei diesem plötzlichen Themenwechsel riss sie die Augen weit auf. „Ist Wilfred Eels auch gestürzt?"

„Ja. Sie haben nichts gehört?"

„Nein. Ich glaube, Sie hatten gesagt, er sei gestorben. Können Sie mir sagen, was mit ihm passiert ist?"

„Wilfred Eels wurde am Fuße der Bibliothekstreppe gefunden. Mit gebrochenem Genick."

Sie fasste sich mit ihrer gesunden Hand an die Kehle. „Oh mein Gott. Es tut mir so leid, das zu hören." Und sie schaute zwischen Ian und mir hin und her. „Es ist merkwürdig, dass er und ich am selben Abend gestürzt sind. Glauben Sie, dass die beiden" – sie hielt inne – „Unfälle in irgendeiner Weise zusammenhängen?"

„Das versuchen wir herauszufinden."

Sie schien diese neuen Informationen zu verarbeiten. „Statistisch gesehen ist es ziemlich unwahrscheinlich, dass sich zwei derartige Vorfälle innerhalb kurzer Zeit am selben Ort ereignen. Nicht unmöglich, aber unwahrscheinlich."

„Ms McAdam, fällt Ihnen jemand ein, der die Absicht haben könnte, Ihnen etwas anzutun?"

Ihr Mund verzog sich zu einer etwas schiefen Grimasse. „Ich denke, einige meiner Studenten hegen gelegentlich ziemlich gewalttätige Fantasien, wenn ich ihnen ihre Aufsätze zurückgebe. Ich halte nichts davon, Studenten zu verhätscheln, wissen Sie? Ich bin als harte Zuchtmeisterin bekannt, aber ich bin immer gerecht."

„Und sonst?"

„Ob ich Feinde habe?" Sie blickte über ihren Computer und die ordentlichen Papierstapel daneben. „Ich arbeite in der sanften Welt der frühen Frauenromane. Das ist kein risikoreicher Beruf, Herr Inspektor."

„Und Wilfred Eels? Fällt Ihnen jemand ein, der ihm etwas hätte antun können? Hat er jemals mit Ihnen über etwas gesprochen, das ihn beunruhigt hat?"

Sie schüttelte den Kopf. „Unsere Unterhaltungen waren sehr angenehm, aber sie drehten sich meist um das Wetter. Manchmal machten wir vielleicht ein paar Bemerkungen darüber, wie viel Instandhaltung das alte Gebäude benötigt. Und wie uns Oxford gefiel. Ich fürchte, das war auch schon alles."

„Sah er gestern besorgt oder verärgert aus?"

Sie schüttelte den Kopf. „Er schien genauso zu sein wie immer. Obwohl ich mich manchmal fragte, ob es etwas in seiner Vergangenheit gab, dem er entkommen wollte." Sie lachte ein wenig. „Vielleicht habe ich eine ausgeprägte Fantasie. Er schien ein Mann zu sein, der in seinem Leben einiges Unangenehme erlebt hatte."

Ian nickte, obwohl er von dieser Erkenntnis nicht sonderlich beeindruckt schien. Jeder, der auf mysteriöse Weise stirbt, könnte wohl im Nachhinein als ein Mensch mit Problemen beschrieben werden. Er erhob sich und sagte: „Vielen Dank für Ihre Zeit. Wenn Sie sich an etwas erinnern, rufen Sie mich bitte an." Er legte eine Visitenkarte auf den Tisch. „Ich wünsche Ihnen eine baldige Genesung."

Sie machte Anstalten, mit ihm aufzustehen, und setzte sich dann mit schmerzverzerrtem Gesicht wieder hin. „Inspector Chisholm ... ich bin doch nicht in Gefahr, oder?"

„Sie haben selbst gesagt, dass Sie wohl kaum auf einem gefährlichen Fachgebiet arbeiten. Fällt Ihnen irgendein Grund ein, warum Sie in Gefahr sein könnten?"

„Nein. Absolut nicht. Doch durch Ihre Fragen habe ich den Eindruck bekommen, dass Sie ein Verbrechen vermuten."

„Noch ist nichts ausgeschlossen."

„Aber Sie werden mich doch informieren? Ich fände es so schrecklich, wenn diesem armen Mann etwas zugestoßen ist und ich etwas hätte tun können, um es zu verhindern."

„Wir sind nur froh, dass es Ihnen gut geht."

Sie schüttelte den Kopf. „Die armen Studenten. Ich mache mir Sorgen um all die jungen Leute am College, wenn sich da jemand Gefährliches herumtreibt."

KAPITEL 5

*A*ls ich zu Cardinal Woolsey's kam, nachdem ich Fiona vom Krankenhaus nach Hause gebracht hatte, packte Violet gerade eine Kiste mit dicker Merinowolle aus und füllte die Regale auf. Dezember und Januar waren besonders kalt gewesen, sodass es einen Ansturm auf die wärmsten Wollsorten gegeben hatte. Sie warf einen Blick auf mich und sagte: „Lucy, was ist los?"

„Woher weißt du, dass etwas los ist?"

„Weil ich dich kenne. Du hast nicht mehr so besorgt ausgesehen, seit sie diese Fernsehsendung im Laden gedreht haben und eine der Kandidatinnen genau dort ermordet wurde, wo du jetzt stehst."

Naja, etwas Lustigeres hätte sie kaum sagen können. Ich machte einen hastigen Schritt nach links. „Es ist wegen Fiona McAdam." Ich informierte Violet über alles, was geschehen war.

„Meinst du, sie ist angegriffen worden?" Sie legte zwei Stränge Wolle auf den Tresen, als hätte sie vergessen, dass sie am Einräumen war. „Und glaubt die Polizei, dass der Hausmeister ermordet wurde?"

„Ian will es nicht sagen, aber wenn Wilfred Eels tot am Fuß der Treppe liegt und Fiona zu Boden geworfen wurde, sieht das ziemlich verdächtig aus, das musst du zugeben."

Vi hörte mit dem Einräumen der Regale ganz auf, um mir ihre volle Aufmerksamkeit zu schenken. Violet war immer froh, wenn sie eine Ausrede hatte, um nicht arbeiten zu müssen. „Hat sich Fiona denn an gar nichts erinnert?"

„Sie hat eine Gehirnerschütterung. Sie erinnerte sich daran, Wilfred Eels an diesem Tag in der Bibliothek gesehen zu haben, und sie weiß auch noch, warum sie in der Bibliothek war, aber was den Sturz betrifft, kann sie sich an nichts erinnern.

„Wie unpraktisch."

„Ich mache mir Sorgen um sie, Vi. Sie sagte selbst, dass zwei Unfälle am gleichen Ort zur fast gleichen Zeit sehr unwahrscheinlich sind. Was wäre, wenn Wilfred Eels umgebracht wurde und der Angreifer glaubt, von Fiona gesehen worden zu sein, und beschließt, die Zeugin aus dem Weg zu räumen?"

Violet schien diese Möglichkeit in Betracht zu ziehen. „Ich kann mit meinen Zaubersprüchen die Leute besser zum Vergessen bewegen als dazu, sich zu erinnern, aber vielleicht hat Margaret Twigg ja einen Spruch dafür."

Ich fand es schrecklich, mich in die Gedanken anderer einzumischen. Das erschien mir unhöflich und aufdringlich. „Sie hat bereits eine Gehirnerschütterung. Wir sollten ihrem Kopf eine Pause gönnen."

„Vielleicht sollte sie in Urlaub fahren, bis die Gefahr gebannt ist."

„Sie scheint eine engagierte Dozentin zu sein und hat für nächste Woche einen Vortrag angesetzt. Ich bezweifle, dass sie wegfahren würde."

„Dann werden wir sie mit einem Schutzzauber belegen. Das wird helfen und ihren Verstand nicht beeinträchtigen."

Mir war viel wohler dabei, Magie einzusetzen, um jemanden zu schützen, als in seine Gedanken einzudringen, also sagte ich, dass ich einen Schutzzauber für eine ausgezeichnete Idee hielt.

Die Glocke an der Tür kündigte an, dass Kundschaft in den Laden kam. Ich brauchte mich nicht umzudrehen, denn ich wusste bereits, wer es war, weil mir ein Schauer über den Rücken lief.

Und tatsächlich, als ich mich umdrehte, stand Rafe da. „Wie geht es Fiona?"

„Woher wusstest du, dass ich sie aus dem Krankenhaus abgeholt habe?" Hatte er mehr Kräfte, als mir bewusst war?

Er schaute zu Violet hinüber. „Ich habe deine Cousine gefragt, wo du warst, als ich vorhin vorbeigekommen bin. Sie hat es mir gesagt." Also hatte er keine mysteriösere Informationsquelle gehabt als den üblichen Ladenklatsch.

Ich informierte ihn über Fionas Zustand und sagte ihm, dass die Polizei vorbeigekommen war, um sie zu befragen, und dass sie sich nicht mehr an viel erinnern konnte. „Sie glaubte, in der Bibliothek allein zu sein, obwohl sie sich manchmal zugegebenermaßen so sehr in ihre Recherchen vertieft, dass sie die Zeit und ihre Umgebung aus den Augen verliert."

„Sie taugt also besser zur Wissenschaftlerin als zur Augenzeugin."

„Rafe, glaubst du, dass Wilfred Eels ermordet wurde?" Es

war schwer vorstellbar, dass sich in der alten Bibliothek zwei Unfälle gleichzeitig ereignet hatten, aber unmöglich war es nicht. Ich wollte keine voreiligen Schlüsse ziehen.

„Zweifellos", sagte er, ohne im mindesten zu zögern.

Das Herz schlug mir gegen die Rippen, aus Mitgefühl mit dem Mann, der ums Leben gekommen, und mit der Frau, die verletzt worden war. „Wie kannst du dir so sicher sein?"

„Das ist die logischste Erklärung."

„Logik kann irren." Hörte sich das überhaupt logisch an?

„Wenn wir von einem Mord ausgehen und uns irren, ist das eine Sache, aber Energie auf die Hypothese eines Unfalls zu verschwenden, lässt einem Mörder zu viel Spielraum, auf freiem Fuß erneut zu töten."

Okay, das klang vernünftig. „Wir gehen also davon aus, dass der Mann ermordet wurde, und wenn sich herausstellt, dass er gestürzt ist, können wir erleichtert aufatmen."

„So ungefähr."

„Wären doch um die Zeit mehr Studenten in der Bibliothek gewesen! Dann wäre Fiona jetzt nicht verletzt und der arme Wilfred Eels wäre vielleicht noch am Leben."

Er starrte mich an. „Die meisten Studenten gehen nicht einmal in die Bibliothek, und wenn sie es doch tun, passen sie auf, dass sie nicht allein sind."

„Warum?"

„Weil sie Angst vor dem Poltergeist haben." Er sprach vorsichtig und bedächtig und ließ mir Zeit, zwischen den Zeilen zu lesen.

„Du meinst also, der Poltergeist könnte den Hausmeister ermordet haben?"

„Ehrlich gesagt, weiß ich es nicht. Es gibt dokumentierte Fälle von ungeklärten Todesfällen, die zu ruhelosen Geistern führten. Die Opfer starben in der Regel plötzlich durch Krankheit, Unfall oder Mord. Wenn man keine Zeit hat, sich auf den Tod vorzubereiten, bleibt die Energie stecken, und oft ist sie wütend."

Ich kannte Fiona McAdam nicht sehr gut, aber ich mochte sie. Ich fand es nicht fair, dass sie von einem wütenden Geist angegriffen wurde. „Fiona glaubt gehört zu haben, wie zwei Männer sich stritten, aber wegen der Gehirnerschütterung ist sie sich nicht sicher. Was können wir tun?"

„Erstens gehen wir alle davon aus, dass Wilfred das beabsichtigte Opfer war und Fiona McAdam sich zur falschen Zeit am falschen Ort aufhielt. Kollateralschaden. Aber was ist, wenn es andersherum war? Während die Polizei Ermittlungen über Wilfreds Hintergrund anstellt, habe ich Theodore gebeten, zu schauen, was er über Fionas Vergangenheit herausfinden kann." Theodore war ein Vampir, der zu Lebzeiten Polizist gewesen war. Alte Schule zwar, aber sehr gründlich.

Seine Nase in die Angelegenheiten einer Leiche zu stecken, konnte noch angehen, aber Nachforschungen über eine lebende Person anzustellen, kam mir wie Schnüffelei vor. „Hältst du das wirklich für notwendig?"

„Eine gründliche Untersuchung ist immer notwendig. Vielleicht gibt es etwas in ihrem Leben, das mit dem Angriff und dem Mord in Verbindung stehen könnte. Wir werden jeden überprüfen, der in letzter Zeit dort gesehen wurde. Ich will nicht, dass du da reingehst, ohne zu wissen, worauf du dich einlässt."

Ich war verwirrt. „Warum sollte ich in die Bibliothek gehen? Ich war nur einmal dort, mit dir, und ich bin nicht gerade erpicht darauf, dieses Erlebnis zu wiederholen."

„Okay. Darüber wollte ich mit dir reden. Ich habe da eine Idee, wie du vielleicht helfen könntest."

Ich konnte mich nicht erinnern, wann Rafe mich das letzte Mal um Hilfe gebeten hatte. Wahrscheinlich, weil er es noch nie getan hat. Welche Fähigkeiten könnte ich haben, die er nicht selbst besaß? Ich hob die Augenbrauen und wartete, dass er fortfuhr.

„Mir erscheint der Poltergeist nie. Ich war schon an vielen Abenden allein in der Bibliothek. Ich habe versucht, ihn zu rufen, ihn sogar zu provozieren, aber nichts."

Violet sagte: „Das liegt daran, dass du ... ein Vampir bist. Und alt. Poltergeister werden von junger Energie angezogen, besonders von der Energie von Menschen, die eine schwierige Zeit durchmachen."

„Wilfred Eels war nicht mehr der Jüngste, und er hat definitiv Erfahrungen mit dem Poltergeist gemacht, zumindest sagte er das. Ich dachte, er könnte mir auch erscheinen."

Sie schüttelte den Kopf. „Mit Untoten ist das so. Das stößt sie irgendwie ab."

Mit den Fingernägeln klopfte sie auf die Oberseite der Theke. „Vielleicht kann ich den Poltergeist herbeibeschwören. Ich bin mir sogar fast sicher, dass ich es könnte." Sie blickte mich an, und ihr Gesicht bekam einen schlauen, besserwisserischen Ausdruck, den ich schon früher bei ihr gesehen hatte. Eine unangenehme Ahnung beschlich mich. „Aber Lucy, du brauchst doch Übung. Du weißt, was Margaret Twigg sagt. Es kommen dunkle Mächte auf uns zu. Du musst bereit sein. Dies ist eine hervorragende Gelegenheit, dich weiterzubilden."

Ich hatte das Gefühl, mich setzen zu müssen, aber wenn ich das getan hätte, hätte ich zu den beiden, die so herrisch über meine Zeit und möglicherweise mein Leben verfügten, von unten hochschauen müssen. „Ihr wollt also, dass ich absichtlich an einen Ort gehe, an dem zwei Menschen getötet und eine halbtot zurückgelassen wurde, und dass ich versuche, diesen mörderischen Poltergeist zu wecken?"

Sie wechselten Blicke, und Violet sagte: „Ja."

Rafe war etwas besorgter um meine Sicherheit. „Aber du wirst natürlich nicht allein dorthin gehen. Ich werde immer in der Nähe sein."

„Aber wie komme ich nach Einbruch der Dunkelheit überhaupt in die Bibliothek? Sie ist doch abgesichert. Ich kann da nicht einfach mit der Titelmelodie von *Ghostbusters* auf den Lippen reinmarschieren."

Violet kicherte, aber Rafe sagte: „Mit was?"

Ich sah ihn kopfschüttelnd an. „Du musst mehr unter Leute." Er war unglaublich versnobt, wenn es um Popkultur ging, insbesondere bei Filmen, und so hatte ich es zu einer meiner Aufgaben gemacht, ihn aufzuklären. Wir hatten ein paar Blockbuster gesehen, die er verpasst hatte, aber es war klar, dass wir uns mehr amerikanische Filme ansehen mussten. „Es ist ein Spielfilm."

Sowohl Violet als auch ich stimmten eine verunglückte Darbietung des Ghostbusters-Titellieds an. Am Ende sagten wir, wie aus einem Munde, wir hätten keine Angst vor Gespenstern. In einem hell erleuchteten Laden konnte man das leicht sagen.

Rafe schaute verwirrt drein, wahrscheinlich wegen unseres schlechten Gesangs. „Für so etwas zahlen die Leute Eintritt?"

„Ich setze Ghostbusters auf die Liste der Filme, die du unbedingt sehen musst", sagte ich und zückte mein Handy, um mir eine Notiz zu machen.

„Zurück zur St. Mary's Bibliothek", sagte er, sichtlich verwirrt von diesem Streifzug durch die amerikanische Popkultur. „Du gehst als meine Assistentin rein. Ich habe bereits mit der Rektorin gesprochen und ihr erklärt, dass du dich für unveröffentlichte Manuskripte über Handarbeiten aus dem viktorianischen Zeitalter interessierst."

Ich starrte ihn an. „Ich kann kaum einen Schal stricken und soll eine Universitätsprofessorin überzeugen, ich sei Expertin für viktorianisches Stricken?"

„Eigentlich für alle Arten von Handarbeit. Es gibt es Bücher und Zeitschriften über Klöppeln und Spitzenklöppeln, über das Färben von Stoffen und Wolle mit den außergewöhnlichsten Zutaten. Ich glaube, das könnte für dich sehr interessant sein."

„Ganz bestimmt wäre es das. Aber ich bin berufstätig. Ich habe ein Geschäft zu führen."

Violet sagte: „Ich kann hier alles für dich erledigen, Lucy. Wir können auch daran arbeiten, wie wir den Poltergeist am besten provozieren, damit er dir erscheint."

Du meine Güte.

Rafe sah mich sehr ernst an. „Du musst nicht, wenn du nicht willst."

Aber in Wirklichkeit war ich fasziniert. Ich wusste nicht, wie man Geister herbeibeschwor, nicht einmal wütende Geister. Ich wusste nur, dass zwei Personen gestorben und eine verletzt worden war und dass ein ganzes College in Gefahr schwebte. Außerdem hatte Violet recht. Ich musste an meinen Fähigkeiten arbeiten, vor allem, wenn Margaret

Twigg recht hatte und böse Hexen unterwegs waren. „Ich werde es versuchen."

„In Ordnung", sagte Rafe. „Die Bibliothek ist nicht überfüllt mit Studenten oder Lehrkräften, sodass es nicht schwierig sein sollte, eine Zeit zu finden, in der du dich dort allein aufhalten kannst."

„Hat das College in Erwägung gezogen, die Bibliothek zu schließen, bis der Geist daraus verbannt werden kann?"

„Das kann man nicht, ohne zuzugeben, an Geister zu glauben. Die Treppe und das Treppengeländer wurden überprüft und für einwandfrei befunden. Nach dem gesunden Menschenverstand ist es einfach nur Pech, dass zwei Menschen dieselbe Treppe hinuntergefallen und dabei umgekommen sind. Immerhin liegen die Todesfälle zehn Jahre auseinander. Trotzdem wurde die Treppe abgesperrt und sie soll umgebaut werden, damit sie sicherer wird."

„Es braucht mehr als nur glattere Treppengeländer, um diesen Ort sicher zu machen, wenn ein Poltergeist die Unvorsichtigen angreift."

„Wenn wir ..." Er hielt inne, und ich spürte, dass er nach dem richtigen Wort suchte, was er selten tun musste. „... den Geist zum Weiterziehen bewegen könnten, wäre das hilfreich."

„Okay. Wann fangen wir an?" Ich glaubte fest daran, dass ich, wenn ich etwas Unangenehmes und Gefährliches tun musste, es am besten rasch hinter mich bringen sollte, und ich ahnte, dass der Umgang mit wütender Energie sehr unangenehm sein würde. Und gefährlich.

„Zunächst solltest du mit ein paar Studierenden sprechen, die diese Umtriebe schon einmal erlebt haben. Du solltest versuchen, von ihnen etwas darüber zu erfahren, damit du weißt, was dich dort drinnen erwartet."

„Na super, soll ich etwa mitten in der Nacht allein dasitzen und darauf warten, dass der Geist mich angreift?"

Rafe streckte seine Hand aus und berührte die meine. Seine kühle Berührung war seltsam beruhigend. Wie ein kühles Tuch auf einer fiebrigen Stirn. „Nein. Ich werde da sein."

Violet schüttelte den Kopf. „Nein, wenn etwas passieren soll, wirst du das nicht. Nichts für ungut, Rafe, aber der Geist wird nicht erscheinen, wenn du in der Nähe bist." Sie sah mich an. „Lucy, wenn du das ernst meinst, musst du allein hingehen. Wir müssen an einem Schutzzauber arbeiten. Etwas, das verhindert, dass du verletzt wirst, aber das den Poltergeist nicht abschreckt."

„Aber wir wollen ihn doch vertreiben, und zwar bis über die Regenbogenbrücke." Ich machte mit meinen Fingern hüpfende Bewegungen, um meinen Standpunkt zu verdeutlichen.

Violet schien poltergeistfreundlicher zu sein als ich, zweifellos, weil sie nicht diejenige war, die allein im Dunkeln sitzen und auf einen warten sollte. „Es könnte einfach nur bösartige Energie sein, die sich von der Dramatik des Studentenlebens nährt. Es könnte sich aber auch um den Spuk eines Geistes handeln, der noch etwas zu erledigen hat. Wenn du das anerkennst und tust, was getan werden muss, kann der Geist weiterziehen. Wenn ich es wäre, würde ich es so wollen."

Diese Theorie gefiel mir viel besser als die Theorie der wütenden, zerstörerischen Energie. „Also gut. Ich werde sehen, was ich tun kann." Zu Rafe sagte ich: „Kannst du mich mit Studierenden in Kontakt bringen, die den Spuk schon erlebt haben?"

„Ja."

Und so fand ich mich an diesem Abend im College wieder.

Auf Geisterjagd.

KAPITEL 6

*R*afe hatte zwei Frauen gefunden, die bereit waren, mit mir über ihre Erfahrungen mit dem Poltergeist zu sprechen. Er hatte vorgeschlagen, dass wir uns in einem der Hörsäle treffen, aber meine Studienzeit lag noch nicht so lange zurück wie seine und außerdem war ich eine Frau. Ich sagte ihm, ich wolle mich mit den Frauen in einem Wohnheimzimmer treffen, und zwar ohne ihn. Ich hoffte auf eine gemütliche Atmosphäre, wie sie unter Studentinnen bei Privatgesprächen im Wohnheim herrscht. Diese Stimmung hätte er definitiv ruiniert.

Er hob daraufhin zwar die Augenbrauen, folgte aber meinem Wunsch. Ich wusste, dass es die richtige Entscheidung war, als ich an die Tür des Zimmers klopfte, in das ich eingeladen worden war, und mir eine sehr hübsche dunkelhaarige Studentin öffnete. Sie trug einen Jogginganzug und zwei verschiedene Socken.

„Judith Morgan?", fragte ich.

„Ja?"

„Hallo, ich bin Lucy Swift. Man hat mir gesagt, du seist

bereit, über den" – jetzt flüsterte ich – „Poltergeist zu sprechen."

Sie ließ mich herein. Sie hatte eine weitere Studentin eingeladen, die den Spuk auch erlebt hatte, Fabrizia Ramos. Britische Akzente konnte ich noch nicht besonders gut zuordnen, aber Judith klang vage nordenglisch, während Fabrizia sich als Linguistikstudentin aus Brasilien vorstellte.

Sie waren sehr freundlich, und da Judiths Mitbewohnerin nicht zu Hause war, setzte ich mich auf deren Bett, während die beiden anderen mir gegenüber auf Judiths Bett saßen. Es herrschte eine Atmosphäre wie bei einer Pyjamaparty, bei der man sich gegenseitig vertraut.

Ich stellte mich vor und hielt mich, soweit ich konnte, an die Wahrheit. Ich sagte ihnen, dass ich mich bereit erklärt hatte, bei einigen Recherchen in der Bibliothek zu helfen, aber ich hatte von den übernatürlichen Aktivitäten dort gehört und wollte wissen, was mich erwartete, bevor ich dort hinging.

Die beiden jungen Frauen sahen sich an, und Judith erschauderte. „Ich gehe nie allein in diese Bibliothek, und du solltest das auch nicht tun."

Fabrizia klang weniger panisch. „Die meisten Menschen erleben dort nichts Schlimmes. Es wird wahrscheinlich alles gut gehen."

„Was ist euch denn passiert? Nur damit ich weiß, was auf mich zukommt."

Sie sahen sich wieder an. „Soll ich?", fragte Judith. Fabrizia nickte.

Judith holte tief Luft, aber ich merkte, dass sie sich irgendwie freute, ihre eigene Spukgeschichte erzählen zu können. Am Lagerfeuer beim Würstchengrillen würde das

Spaß machen. Als Vorbereitung auf meinen Versuch, diesen Geist aus der Reserve zu locken, nicht so sehr. „Es war eines Abends, ziemlich spät. Ich habe an einem Referat gearbeitet. Ich war so weit im Rückstand, dass ich damit rechnete, die Nacht durchmachen zu müssen. Es war ruhig und ich arbeitete, als ich plötzlich ein Klopfen an der Wand hörte." Als sie zum letzten Teil kam, wurde ihre Stimme leiser, und mir lief ein Schauer über den Rücken, wie in einem Horrorfilm.

„Klopfen?"

„Ja. Zuerst dachte ich, jemand wolle meine Aufmerksamkeit erregen, also schaute ich auf, aber da war niemand. Ich dachte nicht viel darüber nach. Es ist ja ein altes Gebäude, und manchmal gibt es seltsame Geräusche. Ich machte mich wieder an die Arbeit. Dann ging das Klopfen wieder los. Jetzt war es lauter. Ich sah mich um, aber es war immer noch niemand da. Ich fing an zu frieren, also zog ich meinen Pullover an. Eigentlich wäre ich dann wohl gegangen, aber ich hatte alle meine Bücher ausgepackt und aufgeschlagen um mich herum liegen. Ehrlich gesagt hatte ich mehr Angst vor meinem Tutor als vor dem Klopfen an der Wand." Sie griff nach einer lila Wasserflasche, die neben ihr auf dem Bett stand, und trank einen Schluck.

Ich betrachtete sie eingehend. Sie schien ziemlich bodenständig zu sein, nicht besonders hysterisch.

„Dann fiel ein Buch von der Wand. Ich meine, eines der Bücher fiel aus dem Regal auf den Boden."

„Was für ein Buch war das?"

Sie sah mich an, als wäre ich verrückt. „Wie soll ich das wissen? Ich bin nicht zu dem Buch gegangen. Ich schaute auf die Wand und versuchte mir einzureden, dass das Buch einfach nicht ordentlich hingestellt worden war und ohnehin heruntergefallen wäre. Doch dann hörte ich etwas in meiner Schreibnische rumoren, und als ich mich umdrehte, lagen alle meine Bücher auf dem Boden. Es war, als ob sie jemand mit dem Arm einfach hinuntergefegt hätte. Das war's. Ich habe mir meinen Laptop geschnappt und bin losgerannt."

Mein Herz schlug allein vom Zuhören schneller. „Das kann ich dir nicht verübeln. Ich hätte dasselbe getan." Ich versuchte, mir das vorzustellen. „Wo genau warst du?"

„In der Gedichtsabteilung."

„Hast du noch einmal etwas Ähnliches erlebt?"

„Nein. Wie ich schon sagte, ich gehe da nie mehr allein rein. Also, ich gehe da überhaupt nicht mehr rein, wenn ich nicht unbedingt muss. Diese seltsamen Dinge scheinen den Leuten nur zu passieren, wenn sie allein dort drin sind. Die Tutoren tun so, als würden sie uns nicht glauben, aber sie gehen auch nicht allein in die Bibliothek."

Wir beide wandten uns Fabrizia zu. Sie nickte und wartete höflich, bis sie an der Reihe war. Als klar war, dass Judith ausgeredet hatte, sagte sie: „Bei mir sind auch Bücher auf mysteriöse Weise aus den Regalen gefallen. Ich dachte, sie seien nicht richtig hineingestellt worden. Ich befand mich in der Mitte des Raumes an einem der Lerntische. Ich schaute in Richtung des Geräuschs, und wo die Bücher gestanden hatten, war eine Schrift an der Wand."

Ich spürte, wie meine Augenbrauen von selbst nach oben gingen. Das war wirklich gruselig. „Es stand etwas an der Wand geschrieben?" Gruselig oder nicht, das war ein echter Beweis. „Hast du es jemandem gezeigt? Es abfotografiert?" Hoffentlich war sie nicht schreiend rausgerannt wie ihre Freundin. Ich hoffte, dass sie so geistesgegenwärtig gewesen war, mit ihrem Handy ein Foto zu machen.

Sie schlang ihre Arme um sich, als ob ihr kalt wäre. „Ich habe es versucht, aber ich war so in Panik, dass mir das Handy aus der Hand gefallen ist. Als ich es wieder aufhob, war die Schrift verschwunden."

Ich stellte die offensichtliche Frage: „Hast du gelesen, was da stand?"

„Es ging alles so schnell, und es war handschriftlich, irgendwie gekritzelt. Ich habe zwei Wörter erkennen können: ‚Geheimnis' und ‚Hilfe'."

„Ich weiß, es ist viel verlangt, aber wärt ihr beide bereit, mit mir zurück in die Bibliothek zu gehen und mir zu zeigen, wo genau diese Dinge passiert sind?"

„Im Ernst", sagte Judith, „du solltest da nicht allein reingehen. Hast du gehört, dass unser Hausmeister die Bibliothekstreppe hinuntergefallen und dabei umgekommen ist?"

„Das habe ich gehört. Es tut mir schrecklich leid."

Fabrizia sagte: „Ich habe einige Nachforschungen angestellt. Ein Geist, der mächtig genug ist, um Bücher zu bewegen, könnte wahrscheinlich den Tod von jemandem verursachen."

„Wie? Er könnte doch niemanden die Treppe hinunterstoßen?"

„Vielleicht doch. Ich weiß nicht. Vielleicht hat der Geist ihn erschreckt und er ist deshalb gestürzt?"

Ich war schon entnervt, dass ich in diese Bibliothek gehen sollte, da sagte Judith auch noch: „Ich glaube sogar, ich habe etwas gesehen."

„Du meinst, abgesehen von Büchern, die aus Regalen fliegen?"

„Es ist schwer zu erklären. Es war nicht wirklich eine Gestalt, eher etwas, das ich aus dem Augenwinkel sah und das vorbeizuziehen schien. Es war weiß, wie wenn man in ein starkes Licht blickt und dann wegschaut. Das Gegenteil eines Schattens."

„Aber es hat dir nicht wehgetan?"

„Nein, wenn man zu Tode erschrecken nicht als wehtun bezeichnet. Natürlich habe ich bei dem Referat auch nicht besonders gut abgeschnitten." Sie klang darüber verbittert, als ob ihr ihre Noten wichtiger wären als ihr Leben.

Ich nickte. „Es ist auch schwer, das als Entschuldigung zu benutzen. ‚Tut mir leid, Frau Professorin, aber ich konnte mein Referat nicht zu Ende schreiben. Ein Geist hat meine Bücher auf den Boden geworfen.'"

„Man kann darüber lachen, aber genau das war passiert."

„Also, wenn wir drei zusammen gehen, wird nichts Schlimmes passieren. Stimmt's?"

Fabrizia stand vom Bett auf. „Kommt. Tun wir es jetzt. Dann bringen wir es hinter uns."

Wir verließen Judiths Schlafsaal und gingen einen Flur mit vielen Türen entlang. Einige waren offen, und ich konnte Studierende sehen, die auf ihren Betten lernten, oder sich an den winzigen Standard-Schreibtischen über ihre Laptops beugten. In der Bibliothek hätten sie viel bequemer sitzen können.

Am Ende des Ganges ging es eine Treppe hinunter und dann noch einen Gang entlang, der sehr viel breiter war. Wir kamen am Speisesaal vorbei, und ich spürte, dass die beiden Frauen von Sekunde zu Sekunde nervöser wurden.

Ich muss zugeben, dass ich es nach diesen Geistergeschichten auch nicht besonders eilig hatte, in diese Bibliothek zu gehen. Wir alle unterhielten uns angeregt, als ob unsere Plauderei die Angst vertreiben könnte.

Dann kamen wir zu einer großen, imposanten Flügeltür. Als das College gebaut wurde, war die Bibliothek ein wichtiger Ort gewesen. Jetzt war sie buchstäblich eine tote Zone.

Fabrizia zog einen der Türflügel auf. Ich war schon in dieser Bibliothek gewesen, aber nicht von diesem Haupteingang aus.

Als wir eintraten, gingen wir drei so nahe beieinander, dass wir uns fast berührten. Den Hauptgang der Bibliothek flankierte eine Reihe Arbeitsnischen aus poliertem Holz. Sie waren alle leer, nirgendwo lag noch ein Buch oder ein Blatt Papier. Alle Lichter waren ausgeschaltet. Die Computer waren alle wieder mitgenommen worden.

St. Mary's gehörte nicht zu den ältesten Colleges in Oxford, bei weitem nicht. Aber es war viktorianisch steif und solide. Hölzerne Säulen ragten über zwei Stockwerke in die Höhe. Zu beiden Seiten des Lesesaals standen Bücher in einer Reihe von zur Haupthalle hin offenen Räumen. Das obere Stockwerk war mit einem polierten Holzgeländer versehen, das rundherum verlief. Es erinnerte mich an ein nach hinten offenes Puppenhaus, nur dass hier alle Zimmer mit Büchern ausgestattet waren.

Die hier aufgereihten Marmorbüsten von Schriftstellerinnen stammten zweifellos von einem viktorianischen Bildhauer. Ich fand das eine nette Idee für eine Frauenhochschule. Jane Austen schaute mich unter ihrem Häubchen schüchtern an, und die, die mit unbedecktem Kopf nach unten schaute, hätte George Eliot sein können. Ich erkannte Charlotte Brontë, wahrscheinlich, weil ich ihr Bild erst kürzlich in der Wohnung von Fiona McAdam gesehen hatte. Sie blickte in die Ferne, so als ob sie sich danach sehnte, ein gutes Buch zu lesen.

Nach etwa drei Vierteln des Weges blieb Fabrizia stehen und zeigte auf einen Arbeitsplatz. „An diesem Tisch habe ich gearbeitet."

„Und aus welcher Richtung sind die Bücher gefallen? Wo hast du die Schrift gesehen?"

Sie zeigte auf die Wand hinter der Arbeitsnische direkt neben der Stelle, an der sie gesessen hatte. „Da?"

„Judith? Wo warst du bei deiner Geisterbegegnung?"

Sie führte uns in eine andere Nische abseits des Hauptkorridors. Es war eine gemütliche Ecke mit einem Tisch und Stühlen darum herum. Es war die Art Arbeitsplatz, die ich mir zu meinen Studienzeiten auch ausgesucht hätte. Gerade Linien habe ich nie gemocht. „Ich war damals als Einzige hier." Sie zeigte mir, wo das einzelne Buch heruntergefallen war.

„War es genau dieses Buch?" Es war eine Anthologie von Gedichten aus der viktorianischen Epoche.

Sie schaute sich das Buch und die wenigen, die darum herumstanden, genauer an. „Ich bin mir nicht sicher. Es war eines von denen. Glaube ich. Vielleicht ist es auch aus dem Regal darüber gefallen. Ich war zu erschrocken, um darauf zu achten."

Das war bedauerlich, aber verständlich. „Vielen Dank, dass du es mir gezeigt hast."

Wir gingen denselben Weg zurück, den wir gekommen waren. Ich musste mich sehr überwinden, nicht zurückzuschauen. Als wir uns gerade trennen wollten, fragte ich: „Woran hast du denn gearbeitet?"

„An den Gedichten von Emily Brontë."

Wieder die Brontës. Mir kam langsam der Gedanke, dass

eine der Schwestern Brontë vielleicht in der Bibliothek ihr Unwesen trieb.

Aber was wollte sie?

Ich hörte leise Stimmen und dann gedämpftes Lachen. Wir drei wechselten Blicke. „Ich habe den Eindruck, dass wir nicht allein sind." Und tatsächlich, als wir zum Ende des Hauptflurs kamen, saß da eine Lerngruppe verdeckt in einer Arbeitsnische.

Als sie uns erblickte, zuckte eine junge Frau zusammen. „Oh, Entschuldigung, stören wir euch? Normalerweise ist hier nie jemand." Sechs Studierende saßen mit offenen Laptops und Notebooks dicht gedrängt um einen Tisch herum. Rückendeckung in der Gruppe.

„Nein, alles in Ordnung", versicherte ihnen Judith rasch. „Wir wollten nur etwas nachschauen."

Da es so aussah, als würde die Lerngruppe noch eine Weile hierbleiben, verließen wir die Bibliothek bald. In Wahrheit war ich gar nicht so enttäuscht, dass ich heute Abend keinen Poltergeist zu Gesicht bekam. Ich hatte eine Gnadenfrist bekommen und bedankte mich im Geiste bei den eifrigen Mitgliedern der Lerngruppe.

Als wir die Bibliothek verließen, sah Fabrizia eine Freundin und verabschiedete sich von uns, sodass ich mit Judith allein zurückblieb. Sie ging in Richtung Wohnheim, als ob sie nirgends sonst hinmüsste.

„Es war so traurig, was mit Mr Eels passiert ist", sagte Judith. „Ich habe öfter mit ihm gesprochen, weißt du."

Wirklich? Hatte der verstorbene Hausmeister etwas verraten, das nützlich sein könnte? Gab es irgendeinen Hinweis darauf, warum er getötet worden sein könnte? „Worüber habt ihr denn miteinander gesprochen?" Ich wollte nicht aufdringlich sein, aber andererseits hatte sie das Thema angesprochen.

Sie schien einen Moment lang zu überlegen. „Hauptsächlich über mein Studium. Es macht mir schwer zu schaffen. Es war fantastisch, in St. Mary's aufgenommen worden zu sein, aber der Druck hier ist unglaublich. In der Schule galt ich als gescheites Mädchen, aber jetzt bin ich hier und habe es mit den klügsten Köpfen der Welt zu tun. Ich weiß nicht, was ich mir dabei gedacht habe." Beim letzten Teil hätte sie fast geweint, und ich konnte es ihr nicht verdenken. Ich war selbst auch eingeschüchtert, wenn ich die Gespräche der Studenten auf der Straße mitbekam. Ich konnte mir nicht vorstellen, dass ich unter lauter Superhirnen gut zurechtkäme.

„Und hast du mit Mr Eels darüber gesprochen?"

Sie nickte. „Er war nicht wie die anderen Leute hier. Er war ein normaler Mensch. Wie ich. Also ja, ich konnte ihm sagen, dass ich es schwer hatte, und er hat mich ein bisschen aufgemuntert."

„Hat Wilfred Eels jemals über sich selbst gesprochen? Weißt du irgendetwas über ihn?"

Sie überlegte und schüttelte dann den Kopf. „Es ist komisch, dass es mir vorher nie aufgefallen ist, aber wir haben immer über mich gesprochen."

Das hörte sich sehr nach einer selbstverliebten Studentin an, also war ich nicht sehr überrascht. Sie fuhr fort: „Rund um die Hochschule ist immer irgendetwas in Ordnung zu bringen. Ständig reparierte er irgendein Fenster oder füllte die Wasserbehälter nach. Manchmal hatte sich ein Stück Bodenbelag gelöst, oder ein Schloss klemmte. Ich blieb stehen und wir unterhielten uns ein paar Minuten. Das tat mir immer gut. Er war reizend. Ich werde ihn wirklich vermissen."

Er war ein älterer Mann, der zu einer viel jüngeren Frau nett war, also musste ich die naheliegende Frage stellen. „Er hat nie irgendwelche Annäherungsversuche gemacht, oder?"

Sie sah so schockiert aus, als hätte ich sie geohrfeigt. „Nein. Er war doch alt. Außerdem würden sie solche Typen nie mit jungen Leuten arbeiten lassen."

Ich wollte mich nicht auf eine Diskussion einlassen. „Schien er mit seiner Arbeit zufrieden zu sein?"

Sie zuckte die Achseln. „Wer weiß? Er bekam die Stelle hier, kurz nachdem ich mit dem Studium begonnen hatte, wir waren also beide neu und mussten uns erst zurechtfinden. Wahrscheinlich sind wir auch deswegen ins Gespräch gekommen. Es war etwas, das wir gemeinsam hatten, wie auch das Gefühl, nicht dazuzugehören."

„Das kann ich dir nachfühlen. Glaubst du, es ist nur das College, oder ist es Oxford?"

Sie zog die Nase kraus. Wir hätten Schwestern sein können. „Eigentlich ein bisschen von beidem. Die meisten der Mädchen hier ... sie sind wie von einem anderen Planeten. Sie gingen auf Public Schools, wo sie Latein und Griechisch lernten, und waren schon mit sechs Jahren in Debattierclubs." Ich musste mir immer wieder vor Augen führen, dass eine „Public School" in England in Wirklichkeit eine Privatschule ist.

„So jemand wie ich hatte es nicht leicht, überhaupt zugelassen zu werden, ich schaffte es nur mit Mühe und Not. Und jeden Tag komme ich mir vor, als läge ich meilenweit hinter allen anderen zurück, und als könnte ich nie aufholen, so schnell ich auch renne. Ich habe gar keine Zeit, eine richtige

Bildung zu erwerben, während ich mich abmühe, meine Abschluss zu machen."

Ehrlich gesagt ging mir das mit meiner Hexenausbildung ebenso. Ich musste mich immer anstrengen mitzuhalten, und wurde ständig daran erinnert, dass ich nicht die jahrelange Ausbildung bekommen hatte, die die meisten meiner Hexengenossinnen absolvierten. Judith brauchte eindeutig jemanden, der sie aufmunterte, und da sie den, der das bisher getan hatte, verloren hatte, sollte ich vielleicht einspringen. „Weißt du, es ist ja schon eine große Leistung, es überhaupt auf ein College in Oxford zu schaffen. Dazu kannst du dir wirklich gratulieren. Und man kann nur so hart arbeiten, wie man kann. Du wirst das schaffen. Du wirst einen Abschluss machen, und den kann dir dann niemand mehr nehmen."

Sie lehnte sich mit dem Rücken gegen die Wand. „Es ist schon komisch. Solche Sachen sagte er mir auch immer. So, als wolle er mich aufheitern. Er war ein netter Kerl. Es war schrecklich, dass er so schlimm gestürzt ist."

„Ja." Sie glaubte eindeutig, dass der Sturz ein Unfall war. Ich war mir da nicht so sicher.

Da sie ein gesprächiger Typ war, fragte ich mich, ob sie mir wohl weiterhelfen könnte. „Kennst du Professor McAdam? Fiona McAdam."

Sie zog eine Grimasse. „Klar. Sie ist meine Tutorin für viktorianische Literatur."

„Wirklich? Nach deinem Blick zu urteilen, nicht gerade deine Lieblingsdozentin."

„Meinen Aufsatz über *Sturmhöhe* hat sie als langweilig bezeichnet. Vor allen andern."

„Oje." Ich konnte mir vorstellen, wie demütigend das gewesen sein musste. „War das der Aufsatz, an dem du gearbeitet hast, als du das seltsame Erlebnis in der Bibliothek hattest?"

Bewundernd sah sie mich an. „Ja, genau. Wie klug, dass du darauf gekommen bist."

„In *Sturmhöhe* kommt doch ein Geist vor, oder?"

„Ja. Ich habe mir einige Gedichte von Emily Brontë angesehen und versucht, eine Verbindung herzustellen, als ich dieses Erlebnis hatte. Wie ich schon sagte, nannte Professor McAdam den Aufsatz, an dem ich so hart gearbeitet habe, ‚langweilig'." Sie ging langsamer und blieb schließlich ganz stehen und schaute auf ihre Schuhe. „Es ist schon schlimm genug, dass ich jeden Tag das Gefühl habe, nicht gut oder klug genug zu sein, aber dass meine Tutorin das auch noch vor der ganzen Klasse sagt: An dem Tag hätte ich beinahe alles hingeworfen. Das sage ich dir jetzt. Ich hätte fast meine Koffer gepackt und wäre gegangen."

„Hast du versucht, mit Professor McAdam zu sprechen?"

Judith sah mich an, als wäre ich verrückt. „Sie ist das, was all diese Mädchen sein werden, wenn sie mit der Uni fertig sind. Das sind alles Klugscheißer. Ich glaube, sie versteht nicht, dass nicht jeder schon als Kind die Klassiker gelesen oder in den Ferien berühmte Kunstgalerien besucht hat. Meine Mutter und mein Stiefvater haben ihr Bestes getan, aber sie konnten sich keine Privatschule leisten. Ich hatte einfach Glück, dass mein örtliches Gymnasium recht gut war und meine Lehrerin mich inspiriert und gefördert hat."

Fiona McAdam kannte ich zwar nicht sehr gut, aber ich bezweifelte, dass sie eine Schülerin mit Absicht hatte demütigen wollen. „Ich denke, du solltest mit ihr reden. Sag ihr das, was du mir gesagt hast. Vielleicht kann sie dir bei der

Quellensuche helfen. Zumindest kannst du dann deinen Groll loswerden."

„Du hast wahrscheinlich recht. Ich sollte mit ihr reden." Das sagte sie in einem Tonfall, der mir zu verstehen gab, dass sie das nie tun würde. Es tat mir leid, dass sie jemanden verloren hatte, mit dem sie reden konnte. Da ich hier auch eine Außenseiterin war und genau wusste, wie es ist, wenn man sich überfordert fühlt, lud ich sie ein, jederzeit zu mir zu kommen und mit mir zu reden. Ich sagte ihr, wo sie meinen Strickladen finden konnte.

Außerdem hatte ich ja unter dem Laden das Nest von Vampiren, die alle miteinander ziemlich viel wussten. Ich wette, sie würden ihr helfen können, wenn sie bei der Recherche nicht weiterkam. Dann hatte ich eine Idee. „Fiona McAdam ist in meinem Popcorn-Strickkurs. Wie wär's, wenn du auch kämst? Das wäre eine gute Gelegenheit, sie in einem entspannten Rahmen kennenzulernen. Vielleicht sieht sie dich dann in einem anderen Licht und du fühlst dich bei ihr wohler."

Ihre Miene hellte sich ein wenig auf. „Stricken? Meine Großmutter hat mir das Stricken beigebracht. Ich stricke immer noch gern." Dann verdüsterte sich ihr Gesicht. „Ich glaube nicht, dass ich dazu Zeit habe."

„An meinen Strickkursen nehmen einige Studentinnen teil. Sie finden es entspannend. Wie auch immer, du bist jedenfalls willkommen. Und du müsstest nichts bezahlen. Wir Außenseiter müssen zusammenhalten. Du hast bisher nur eine Stunde verpasst, weißt du. Komm doch nächsten Montag, wenn du Lust hast."

„Danke. Ich werde es mir überlegen."

„Mach das. Du kannst es dir auf meiner Website anschauen und mich anrufen, wenn du kommen willst."

Ich hoffte, dass sie nicht meinte, es ginge mir dabei ums Geschäft. Es wollten ja viele Leute meine Kurse besuchen. Ich wollte ihr und Fiona McAdam wirklich zu einer besseren Beziehung verhelfen. Als Außenseiterin konnte ich mir vorstellen, wie schwer es für Judith sein musste, sich anzupassen, wo sie doch einen ganz anderen Hintergrund hatte als die meisten anderen Studentinnen. In meiner Zeit in Oxford hatte ich gelernt, dass alle, die es auf eines der Colleges geschafft hatten, unglaublich intelligent, überaus fleißig und sehr zielstrebig waren. Eltern, die es sich leisten konnten, ihre Kinder auf die Schulen zu schicken, die sie auf Oxford und Cambridge vorbereiteten, verschafften ihnen damit einen enormen Vorsprung. Aber ein Mädchen wie Judith musste doppelt so hart arbeiten, um dorthin zu gelangen. Ich wünschte mir wirklich, dass es ihr gelänge. Aber ich ergriff eben immer Partei für David gegen Goliath.

Dass Oxford versuchte, sich für eine vielfältiger Studentenschaft zu öffnen, hatte ich aus den Medien mitbekommen, doch ich ahnte, dass der Weg dahin noch weit und hindernisreich war.

Fiona McAdam hatte auch etwas von einem David. Wer sonst würde allein in die Bibliothek gehen, wenn er weiß, dass sich dort ein Poltergeist herumtreibt? Es wäre einfach schön, wenn sie und Judith sich besser verstehen würden. Dass die Sache mich eigentlich nichts anging, hatte mich ja noch nie davon abgehalten, mich einzumischen.

KAPITEL 7

$\mathcal{M}$anchmal, wenn ich nicht weiterkam oder Probleme hatte, musste ich Experten zu Rate ziehen. In meinem Fall bedeutete das fast immer, dass ich dem Vampir-Strickclub von meinem Problem berichtete. Alle zusammengenommen, hatten die Vampire wohl um die zehntausend Jahre Erfahrung, und was sie nicht wussten, konnten sie über ihr Netzwerk herausfinden, eine untote Version des Darknets.

Wie üblich kamen sie auch an diesem Abend zusammen. Und wie bei jedem Treffen fingen wir mit einer Präsentationsrunde an. Es war erstaunlich, was eine Gruppe von Vampiren, die viel Zeit und ein übermenschliches Stricktempo hatte, in einer Woche produzieren konnte. Sie taten alle so, als wären sie nicht ehrgeizig, aber ich ließ mich nicht täuschen. Diejenigen mit Blick fürs Design, fertigten Strickmode an, die auf den Laufsteg gepasst hätte, Kissen und Decken, die einer teuren Boutique Ehre machen würden und handgestrickte Spielsachen, die in mir die Sehnsucht weckten, wieder Kind zu sein. Die weniger modebewussten konzentrierten sich auf perfekte Handwerkskunst.

Am Ende bekam ich immer viele Pullover, Schals, Mützen, Jacken und sogar Umhänge geschenkt und versuchte, jedes dieser Geschenke zu ehren, in dem ich es auch trug. Manchmal kostete es allerdings Überwindung, ein von Mabel gestricktes Kleidungsstück zu tragen. Sie war während des Zweiten Weltkriegs zur Vampirin geworden und ging mit Wolle sehr sparsam um, außerdem war es ihr entgangen, dass sich die Mode gewandelt hatte.

Als ich an jenem Abend in einem Pullover in Quietschrosa, verziert mit perfekten, überdimensionierten Häkelrosen, und passender Mütze zu dem Treffen erschien, sagte Sylvia, nachdem sie nur einen Blick auf mich geworfen hatte: „Oh mein armes Schätzchen. Mabel, nehme ich an?" Ich nickte und hoffte inständig, dass mir Sylvia als Nächste etwas stricken würde. Ich beneidete sie um die Kaschmir-Lounge-Hose und den Langpulli, den sie anhatte. Aber ich wurde belohnt, als Mabel durch die Falltür, die in das Hinterzimmer meines Ladens führte, nach oben geklettert kam.

Ihr entzücktes Lächeln entschädigte mich für meinen Auftritt als Kriegsbraut mit Geschmacksverirrung.

Silence Buggins, deren Vorname „die Schweigsame" bedeutet, meldete sich gerade an diesem Abend als Erste zu Wort. Bei der Namenswahl waren die Eltern wohl zum Scherzen aufgelegt gewesen. Stolz präsentierte sie einen Strickmantel, der so schön war, dass er ein Ausstellungsstück hätte sein können. Da sie ihren Stil seit ihrer Wandlung, zu Lebzeiten von Königin Viktoria, nicht mehr verändert hatte, hätte er durchaus ins Museum gepasst.

Meine Großmutter, Agnes Bartlett, meldete sich als

Nächste. Da das Cardinal Woolsey's früher ihr gehört hatte, kannte sie noch viele meiner Kundinnen und Kunden, und als ich ihr erzählte, dass Eileen vor kurzem ein Enkelkind bekommen hatte, beschloss sie, eine Babydecke zu stricken. Natürlich würde keine frischgebackene Mutter ein Geschenk von einem Vampir annehmen wollen, also mussten wir uns etwas überlegen. „Wie wäre es, wenn Lucy sagt, sie hätte sie gestrickt?", fragte Granny.

Zwanzig Vampire lachten lauthals los, schüttelten den Kopf oder sagten einfach nein. Selbst Mabel gluckste leise. Okay, ich war nicht die beste Strickerin der Welt. Aber hätten sie nicht über die Jahrhunderte ihrer Existenz etwas Taktgefühl entwickeln können?

Schließlich fiel Sylvia eine Lösung ein. Sylvia war die eleganteste Vampirin, die ich je gesehen hatte. Sie war in den 1920er Jahren Filmstar gewesen und hatte einen ausgeprägten Sinn für Stil und Glamour. Immer wenn ich die Schauspielerin Helen Mirren sah, musste ich an sie denken.

Sylvia schlug vor, Eileen zu sagen, die Decke sei ein Geschenk von Cardinal Woolsey's. Wenn sie mich drängen würde, könnte ich ihr sagen, Violet, meine Cousine und Verkäuferin, die eine ausgezeichnete Strickerin war, hätte die Decke angefertigt. Irgendwie klang es authentischer, sie als ein Geschenk des Ladens zu überreichen. Außerdem wäre Eileen viel zu sehr damit beschäftigt, die herrliche Decke zu bewundern, als dass sie sich Gedanken darüber machen würde, wer sie eigentlich gestrickt hatte. Zumindest hoffte ich das.

Ich selbst versuchte erst gar nicht, etwas von mir Gestricktes zu präsentieren. Ich bemühte mich ja immer noch, die Grundlagen des Strickens zu lernen. Zu Weihnachten hatte ich es geschafft, meiner Großmutter – mit nur ganz wenig Hilfe von Violet – einen roten Pullover zu stricken. Aus sentimentalen Gründen zog Granny ihn oft an.

Aber der war jetzt fertig und im Moment strickte ich an einem Schal. Schals waren gerade, zumindest theoretisch. Mir machten sie zu schaffen, denn ich musste genau aufpassen, dass ich nicht von Reihe zu Reihe unterschiedliche Maschenzahlen bekam und meine Ränder nicht, statt gerade, wackelig und ungleichmäßig wurden.

Beim Stricken erzählte ich den anderen von den mysteriösen Todesfällen, dem Angriff und dem Poltergeist in der Universitätsbibliothek und fragte, ob jemandem dazu etwas einfiel.

Silence Buggins fiel zu allem etwas ein. Diese Frau beherrschte Kunst der ewigen Leier aus dem Effeff. Beim Zuhören musste ich immer meine gesamte Willenskraft aufwenden, um meine Aufmerksamkeit nicht abschweifen zu lassen.

Aber dieses Mal sagte sie nur: „Wir haben nicht viel mit Geistern am Hut." Sie verzog angewidert den Mund. „Kein Umgang für uns." Und mir wurde klar, dass es in der Welt der Untoten genauso viel Snobismus und Diskriminierung gab wie in der Welt der Lebenden.

Ich erzählte ihnen, was die Studentinnen erlebt hatten, und von der geheimnisvollen Schrift, die Fabrizia an der Wand gesehen hatte. „Sie konnte nur zwei Worte erkennen", berichtete ich. „,Geheimnis' und ,Hilfe'."

Kurz war alles still. „Nicht besonders hilfreich, oder?", sagte Sylvia. „Schade, dass das Mädchen den Rest der Mitteilung nicht verstanden hat."

„Sie war völlig verängstigt", gab ich zu bedenken.

„Diese jungen Leute haben nicht das Rückgrat, das wir hatten", mischte sich Silence ein. Da Silences Rückgrat von ihrem Walknochenkorsett aufrecht gehalten wurde, konnte mich diese Aussage nicht besonders beeindrucken. Sicher, jetzt waren sie furchtlos, aber ich wette, jeder dieser Vampire hätte zu seiner Zeit Angst gehabt, wenn er einen Geist gesehen hätte.

Nun, Rafe vielleicht nicht. Ich hatte den Verdacht, dass er sich nie groß gefürchtet hatte. Er saß still da, sagte nichts und seine Stricknadeln bewegten sich geschwind. Da ich ihm die Geschichte bereits erzählt hatte, nahm ich an, dass er sich ebenso wie ich fragte, ob einer der anderen Vampire wohl etwas zur Deutung dieser Teilbotschaft beisteuern könnte.

„Hat dieser Geist ein Geheimnis und braucht Hilfe bei etwas?", fragte ich.

„Vielleicht", antwortete Sylvia. „Oder weiß er, dass diese junge Frau ein Geheimnis hat und bietet ihr Hilfe an?"

„Indem er ihre Bücher auf den Boden wirft?"

„Es ist ein Rätsel. Hat sie um Hilfe gebeten oder welche angeboten? Und was war das Geheimnis?"

Theodore, der ehemalige Polizist mit dem Babygesicht, fragte, ob der Bericht des Gerichtsmediziners bereits vorlag.

Rafe berichtete, dass Wilfred Eels an Verletzungen gestorben sei, die zu einem Treppensturz passten. Rafe hatte so gute Verbindungen, dass er die Ergebnisse einer Autopsie manchmal schon kannte, bevor die Kripo Oxford sie erhielt.

Theodore interessierte sich immer für die Arbeit der Polizei. „Also gab es keine Verletzungen vor dem tödlichen Sturz. Aber ein Sturz und ein gebrochenes Genick schließen doch einen Mord nicht aus, oder?"

Rafe nickte ihm zustimmend zu. „Ich glaube, du hast

recht, Theodore. Die Tatsache, dass Georgiana Quales an derselben Stelle und auf dieselbe Weise gestorben ist, erscheint verdächtig, ebenso wie die Tatsache, dass eine junge Dozentin in derselben Nacht verletzt wurde wie der Hausmeister."

Ich war nicht überzeugt. Ich war diese Treppe selbst hinaufgegangen und hielt sie für lebensgefährlich. Dass es dort in den letzten zehn Jahren nur zwei Todesfälle gegeben hatte, überraschte mich. „Liegen die Stürze nicht zu weit auseinander, als dass sie miteinander in Zusammenhang stehen könnten? Immerhin lagen zehn Jahre dazwischen."

Ein Dutzend Vampire starrte mich verwirrt an. Für das Zeitgefühl von Vampiren sind zehn Jahre natürlich ein Klacks. Ich versuchte es erneut: „Warum sollten die Todesfälle zusammenhängen? Eine Rektorin und ein Mann, der fürs Rasenmähen zuständig war? Sie hatten sich nicht kennen können. Eine der Studentinnen erzählte mir, dass Wilfred Eels erst seit ein paar Monaten am College arbeitete."

Jetzt war ich als Empfängerin eines zustimmenden Nickens von Rafe an der Reihe. „Lucy hat recht. Wenn diese Todesfälle zusammenhängen, muss es irgendeine Verbindung zwischen Wilfred Eels und Georgiana Quales geben. Etwas, von dem wir noch nichts wissen."

„Vorausgesetzt, sie wurden getötet und sind nicht beide rein zufällig die Treppe hinuntergefallen."

Rafe nickte. „Da ist auch noch die Sache mit den fehlenden Handschriften. In Anbetracht ihres Wertes glaube ich nicht, dass diese beiden Stürze Unglücksfälle oder reiner Zufall waren."

Theodore sagte: „Dann müssen wir mehr über den

verstorbenen Wilfred Eels und die ehemalige Rektorin Georgiana Quales in Erfahrung bringen."

Da meldete sich Granny zu Wort. „Und was ist mit der Frau, die verletzt wurde?" Sie sah mich an. „Sie ist eine unserer Kundinnen, nicht wahr, Lucy? Wie hieß sie nochmal?"

„Fiona McAdam. Und du hast recht, Granny. Sie ist nicht umgekommen, aber sie wurde verletzt. Sie ist hier ein weiteres Opfer."

Granny nickte entschlossen. „Dann sollten wir auch mehr über sie herausfinden." Als jüngste Vampirin und frühere Besitzerin des Cardinal Woolsey's war meine Großmutter noch enger mit denjenigen von uns verbunden, die einen Pulsschlag hatten. Seit sie untot geworden war und so viel Zeit mit Sylvia verbracht hatte, war sie viel stilbewusster geworden. Statt einer vernünftigen Strickjacke zu schwarzem Rock oder Hose und Stützstrumpfhose, wie sie sie im Leben getragen hatte, trug sie heute ein kastanienbraunes Kleid mit einem komplizierten Chevron-Muster. Darüber trug sie einen Blazer im Chanel-Stil in Kastanienbraun und Schwarz. An ihren Füßen trug sie klobige Schuhe, die mit ziemlicher Sicherheit von Fluevog waren. Natürlich brauchte sie keine Stützstrümpfe mehr, sodass ihre Beine den diskreten Glanz von teuren Strümpfen aufwiesen.

Da sie keine Spiegel benutzen konnten, schminkten sich Granny und Sylvia gegenseitig. Das bedeutete, dass Grannys Make-up fachgerechter aufgetragen war als das des ehemaligen Filmstars Sylvia, obwohl ich natürlich nie etwas sagte. Grannys Geschick als Maskenbildnerin wurde außerdem von Tag zu Tag besser.

Sie legte einen ihrer in Designerschuhen steckenden

Füße über den anderen. „Sagtest du nicht, sie sei aus Edinburgh?"

„Fiona McAdam? Das habe ich nicht gesagt. Ich wusste es gar nicht, glaube ich."

Granny schaute etwas verlegen drein und sagte: „Oh", und widmete sich wieder ihrem Strickzeug.

Ich ließ mich nicht täuschen. „Granny? Was hast du gemacht?"

Sie versuchte, unschuldig zu tun, aber es gelang ihr nicht. „Ich wollte doch nur helfen. Ich habe ihr Kundenprofil auf dem Ladencomputer nachgeschlagen. Bei der Frage nach ihrer Strickerfahrung erwähnte sie ein Wollgeschäft, von dem ich zufällig weiß, dass es in Edinburgh ist."

Die meisten anderen Vampire strickten weiter, nur Sylvia nicht. Sie saß aufrecht, hatte die Alpakafäustlinge, die sie strickte, auf ihrem Schoß abgelegt und beobachtete Granny und mich. Ich mochte zwar keine Superkräfte haben wie ein Vampir, aber mit meinem Hexengespür und der guten alten menschlichen Intuition spürte ich, dass etwas im Busch war. Was wohl?

„Okay", sagte ich vorsichtig. „Sie könnte also aus Edinburgh sein." Später würde ich mit Granny über das Herumschnüffeln sprechen.

Sie nickte und sah mich dabei so zufrieden an, als hätte ich die Antwort auf eine komplizierte Quizfrage erraten. „Vielleicht sollten Sylvia und ich einen Ausflug nach Edinburgh machen und sehen, was wir über Fiona McAdam herausfinden können." Sie blickte freundlich zu Theodore, der seine eigene Praxis als Privatdetektiv betrieb. „Theodore könnte auch mitkommen."

Das Ganze als spontane Idee zu verkaufen, gelang ihr

ziemlich schlecht, aber ich verkniff mir eine entsprechende Bemerkung, weil die Idee großartig war.

Theodore war sichtlich erfreut über die Einladung. Und ich hatte gleich ein viel besseres Gefühl bei der Sache, weil er meine Großmutter und Sylvia begleiten würde. Er würde sie von zu impulsiven oder törichten Aktionen abhalten, oder es zumindest versuchen.

FÜR EINE, die ihren Lebensunterhalt als Schauspielerin verdient hatte, mimte auch Sylvia ihre Überraschung über Grannys Vorschlag sehr schlecht. Es war sonnenklar, dass die beiden diesen Plan zusammen ausgeheckt hatten. Übertriebenes Erstaunen stand ihr im Gesicht geschrieben. „Was für eine wunderbare Idee, Agnes", sagte sie. „Der Bentley muss einmal ausgefahren werden. Wir fahren mit dem Auto, heute Abend können wir los."

Wenn sie wirklich fahren wollten, sollten sie so viele Informationen wie möglich haben. „Was wissen wir noch über Fiona McAdam?" Ich warf Rafe einen Blick zu. „Du hast mit ihr gesprochen. Fällt dir irgendetwas ein?"

Er nahm sich einen Moment Zeit, und ich stellte mir vor, wie er all seine Begegnungen mit Fiona McAdam Revue passieren ließ. „Sie ist eine große Expertin für viktorianische Literatur. Ich glaube, sie hat an der Universität von Edinburgh unterrichtet, bevor sie hierherkam. Ich werde mich umhören und sehen, was ich noch herausfinden kann." Er blickte von Theodore zu Granny und zu Sylvia. „Vergesst nicht, eure Handys immer aufzuladen."

„Und was ist mit mir?", fragte Silence Buggins klagend.

„Ich würde vielleicht auch gerne einmal nach Edinburgh fahren. Ein Tapetenwechsel würde mir sehr guttun."

Sylvia und Granny wechselten Blicke, während sie versuchten, taktvoll zu sagen, dass sie auf der langen Fahrt nicht mit einer besserwisserischen Quasselstrippe im Auto sitzen wollten, deren Vorstellung von Entspannung darin bestand, viktorianische Predigten zu lesen. Und zwar laut.

Ich hatte eine zündende Idee, mit der ich die Situation retten konnte. „Silence, du kannst nicht nach Edinburgh fahren. Wir brauchen dich hier. Rafe hat Manuskripte über Stricken und Handarbeit im viktorianischen Zeitalter gefunden. Er hat den Leuten an der Hochschule erzählt, ich sei Strickexpertin, aber du weißt genauso gut wie ich, dass ich eine blutige Anfängerin bin. Meinst du, du könntest du mir einen großen Gefallen tun? Könntest du dir diese Manuskripte anschauen und begutachten, ob sie echt sind?"

Granny warf mir einen dankbaren Blick zu, als Silences Miene sich aufhellte und sie sich sofort bereit erklärte, uns zu helfen. Dann begann sie mit einer sehr langen und ausführlichen Erklärung über das Stricken im viktoriani-schen Zeitalter. Sie beschrieb in allen Einzelheiten die Deck-chen, die sie für die Stube ihrer Mutter gestrickt hatte, und die Komplimente, die sie für ihre Schals und Muffs erhalten hatte. Je mehr sie redete, desto schneller begannen die anderen Vampire zu stricken, bis das Klicken der Nadeln ihren Monolog fast übertönte.

Als sie schließlich innehielt, sagte Rafe: „Ich besorge dir Kopien der Manuskripte. Ich wäre dir dankbar für deine Begutachtung."

Ich nahm mir vor, dann nicht in Hörweite zu sein.

Hester, der ewig launische, hormongeplagte Teenager,

gab ein tiefes, klagendes Stöhnen von sich. „Typisch! Du lässt dir von dieser Queen Victoria helfen, während ich hier Tag für Tag sitze und mich zu Tode langweile. Hallo! Ist vielleicht einer von euch auf den Gedanken gekommen, dass ich gut in ein College passen könnte?"

Ich sah sie an, wie sie schmollend und mürrisch, mit langen schwarzen Haaren und blass wie ein Grufti dasaß, und musste zugeben, dass sie recht hatte. Hester war bei ihrer Wandlung zur Vampirin etwa sechzehn gewesen, aber sie konnte als jung aussehende Siebzehn- oder Achtzehnjährige durchgehen, so alt waren die meisten Erstsemester. Selbst wenn ich ihr Gejammer nur für ein paar Minuten unterbinden könnte, wäre es die Mühe wert. Wieder bot ich meine Unterstützung an. „Hester, das ist eine großartige Idee." Ich sah Rafe an, der viel mehr als ich darüber wusste, wie Oxford funktionierte. „Gibt es eine Möglichkeit, Hester während des Semesters unter die anderen Studierenden zu mischen?"

Hester war so sehr daran gewöhnt, dass man ihre ständigen Klagen ignorierte, dass sie von dieser Wendung der Ereignisse fast überwältigt schien. Sie tat mir richtig leid. Sie versuchte, Freunde zu finden und sich wie ein normaler Teenager zu verhalten, aber das war aus offensichtlichen Gründen nicht einfach. Rafe und die anderen hielten sie ziemlich streng unter Beobachtung, was sie noch rebellischer machte. Wenn sie tatsächlich etwas Nützliches zu tun hätte, würde sie sich vielleicht bessern. Noch besser wäre es, wenn sie sich am College einschreiben würde. Sie hatte noch viele Jahre vor sich. Da konnte sie genauso gut etwas lernen.

Rafe schien von meiner Idee weniger begeistert zu sein als Hester. Stirnrunzelnd blickte er zu Boden. „Sie müsste eingeschrieben sein."

Ich war überzeugt, dass wir es mit Hilfe meiner Hexen und seiner Vampiren irgendwie schaffen würden, sie an die Uni zu bekommen. „Wir können ihr doch sicher einen vorläufigen Studentenausweis besorgen."

„Es ist ein kleines College. Da fällt es bestimmt jemandem auf, dass sie nicht dazugehört."

Dr. Christopher Weaver, der eine private Blutbank betrieb, was ihn bei den anderen Vampiren sehr beliebt machte, hielt beim Stricken mitten in der Reihe inne. Er strickte sich gerade eine Weste aus feiner Wolle mit Kaschmirmuster. Sehr schick. Er sah auf. „Und wenn sie sich als Freundin eines Studenten ausgeben würde? Kommen nicht oft Leute übers Wochenende zu Besuch?"

Hester sah so begeistert aus, wie ich sie noch nie gesehen hatte. Mich beschlich jedoch das ungute Gefühl, dass dies eine schlechte Idee sein könnte. Dem flüchtigen Blick nach zu urteilen, den Rafe mir zuwarf, dachte er dasselbe.

„Wen könnte sie wohl besuchen?"

Dr. Weaver sagte: „Da ist ein junger Mann, den ich manchmal in meiner Klinik sehe."

„Ist er Blutspender?" Wäre es wirklich eine gute Idee, eine launische jugendliche Vampirin mit einem Typen, der gerne Blut spendete, in einem Wohnheimzimmer zusammenzubringen? Vielleicht käme sie noch auf die Idee, er solle sein Blut direkt ihr selbst spenden. Ich wusste, dass die Vampire, die unter mir wohnten, versuchten, sich von den alten Bräuchen fernzuhalten, um sich besser in die Gesellschaft einzufügen. Ich unterstützte sie sehr in ihren Bemühungen.

„Nein, er holt es sich bei mir."

Eine Sekunde lang herrschte völlige Stille. Dann drehte sich Rafe um und starrte ihn an. „Er ist einer von uns?"

„Ja, das ist er."

„Aber warum haben wir ihn noch nie gesehen?"

„Er strickt nicht."

Einen spannungsgeladenen Augenblick lang starrten sich die beiden in die Augen. Ich verstand die Politik meiner Nachbarn im Untergeschoss nicht ganz, aber ich hatte das Gefühl, dass Rafe gern alle Vampire der Stadt kennen wollte. Und vielleicht hielt Christopher Weaver es nicht für nötig, Rafe Bericht zu erstatten, der ja offiziell auch nicht das Sagen hatte, obwohl sich praktisch jeder an Rafe wandte, wenn es um Entscheidungen ging, die die örtlichen Vampire betrafen. „Ich verstehe. Und wo kommt er her?"

Dr. Weaver setzte sich gerade auf. „Ich habe ihn nicht gezeugt, falls du das meinst. Er ist Spanier. Er kam als Sprachschüler an und spricht jetzt natürlich perfektes Englisch und hat beschlossen zu bleiben. Da er zum Sprachstudium am St. Mary's war, beschloss er, dort zu bleiben und seinen Abschluss zu machen."

„Wie alt ist er?", fragte Hester und klang dabei viel weniger unglücklich als sonst.

„Nicht viel älter als du, Hester, obwohl er schon viel länger zu uns gehört."

„Kann man ihm vertrauen?", fragte Rafe, der nicht gerade erfreut darüber war, dass dieser neue Vampir unter Studenten wohnte. Ich dachte an Judith und Fabrizia und all die netten jungen Leute, die dachten, ihr größtes Problem sei ein Poltergeist im College. Und dabei hatten sie einen Vampir in ihrem Wohnheim!

Dr. Weaver wandte sich wieder seinem Strickzeug zu.

„Ich bin nicht sein Aufpasser. Da er regelmäßig zu mir kommt, bin ich sicher, dass sein Nährstoffbedarf gedeckt ist, ohne dass er zusätzliche Nahrung braucht."

„Du hättest es mir sagen sollen. Einzelgänger kommen nicht so gut zurecht wie die, die eine Gemeinschaft haben."

„In jeder Welt gibt es Einzelgänger. Das weißt du ganz genau."

„Vielleicht wäre er weniger einsam, wenn er jemanden in seinem Alter kennen würde", ließ sich Hester vernehmen. „Ich will ihn auf jeden Fall kennenlernen."

Rafe öffnete den Mund, aber bevor er etwas sagte, sagte Granny sanft: „Es wäre schön, wenn Hester gleichaltrige Freunde finden würde."

„Bitte, Rafe", sagte Hester.

Ich merkte, dass ihm der Gedanke zuwider war, und ich wünschte, ich hätte Hester nicht so schnell zugestimmt, dass sie inmitten der Studierenden hilfreich sein könnte. Woher hätte ich wissen sollen, dass sich im College ein einsamer Vampir herumtrieb? Ich war mit Rafe einer Meinung. Christopher Weaver hätte etwas sagen sollen.

„Ich muss zuerst mit ihm sprechen", sagte Rafe schließlich. „Ich erlaube es nur, wenn ich den Eindruck habe, dass er für dich keine Gefahr darstellt."

Hester machte ein Geräusch wie eine Katze, die ins Wasser geworfen wurde. „Du machst alles kaputt!", rief sie, stand auf, warf ihr Strickzeug auf den Boden und stapfte zur Falltür, öffnete sie krachend und ließ sie laut hinter sich zuknallen.

„Wirklich, Rafe", sagte Mabel. „Du machst es dem Mädchen wirklich nicht leicht."

Aber Rafe starrte Christopher Weaver an, der so konzentriert strickte, dass er alles um sich herum zu vergessen schien, was natürlich nicht stimmte. „Wie viele sind noch hier?"

Da blickte der Arzt auf. „Wie bitte?"

Rafe hätte fast mit den Zähnen geknirscht. „Wie viele Vampire, von denen wir nichts wissen, nutzen deine Blutbank noch?"

„Keine. Und ich weiß nicht, was die Aufregung soll. Er ist ein netter junger Mann. Ich habe ihn einmal zum Strickkreis eingeladen, aber er strickt nicht. Mehr gibt es dazu nicht zu sagen."

„Du hättest es uns sagen sollen."

„Nun, das habe ich jetzt. Es wird langsam nervig, mein lieber Rafe. Wollen wir das Thema wechseln? Ich würde euch gern von diesem wunderbaren Muster erzählen, das ich im Internet gefunden habe."

KAPITEL 8

$\mathcal{D}$as Treffen des Vampir-Strickclubs ging um Mitternacht zu Ende. Zumindest für mich. Mein Tag war vorbei, aber für die Vampire hatte der Tag gerade erst begonnen.

Der Konflikt zwischen Rafe und Christopher hatte mir nicht gefallen. Ich mochte meine Vampire, und wie Rafe machte es mir Sorgen, dass ein einsamer Vampir in Oxford in einem College lebte, in dem die Frauen weit in der Überzahl waren. Ich wusste nicht, ob männliche Vampire eher das Blut einer Frau trinken würden; alles, was ich darüber wusste, kam aus dem Volksmund und aus Horrorfilmen. Meinen Nachbarn im Untergeschoss konnte ich allerdings nicht viele Fragen stellen. Was diesen Teil ihrer Existenz betraf, wahrten sie vor mir größte Diskretion. Ich verstand jedoch, warum Rafe alle Vampire in Oxford, einschließlich der Besucher, im Auge behalten wollte. Alle lebten friedlich zusammen, und obwohl die meisten Menschen es nicht wussten, trug der Vampir-Strickclub dazu bei, die Straßen von Oxford sicher zu halten. Es hätten aber nur ein paar junge Studentinnen tot, blutüberströmt und mit Reißzahnspuren am Hals auftauchen müssen, dann hätte es einen öffentlichen Aufschrei gegeben, gefolgt von einer Hetzjagd. Über Hexenjagden wusste meine Zunft nur zu gut Bescheid.

Ich war müde und unruhig, als ich durch den dunklen Laden ging. Ich vergewisserte mich, dass die Haustür verschlossen und alles für die Nacht weggeräumt war, und stieg dann die Treppe zu meiner Wohnung hinauf. Eigentlich hätte mich Nyx begrüßen sollen. Sie kam fast immer mit hoch erhobenem Schwanz auf mich zu, wenn ich von einem Strickclubtreffen nach Hause kam. Oder ich sah sie zusammengerollt auf der Couch liegen, von wo aus sie mich mit wenigstens einem offenen Auge beobachtete. Gerade jetzt, wo ich etwas mehr Zuneigung gebraucht hätte, war sie nirgends zu sehen. Bestimmt war sie draußen unterwegs.

Aus dem oberen Stockwerk der Wohnung hörte ich ein Geräusch. Es kam aus meinem Schlafzimmer. Zweifellos war es nur Nyx, aber aus irgendeinem Grund stellten sich mir die Nackenhaare auf. Ich wusste, dass ein Schrei Rafe und wahrscheinlich ein Dutzend anderer Vampire herbeiholen würde.

Ich könnte auch die Polizei rufen. Es war ja nicht so, als wäre meine Adresse bei der Kripo unbekannt. Sie war schon oft genug hier gewesen. Aber irgendetwas ließ mich innehalten.

Es gab keine Anzeichen für einen Einbruch, aber ich hatte den Abend ja auch mit Wesen verbracht, die verschlossene Türen eher als Anregung denn als Abschreckung betrachteten. Trotzdem nahm ich mein Handy zur Hand, um im Bedarfsfall Hilfe rufen zu können, und blieb oben auf dem Treppenabsatz stehen. „Wer ist da?", rief ich.

Ich war darauf gefasst, um Hilfe zu schreien oder die

Notrufnummer 999 anzurufen, als zu meinem Entsetzen und zu meiner Überraschung Hester aus meinem Schlafzimmer kam und einen Haufen meiner Kleider auf ihren Armen trug. „Da bist du ja", rief sie dramatisch aus. „Ich dachte, du würdest nie kommen. Du musst mir helfen."

Da ich keine Ahnung hatte, warum sie meinen Kleiderschrank durchwühlte, als sei sie gerade von Marie Kondo bekehrt worden, stellte ich ihr die naheliegende Frage: „Hester? Was machst du denn hier?"

Noch einmal seufzte sie schwer, dann rollte sie mit den Augen, als wäre ich die dümmste Frau der Welt, und machte sich auf den Weg zur Treppe, wobei sie die Hälfte meiner Habseligkeiten hinter sich herzog. „Ich hätte gedacht, das sei offensichtlich. Ich weiß nicht, was ich am College anziehen soll!" Ich hätte wütend sein sollen, aber sie sah ziemlich verzweifelt aus. Wieder einmal hatte ich Mitleid mit Hester, die für immer zu Teenagerängsten verdammt war.

Sie trug meine beste Jeans, die, wie ich mit Schrecken feststellte, locker auf ihren knochigen Hüften hing, und darüber ein graues Sweatshirt aus meiner Bostoner Zeit. Mir fiel auf, dass sie die Pullover, Schals, Mützen, Handschuhe, Mäntel und Kleider, die die Vampire mit ihren flinken Fingern für mich gestrickt hatten, völlig ignoriert hatte.

„Was stimmt denn mit deiner eigenen Kleidung nicht?"

Erneut ein entnervtes Seufzen. „Ich habe absolut nichts zum Anziehen. Ich war nie auf dem College, aber du schon. Außerdem warst du im St. Mary's und weißt, was man dort trägt."

Ich erinnerte mich daran, wie es war, als Teenager immer überzeugt zu sein, dass man verkehrt angezogen war, aber es war schon nach Mitternacht, und ich vermutete stark, dass Rafe ihren Ausflug zum College sowieso vorzeitig beenden würde. Aber das sagte ich nicht, denn sie war eindeutig schlechter Laune.

„Ich glaube, du bist auf dem richtigen Weg. Aber vielleicht solltest du dir eine Jeans besorgen, die dir richtig passt. Die sieht aus, als gehöre sie deiner Mutter." Ich wusste, dass das ein geschickter Schachzug war, denn sie warf mir einen entsetzten Blick zu und begann sofort, sich meine Jeans wieder auszuziehen. „Ich bin mir auch nicht sicher, ob ein altes Sweatshirt von einem obskuren Bostoner College dich bei den Intelligenzbestien in Oxford beliebt machen wird." Damit war das Sweatshirt ebenfalls erledigt.

Sie warf sich in ihrem eigenen schwarzen T-Shirt und schwarzen Leggings auf meine Couch. „Es ist hoffnungslos. Ich werde nie dazugehören. Sie werden mich alle auslachen."

„Nein, das werden sie nicht. Jeder auf dem College macht sich mehr Gedanken über sein eigenes Aussehen, seine Kleidung und seine Noten als über dich."

Ihre Augen leuchteten mit dunkler Intensität. „Aber was ist mit ihm?"

Da ich selbst ein Teenager gewesen war, eine Zeit, mit der ich mich lieber nicht allzu gründlich beschäftigte, wusste ich, dass mit „ihm" der einzige andere Vampir in Oxford gemeint sein musste, der anscheinend alleinstehend und ungefähr in ihrem Alter war. Ich setzte mich neben sie und schob einen Haufen meiner Kleider aus dem Weg. „Hester, wir wissen doch gar nichts über ihn. Mach dir keine zu großen Hoffnungen."

Sie kratzte den schwarzen Nagellack an ihrem Daumen

ab. „Ich kann einfach nicht anders. Ich habe noch nie einen Freund gehabt. Ich war nicht dazu gekommen, bevor ... Ich fühle mich wie eine Missgeburt." Ein Stückchen schwarzer Nagellack landete auf dem Teppich. „Ich möchte ihn wirklich kennenlernen. Warum versuchen alle, mich daran zu hindern?"

Wenn der alleinstehende männliche Vampir im St. Mary's College auch nur im Geringsten so war wie die meisten Jungs am College, würde er, wenn er Hester begegnete, nicht von der ersten Minute an mit Zuneigung überschüttet werden wollen. So wie sie sich benahm, würde sie den einzigen möglichen Freund in ihrem Alter bestimmt vergraulen. Und wenn er Christopher Weaver kannte, dann wusste er auch von dem Vampir-Strickclub. Er hatte sich entschieden, nicht in unsere Nähe zu kommen. Ich hatte den Verdacht, dass genau das Rafe störte. Ehrlich gesagt, ging es mir da wie ihm. „Du musst ganz cool bleiben. Wirf dich ihm nicht an den Hals. Lass ihn zu dir kommen. Männer mögen die Herausforderung."

Ausnahmsweise wurde sie nicht sarkastisch oder wütend. Sie hörte sich jedes Wort an, das ich zu sagen hatte. „Das lese ich im Internet und in diesen Zeitschriften, die Tipps für die Partnersuche geben." Sie warf sich ihr langes, schwarzes Haar über die Schulter. „Ich kann cool sein."

In dieser neuen Einstellung wollte ich sie unbedingt bestärken. „So ist es richtig. Ich sag dir was, Violet und ich gehen mit dir einkaufen. Wir besorgen dir fantastische College-Klamotten, die dir auch wirklich passen."

Zum ersten Mal seit Menschengedenken lächelte Hester mich an. „Okay. Das machen wir. Bis Samstag brauche ich ein neues Outfit."

Und wenn Rafe sie davon abhalten wollte, aufs College zu gehen, sollte er es ihr selbst sagen.

ICH WOLLTE HESTER GERADE SAGEN, dass ich ins Bett musste, als Rafe nach einem superkurzen Klopfen an meiner Wohnungstür erschien. Er sah nicht überrascht aus, Hester zu sehen, aber sie fragte trotzdem: „Wie hast du mich gefunden?"

Mit einem höhnischen Blick sagte er: „Sylvia ist in dein Schlafzimmer gegangen und hat dort jedes einzelne deiner Kleidungsstücke auf dem Bett oder auf dem Fußboden verstreut gefunden. Daraus hat sie eine logische Schlussfolgerung gezogen."

Nicht schlecht. Selbst Hester sah beeindruckt aus.

Sie stand auf, stemmte die Hände in die Hüften und starrte ihn an. „Ich gehe aufs College. Und du kannst mich nicht davon abhalten."

Mit Sicherheit wussten wir alle drei, dass das nicht stimmte, aber Rafe sagte nur ganz milde: „Christopher hat für morgen ein Treffen angesetzt. Dieser Vampir wird hierher kommen, deine Familie kennenlernen und ordentlich vorgestellt werden. Und wenn es uns sicher erscheint, sehen wir weiter."

Natürlich reagierte Hester so, wie jedes andere Mädchen im Teenageralter auch reagieren würde, wenn man ihr sagt, dass sie ohne die Erlaubnis ihrer Eltern keine Verabredungen treffen darf. Sie flippte aus. Sie schnappte sich meine arme, aussortierte Jeans und warf sie nach ihm. „Du kannst mich nicht aufhalten. Du bist nicht mein Vater. Nie darf ich irgendwas. Ich hasse dich!"

Und dann schob sie sich an Rafe vorbei und rannte die Treppe hinunter, wieder mit diesem Geräusch einer ins Wasser geworfenen Katze. Die Tür knallte zu. Ich glaube, wir verdrehten beide die Augen.

Rafe hob meine Jeans vom Boden auf und legte sie zusammen, bevor er sie mir zurückgab. „Was sie für ein Durcheinander in deinen Sachen angerichtet hat. Soll ich sie zurückschicken, damit sie alles aufräumt?"

Etwas Schlimmeres hätte ich mir nicht vorstellen können. „Bitte schick sie nicht zurück. Ich sollte sowieso mal meinen Kleiderschrank ausmisten."

„Hilft dir Violet morgen im Laden?"

„Ja. Warum?" Normalerweise kümmerte er sich nicht um meine Personalangelegenheiten.

„Ich würde dich gerne ins St. Mary's mitnehmen und dich der Rektorin Amelia Cartwright vorstellen. Nach dem Todesfall in der Bibliothek sind sie dort sicher nervös, und wenn du dich dort aufhältst, möchte ich, dass du die Zustimmung und Erlaubnis von Frau Professorin Cartwright hast."

„Okay. Soll ich auch den Studentenvampir im Auge behalten?"

Obwohl es inzwischen fast eins war, war ich nicht mehr müde. Ich fühlte mich gestärkt. Rafe hatte diese Wirkung auf mich. Er fing an, auf und ab zu gehen. „Mir gefällt das nicht, Lucy. Warum hat er sich uns nicht zu erkennen gegeben? Und warum hat Christopher seine Anwesenheit in Oxford geheim gehalten?"

„Vielleicht gefällt es Christopher, einen Freund außerhalb

seines üblichen Umfeldes zu haben. Ich glaube nicht, dass ihr alle viele Geheimnisse voreinander habt. Vielleicht ist das seine Art, etwas in seinem Leben zu haben, das ihm allein gehört."

Er hörte auf, auf und ab zu gehen, und sah mich an. „Da könntest du recht haben. Hoffentlich."

„Und wenn nicht? Wovor fürchtest du dich?"

„Musst du das noch fragen, bei unserer Vergangenheit und dem Ruf, den wir haben? Wir brauchen nur einen Vampir, der zu den alten Gewohnheiten zurückkehrt, und all das" – er gestikulierte im Raum herum, aber ich wusste, dass er damit Oxford meinte, das Vampirnest unter uns und wahrscheinlich sogar die Crosyer-Villa, wo er zurückgezogen und glücklich wohnte – „wird verschwinden. Wir werden gezwungen sein, uns aufzulösen und wieder von vorn anzufangen. Und wo es einen zerstörerischen Vampir gibt, gibt es vielleicht noch mehr."

Allein der Gedanke daran ließ mich erschaudern. „Was wirst du mit ihm machen, wenn er ...?"

„Auf Ärger aus ist?" Er dachte nicht lange darüber nach. „Dann werde ich ihn beseitigen."

Obwohl ich wusste, dass Rafe ein Vampir mit einer finsteren Seite war, hatte ich mich so daran gewöhnt, mich bei der Lösung von Kriminalfällen auf seine Hilfe zu verlassen, dass mich diese beiläufige Ankündigung entsetzte. Er muss meinen Gesichtsausdruck gesehen haben, denn er schüttelte den Kopf. „Ich spreche nicht von silbernen Ketten und strahlendem Sonnenschein. Ich werde ihn dorthin zurückschicken, woher er gekommen ist."

„Aber was, wenn er nicht der Einzige ist?"

Er biss die Zähne zusammen. „Es ist sowieso bald Zeit für

mich, Oxford zu verlassen. Wir würden weggehen und woanders neu anfangen."

Ich spürte so etwas wie Panik in meiner Brust aufsteigen. „Aber was wird dann aus mir?"

Er sah mich an, und die Härte in seinem Gesicht wurde weicher. „Du kommst natürlich mit mir. Ich werde dich nie verlassen, Lucy." Mit zwei Schritten durchquerte er den Raum, nahm mich in die Arme und küsste mich.

KAPITEL 9

ie ein Vampir sah der Mann, der am nächsten Morgen in meinen Laden kam, nicht aus. Er sah aus wie ein Student. Da er spanischer Abstammung war, war er nicht einmal besonders blass. Sein schwarzes Haar reichte ihm bis knapp über die Schulter. Er hatte dunkelbraune Augen, eine kräftige Nase und ein Grübchen im Kinn. Er trug enge Jeans, ein grünes T-Shirt und eine Lederjacke. Dazu polierte Halbschuhe. Ich hatte nicht den Eindruck, dass dieser Typ hier war, um Menschen zu verstümmeln und zu töten. Er wirkte nervös und so, als hätte er sich extra schick gemacht. Hester würde er sicher gefallen.

All dies ließ ich auf mich wirken, als ich hinter dem Tresen hervortrat. „Kann ich Ihnen behilflich sein?"

„Ich suche Rafael. Er sagte, er wolle sich hier mit mir treffen. Ich bin Carlos."

Er sprach in perfektem Oxford-Englisch, nur „Rafael" hatte er mit spanischem Akzent ausgesprochen.

Ich lächelte. „Du meinst wohl Rafe. Das ist die alte Form von Ralph."

Er erwiderte mein Lächeln und ich sah seine blendend weißen Zähne. Oh je, vielleicht war er doch nicht ganz so harmlos, wie er auf den ersten Blick aussah. „Man lernt immer etwas dazu."

War das nicht die Wahrheit?

Genau in diesem Moment kam Rafe durch die Ladentür. Sie musterten sich erst kurz und dann trat Rafe mit ausgestreckter Hand vor, und sie gaben sich die Hand.

„Ich bin Carlos."

„Rafe Crosyer. Sollen wir ins Hinterzimmer gehen? Ich dachte, wir könnten uns ein paar Minuten unterhalten."

Carlos neigte den Kopf. „Ich stehe zu Diensten."

Wir hatten gestern Abend darüber gesprochen, wie dieses Treffen ablaufen würde, und ich hatte vorgeschlagen, dass sie im Hinterzimmer meines Ladens miteinander reden sollten. Dort war es ruhig, sie wären ungestört, und wenn alles gut lief, konnte Rafe Carlos mit nach unten nehmen und ihn Hester vorstellen. Diese wusste nichts von der Verabredung, damit sie nicht wie immer ein Drama daraus machte. Die meisten anderen Vampire waren jedoch informiert und durchaus gewappnet für eine Konfrontation, falls eine solche notwendig werden sollte. Rafe hatte mir versprochen, dass sie ihn möglichst ohne Gewalt loswerden würden, aber nachdem ich den jungen Vampir getroffen hatte, glaubte ich nicht, dass er auf Blut aus war. Es war allerdings merkwürdig, dass er nicht schon früher vorbeigekommen war.

Die beiden gingen ins Hinterzimmer, und Rafe vergewisserte sich, dass der Vorhang hinter ihnen vollständig geschlossen war. Ich wartete nervös vorn im Laden und hoffte, dass hinten alles in Ordnung war. Ich hörte ihre

Stimmen auf- und abschwellen, und wäre vielleicht näher an den Vorhang getreten, um zu lauschen, aber dann kam eine Kundin herein. Nachdem sie die Farben für ihre Strickdecke ausgewählt hatte, waren die Männerstimmen verstummt. Ich schlich mich näher heran und spähte durch den Vorhang, sah aber niemanden mehr im Hinterzimmer. Das war ein sehr gutes Zeichen: Rafe hatte Carlos also nach unten gebracht, um ihn Hester und den anderen Vampiren vorzustellen.

DA ICH IM LADEN ALLEIN WAR, hätte ich, selbst wenn ich es gewollt hätte, nicht nach unten gehen können. Ich konnte nur hoffen, dass Carlos einen guten Eindruck machte und dass Hester meinen Rat befolgte und sich bemühte, cool zu bleiben. Etwa eine Stunde später kam Hester hereingestürmt und warf ihre Arme um mich. Es war eine ganz neue Erfahrung, von der kalten, knochigen Hester umarmt zu werden. „Oh, Lucy, kannst du das glauben? Ist er nicht hinreißend? Hast du diese Augen gesehen? Dieses Haar. Ich hoffe, ich habe ihm gefallen."

„Er sah sehr nett aus."

„Und Rafe hat er auch gefallen. Das weiß ich. Er erwähnte, dass ich ins St. Mary's gehen würde. Dass ich so tun würde, als wäre ich eine Freundin, die ihn übers Wochenende besucht."

„Das ist ja großartig."

Ihr Gesichtsausdruck trübte sich. „Mabel meinte, wir sollten so tun, als ob ich seine Schwester wäre. Das passte mir gar nicht. Ich sagte, ich sollte mich als seine Freundin ausgeben. Aber Carlos meinte, es wäre besser, wenn ich nur eine Freundin wäre. Das ist wohl besser als gar nichts."

„Viel besser. Man sollte lieber erst befreundet sein und danach zusammen, nicht umgekehrt."

„Da hast du auch wieder recht, Lucy. Ich vergesse immer, dass du intelligenter bist, als du aussiehst."

Ich lachte, obwohl ich nicht glaubte, dass sie es als Scherz gemeint hatte.

„Wann können wir einkaufen gehen? Es war mir so peinlich, als Carlos auftauchte. Niemand hat mir gesagt, dass er kommen würde. Ich hatte nur einen schwarzen Pullover und eine schwarze Hose an." Da ihre gesamte Garderobe schwarz war, wusste ich nicht, womit sie ihn sonst hätte beeindrucken wollen.

„Ich habe einen Laden zu führen."

„Können wir heute Abend gehen?" Sie war schlecht gelaunt, und ich vermutete, dass sie ein Nickerchen brauchte.

„Nein. Heute Abend habe ich schon etwas vor." Ich sagte ihr nicht, dass ich erst mit der Rektorin des St. Mary's College und dann mit einem Poltergeist verabredet war.

WIEDER FUHR ICH ZUSAMMEN MIT RAFE ZUM ST. Mary's College. Der Verwaltungstrakt befand sich gegenüber der Bibliothek. Wir stiegen eine breite Treppe hinauf und gingen einen mit Büros gesäumten Korridor entlang. Einige wenige waren besetzt, aber mindestens die Hälfte war leer. Am Ende des Korridors standen zwei große Holzsäulen, und eine imposante Flügeltür zeigte uns, dass wir das Rektorat erreicht hatten.

Obwohl die Rektorin uns erwartete, mussten wir uns bei ihrer Assistentin anmelden, deren Schreibtisch außerhalb der imposanten Flügeltür stand. Rafe trat mit einem Lächeln vor und sagte: „Guten Tag, Cassandra." Als sie von ihrem Computer aufblickte, erkannte ich sie wieder: An dem Abend, als der Popcorn-Strickkurs begonnen hatte, war sie in Begleitung eines Mannes an meinem Laden vorbeigegangen. In der Nacht war Wilfred Eels gestorben. „Hat sie jetzt Zeit?"

Wie klein Oxford doch war. Ich erinnerte mich jetzt, dass eine der Schwestern Watt gesagt hatte, Cassandra Telford arbeite an einem der Colleges. Offensichtlich arbeitete sie im St. Mary's. Sie schien sich zu freuen, Rafe zu sehen, aber das war bei Frauen normal. Sie schob sich ihre große Brille fester auf die Nase und schaute in den aufgeschlagenen Terminplan auf ihrem Schreibtisch. „Sie hat erwähnt, dass du heute Nachmittag vorbeikommen würdest. Lass mich mal sehen." Sie warf einen Blick auf den Planer und nickte dann. „Im Moment ist niemand bei ihr. Ich werde ihr sagen, dass ihr hier seid." Dann rief sie ihre Chefin an.

Nach einem kurzen Gespräch deutete sie auf eine Reihe von Stühlen an der Wand. „Sie wird in Kürze zu sprechen sein."

Ich kam mir vor wie eine Schülerin, die zum Schulleiter zitiert worden war, und begann, auf dem unbequemen Stuhl herumzurutschen. Rafe schien es absolut nichts auszumachen, für immer still und schweigend dazusitzen.

Zum Glück dauerte es nur ein paar Minuten, bis sich die großen Türflügel öffneten und Amelia Cartwright uns hereinbat.

Rafe stellte mich als seine Kollegin vor, die ihn bei seiner Forschungsarbeit unterstützte. Zum Glück strickte die Professorin nicht. Und wenn doch, dann kaufte sie sicher nicht bei Cardinal Woolsey's ein, denn für mich war sie eine Fremde. Trotzdem musste ich mit Rafe darüber reden, dass er mich als jemanden vorstellte, der ich nicht war.

Amelia Cartwright hatte eine graue Kurzhaarfrisur und trug knitterfreie Kleidung, die man im Handumdrehen in einen Koffer packen konnte. Sie schien eine nüchterne Frau zu sein, die keine Zeit zu verlieren hatte. Ihre Haut hatte das dauerhaft verwitterte Aussehen von jemandem, der viel Zeit in der Sonne verbracht hat. Warum das so war, ahnte ich, als ich mich in ihrem Büro umsah. An ihren Wänden hingen Fotos von einer archäologischen Ausgrabung irgendwo in der Hitze und im Sand, und von Marktszenen, Moscheen und zufälligen Szenen von Nordafrika. In ihrem Regal, zwischen Büchern und anderen Utensilien, stand ein Tongefäß, das ohne den fehlenden Deckel auch in einem Museum hätte ausgestellt sein können. Ich ging näher heran, um es mir anzusehen, aber ich berührte es nicht.

„Wissen Sie, was das ist?", fragte sie mich. Sie war eine dieser stets lehrwilligen Pädagoginnen, die es genossen, Wissen zu vermitteln.

„Das ist ein Kanopengefäß. Es wurde im alten Ägypten zur Aufbewahrung der Organe mumifizierter Menschen verwendet. Schade nur, dass der Deckel fehlt. Sonst hätte man erkennen können, ob dieses Gefäß für die Lunge, das Herz oder ein anderes Organ bestimmt war."

Die abweisende Haltung der Professorin verschwand sofort. Ihre Augen leuchteten auf, und ihre Lippen formten sich zu einem plötzlichen Lächeln. „Sehr gut. Die meisten meiner eigenen Studenten könnten ein Stück Keramik nicht so genau zuordnen. Sind Sie Historikerin?"

Einen Moment lang sonnte ich mich in dem Gefühl, dass eine Oxford-Gelehrte glaubte, ich könnte ihre Kollegin sein. Aber nur einen Moment lang. „Eigentlich meine Eltern. Sie sind beide Archäologen. Sie haben jahrelang in Ägypten gearbeitet."

Jetzt wurde sie noch enthusiastischer. „Lucy Swift. Sind Ihre Eltern Jack Swift und Susan Bartlett-Swift?"

„Ja. In meiner Kindheit habe ich oft den Sommer an verschiedenen Ausgrabungsstätten in Ägypten verbracht. Manchmal durfte ich sogar helfen." Ich ließ nicht durchscheinen, wie langweilig ich das fand. Sand, der sich in Tausenden von Jahren angesammelt hatte, von einer zerbrochenen Tonscherbe wegzubürsten, war mir nie als sinnvoller Zeitvertreib erschienen. Das war einer der vielen Gründe, warum ich nicht in die intellektuellen Fußstapfen meiner Eltern getreten war.

„Ich hatte das Vergnügen, die beiden auf einer Konferenz über alte Völker in Marokko kennenzulernen." Ein plötzliches Glucksen entwich ihr. „Ich muss zugeben, Ihr Vater hat mich unter den Tisch getrunken, als der Scotch hervorgeholt wurde."

Die Szene konnte ich mir bildlich vorstellen. „Sind Sie auch Archäologin?"

Sie schüttelte den Kopf. „Ich bin eine historische Anthropologin, die sich für Nordafrika interessiert."

„Wenn ich das nächste Mal mit meinen Eltern spreche, werde ich Sie auf jeden Fall von Ihnen grüßen."

„Bitte tun Sie das. Sind sie in Ägypten?"

„Oh ja."

„Nun, die Welt ist wirklich klein, Lucy. Und jetzt arbeiten Sie mit Rafe an seltenen Büchern?"

Ich konnte nicht lügen, schon gar nicht, nachdem ich herausgefunden hatte, dass sie meine Eltern kannte. „Nein. Ich betreibe ein Strickwarengeschäft in der Stadt. Das Cardinal Woolsey's."

Obwohl sich ihre Augenbrauen überrascht hoben, sagte Rafe: „Ich wollte, dass Lucy sich vor allem die Sammlung von Manuskripten über viktorianische Handarbeiten ansieht. Natürlich hat sie auf diesem Gebiet große Erfahrung."

Auch das hielt ich für eine enorme Übertreibung, aber Professorin Cartwright kaufte es ihm ab. Zweifellos, weil sie glaubte, dass eine Tochter von Jack und Susan Swift auf jeden Fall im Herzen eine Forscherin sein musste.

Sie sah mich an, als wollte sie mir eine dieser Fangfragen stellen, mit denen Professoren unvorbereitete Studenten gerne auf die Probe stellen. „Ich hoffe, Sie lassen sich nicht von unserem hauseigenen Poltergeist verscheuchen."

Ich war so überrascht, dass ich mich an meiner eigenen Zunge verschluckte und hustete. „Sie wissen davon?" Das hatte ich nun wirklich nicht sagen wollen.

„Aber natürlich. Offiziell weigern wir uns, an so etwas zu glauben. Aber man kann nicht in der Ägyptologie arbeiten und sich nicht bewusst sein, dass es Kräfte gibt, die größer sind als wir selbst. Die Menschen des Altertums haben sich mit den Geistern angefreundet oder sie zumindest gefürchtet. Um sie zu besänftigen, hinterließen sie ihnen Opfergaben. Aber in unserer modernen Welt ignorieren wir sie natürlich und tun so, als gäbe es sie nicht."

Nun, da konnte sie für sich selbst sprechen. Rafe und ich gehörten beide zu dieser Kategorie von Wesen, von denen viele vernunftbegabte Menschen nicht glaubten, dass es sie gab, und doch waren wir hier. Ich warf Rafe einen Blick zu, aber er sah mich unverwandt an und wollte offensichtlich, dass ich das Gespräch fortsetzte, nachdem wir jetzt diese persönliche Verbindung hergestellt hatten. „Ich habe das Gerücht gehört, dass der Poltergeist etwas mit einer ehemaligen Rektorin hier zu tun hat."

„Ja. Georgiana Quales. Ich bin mir nicht sicher, ob der Poltergeist sich jemals jemandem vorgestellt hat, aber ich nehme an, dass es durchaus nachvollziehbar ist, eine Verbindung zu Professor Quales, dieser Bibliothek und ihrem plötzlichen Tod dort anzunehmen. Ich wünschte allerdings, sie würde sich auf den Weg machen. Wir können die Studenten kaum dazu bringen, einen Fuß in die Bibliothek zu setzen. Bei all diesen wunderbaren Quellen verlassen sie sich auf Google und Wikipedia."

Im Vergleich zu „der Hund hat meine Hausaufgaben gefressen" war „ich konnte wegen dem Poltergeist nicht in die Bibliothek" wohl eine noch extremere Entschuldigung. Das ist Oxford.

Sie sagte: „Es hat ja wenig Sinn, eine teure Bibliothek zu betreiben, wenn die Studenten sie nicht nutzen. Und da wir uns in einer prekären finanziellen Lage befinden, haben das Kuratorium und ich überlegt, ob es nicht besser wäre, die Sammlung zu verkaufen, um das College über Wasser zu halten."

Da ergriff Rafe das Wort. „Ich hoffe, das wird nicht nötig sein. Ich habe Lucy auch gebeten, mir bei diesem Projekt zu helfen, weil sie ein Händchen dafür hat, Dingen auf den Grund zu gehen. Wenn wir die fehlenden Manuskripte von Shelley und den Schwestern Brontë ausfindig machen könnten, würde der Wert dieses Bibliotheksbestands exorbitant steigen."

„Oh, das steht außer Frage. Aber meinen Sie, wir hätten in den letzten zehn Jahren nicht alles abgesucht? Jeder erdenkliche Ort, an dem Professorin Quales etwas Wertvolles hätte deponieren können, wurde durchsucht und war leer."

Es blieb eine Weile still. Rafe sagte: „Ich habe Professorin Quales kennengelernt. Ich habe sogar beide Manuskripte beglaubigt. Ich hätte sie für integer gehalten."

Sie stieß einen Seufzer aus, und ich konnte erkennen, wie sich die Finger ihrer rechten Hand zur Faust formten, als wollte sie etwas boxen. Vielleicht den Poltergeist. „Ja, das sagt man. Ich bin ihr selbst nie begegnet, aber wenn das, was Sie sagen, stimmt, warum in aller Welt hat sie dann nicht irgendeine Nachricht hinterlassen?" Sie warf ihre Hände hoch. „Jeden Tag sterben Menschen. Aber wenn sie keine ordentlichen Anweisungen zurücklassen, hinterlassen sie ein Chaos. In diesem Fall war das ein Fehler, der die Hochschule teuer zu stehen kam."

„Ich würde gerne helfen", sagte Rafe. „Natürlich werde ich die Sammlung begutachten, wie Sie es von mir verlangt haben. Davon abgesehen möchte ich, mit Ihrer Erlaubnis, in meiner Freizeit versuchen, die fehlenden Manuskripte ausfindig zu machen. Es ist eine Tragödie, wenn wertvolle und einzigartige Werke verloren gehen. Wie Sie schon sagten, sind diese unersetzlich. Außerdem möchte ich den ausgezeichneten Ruf der Professorin wiederherstellen, wenn ich kann."

Sie sah uns beide an, als würde sie Hintergedanken bei uns vermuten. Dann sagte sie achselzuckend: „Warum nicht? Sagen Sie mir, was Sie brauchen."

Natürlich war Rafe darauf vorbereitet. „Wir brauchen eine Liste aller Orte, die durchsucht wurden, und die letzten

Dinge, an denen Georgiana Quales gearbeitet hat. Alles, was Ihnen einfällt, was nützlich könnte."

„In Ordnung."

Er sah sich um. „War das auch ihr Büro?"

Jetzt wirkte sie misstrauisch. „Ja."

„Dürfen wir es durchsuchen?"

Ihr Wohlwollen schwand zusehends. „Sie wollen mein Büro durchsuchen?"

Er schüttelte den Kopf und schenkte ihr sein strahlendes Lächeln. Manche Leute behaupteten, Vampire könnten Menschen mit Blicken dazu bringen, zu tun, was sie von ihnen verlangen, aber ich habe immer schon geglaubt, dass Rafe einfach nur Charme hatte. „Nein. Ich möchte das Büro von Georgiana Quales durchsuchen."

Wie von ungefähr trat ein humorvolles Lächeln auf ihre Lippen. „Also so etwas wie eine archäologische Ausgrabung. Unter dem persönlichen Stempel, den ich diesem Amt aufgedrückt habe, möchten Sie nach allem graben, was von meiner Vorgängerin übriggeblieben ist. Nun, ich bezweifle, dass Sie etwas finden werden, aber ich habe nichts zu verbergen. Sie können gerne suchen. Aber bitte nicht, während ich hier arbeite."

„Ich bin es gewohnt, nachts zu arbeiten. Wenn Sie mir einen Schlüssel leihen oder die Tür unverschlossen lassen könnten, werden wir dafür sorgen, dass alles so bleibt, wie wir es vorgefunden haben."

„Hinter dem Bild befindet sich ein Safe." Sie deutete mit dem Kopf auf eine Wüstenszene: Drei Männer eines Nomadenstammes ritten auf Kamelen über eine rotgoldene Sanddüne. „Ich möchte Ihnen die Kombination nicht geben. Wollen Sie, dass ich ihn jetzt für Sie öffne?"

Er schüttelte den Kopf. „Das wird nicht nötig sein."

„Sie verstehen, warum ich Georgiana Quales gegenüber etwas misstrauisch bin. Warum hat sie die Manuskripte nicht einfach in den Tresor im Rektorat gelegt, wenn sie so besorgt darum war?"

„Eine ausgezeichnete Frage. Was glauben Sie, ist mit ihnen passiert?"

„Ich sage das nicht gern, aber ich glaube, dass sie sie verkauft haben könnte." Erneut ballte sich ihre Hand zur Faust. „Wir hängen das nicht an die große Glocke, aber vor ihrem Tod hatte ein Sammler mehrere Termine bei ihr."

Rafe gelang es immer meisterhaft, seine Gefühle zu verbergen, aber sogar er beugte sich wissbegierig nach vorn, als er das hörte. „Ein Sammler? Darf ich fragen, wer?"

„Sein Name war Reginald Cameron." Ich war beeindruckt, dass sie den Namen nicht einmal in ihren Unterlagen nachschlagen musste. Die Frau musste ein unglaubliches Gedächtnis haben. „Nur wenige Wochen vor ihrem Unfall war ein Termin mit diesem Mann in ihrem Kalender eingetragen. Mr Cameron hat sie auch zum Mittagessen eingeladen."

„Reginald Cameron, aus Arizona?", fragte Rafe, bedächtig, wie es seine Art war. „Der menschenscheue Milliardär und Sammler seltener Bücher?"

„Sie kennen ihn?" Eine Sekunde lang schaute sie sehr misstrauisch drein, dann entspannte sie sich. „Natürlich kennen Sie ihn."

„Ich habe ihn auf Auktionen kennengelernt. Normalerweise kauft er über einen Agenten, aber wenn es sich um ein seltenes, sehr teures Stück handelt, fährt er selbst hin, um sich von der Herkunft zu überzeugen." Rafe schwieg für einen Augenblick, und wir warteten beide, denn es war klar, dass er noch mehr zu sagen hatte. Schließlich wurden wir für unsere Geduld belohnt. „Einmal haben wir bei einer Auktion für dasselbe Buch geboten." Er lächelte nicht, aber um seine Augen herum erschienen ein paar Fältchen. „Die Auktion wurde sehr lebhaft."

„Wofür haben Sie geboten?" Ich kannte Rafe. Er war niemand, der sich vom Auktionsfieber packen ließ und wegen eines Buches durchdrehte. Aber vielleicht kam es darauf an, welches Buch.

„*Sturmhöhe*. Es war eine von Emily Brontë signierte Erstausgabe, aber das Besondere war die Karte, die dem Buch beilag. Es war ein Gedicht, das Emily Brontë für ihren Verehrer geschrieben hatte. Dieses Gedicht war nie veröffentlicht worden."

„Ich nehme an, dass Mr Cameron sehr zielstrebig sein kann", sagte Professorin Cartwright, wobei ihr Blick nie von Rafes Gesicht wich.

„Oh ja. Und ich hätte es ihm vielleicht überlassen, wäre da nicht dieses Gedicht gewesen. Ich bin nämlich nicht der Meinung, dass Originalwerke in privaten Händen landen sollten, in einem klimatisierten Ausstellungsraum, wo ein Sammler seine Schätze hortet. Jeder, der sich für Brontës Werk interessiert, sollte sie zu Gesicht bekommen können. Und die Wissenschaftler, die dieses Gedicht studieren möchten."

„Da bin ich aber gespannt! Wie ist dieser erbitterte Kampf ausgegangen?"

Die Fältchen um seine Augen wurden deutlicher. „Ich fürchte, Mr. Cameron wurde überboten."

„Und wo ist das Manuskript jetzt?", fragte sie. Wenn Rafe

es in der speziellen klimatisierten Bibliothek in seinem eigenen Herrenhaus hatte, dann war er geliefert. Doch mit einer Geste, als ob er ihr einen Blumenstrauß überreichen würde, sagte er: „Es befindet sich in Haworth. Im Brontë-Parsonage-Museum."

Sie hob die Brauen. „Wenn das Brontë-Museum es sich leisten kann, einen amerikanischen Milliardär für ein einziges Gedicht zu überbieten, dann haben sie mehr Geld, als ich dachte."

„In Wirklichkeit habe ich im Auftrag einer Privatperson geboten, die das wertvolle Stück dann gespendet hat."

Ich mag zwar vieles nicht wissen, aber ich wusste, dass Rafe das Buch selbst gekauft hatte, um es zu spenden. Vielleicht war es nichts Besonderes für einen Mann, der mehr Geld besaß, als er in den hundert noch vor ihm liegenden Leben würde ausgeben können, aber sein Geschenk machte mich trotzdem glücklich.

„Nun, ich befürchte, dass der sehr zielstrebige Mr Cameron mit St. Marys kostbarem Brontë-Manuskript mehr Erfolg gehabt haben könnte."

„Das kann ich von Georgiana Quales nicht glauben. Zweifellos war er hinter dem Manuskript her, aber ich bin überzeugt, dass sie ihn abgewiesen hat."

„Warum dann das Mittagessen? Warum die darauffolgenden Treffen? Nein sagen ist eine einfache Angelegenheit. Für diese eine Silbe braucht man keine drei Termine und ein Mittagessen."

„Und Sie sind sicher, dass Georgiana Quales sich so oft mit Cameron getroffen hat?"

„Ja. Sie standen in ihrem Terminkalender und diesen führte ihre Chefsekretärin, die ich von Georgiana Quales geerbt habe." Sie stieß ein frustriertes Schnaufen aus. „Sie hatte drei Termine und ein Mittagessen mit diesem reichen Brontë-Fanatiker. Wenn es nach mir ginge, würde man ihr Porträt von der Wand im Speisesaal abnehmen. Wir sollten diese Frau nicht verehren. Wegen ihr wird es diese Hochschule vielleicht bald nicht mehr geben."

Ich hatte nicht gewusst, dass es so ernst war. Seinem Gesichtsausdruck nach zu urteilen, Rafe wohl auch nicht.

Sie blickte auf die ordentlich geordneten Papierstapel auf ihrem Schreibtisch hinunter und dachte bereits an die nächste Aufgabe. Sie seufzte, als ihr Blick an der mittleren Akte hängenblieb. „Apropos Leute, die ihre Angelegenheiten ungeordnet hinterlassen: Die Polizei möchte, dass ich Wilfred Eels' engste Angehörige kontaktiere. Der arme Mann, der die Treppe hinuntergestürzt ist, ist noch nicht einmal offiziell identifiziert worden."

Rafe sagte: „Er war noch nicht sehr lange hier, vielleicht nicht lange genug, um Wurzeln zu schlagen."

„Nein. Seine nächste Angehörige ist eine gewisse Susanna Morgan. Als Kontaktadresse haben wir einen Sainsbury's-Supermarkt in Coventry." Sie warf ihre Hände hoch. „Ich hoffe, dass ich, wenn ich diese Erde verlasse, meinen Liebsten eine bessere Spur hinterlassen werde als einen Sainsbury's-Laden in Coventry. Ich weiß noch nicht einmal, wer diese Frau ist. Die Schwester? Die Tochter? Die Ex-Frau? Die Mutter?"

„Sie haben sie nicht erreichen können?" Der arme Wilfred Eels tat mir so leid, auch wenn ich ihn zu Lebzeiten nie kennengelernt hatte. Stellen Sie sich vor, Sie liegen im Leichenschauhaus und Ihre engsten Verwandten wissen nicht einmal, dass Sie tot sind.

„Ihre nächste Schicht ist morgen um elf."

Rafe warf mir einen Blick zu, und ich wusste sofort, was er dachte. Und tatsächlich, er sagte: „Ich habe morgen an der Universität Warwick zu tun. Das ist ganz in der Nähe von Coventry. Es wäre schön, wenn jemand Susanna Morgan die Nachricht persönlich überbringen würde."

Professorin Cartwright sah auf. „Wollen Sie damit sagen, dass Sie dieser Frau die Nachricht vom Tod von Mr Eels überbringen würden?"

„Ich kannte ihn nicht gut, aber wir haben uns öfters unterhalten, wenn wir beide in der Bibliothek waren. Es ist keine angenehme Aufgabe, aber ich würde es ihr gern ersparen, die Nachricht telefonisch zu bekommen."

Ich konnte sehen, wie sie ihr Pflichtgefühl abwog gegen die Aussicht, eine unangenehme Aufgabe abgeben zu können. Die Zweckmäßigkeit siegte. Sie sagte: „Nun, ich habe keine Zeit, nach Coventry zu fahren, wahrscheinlich kannten Sie ihn genauso gut wie ich. Sie sollten ihr nur sagen, dass er bei einem Sturz ums Leben gekommen ist und dass die Polizei sie bittet, nach Oxford zu kommen, um ihn formell zu identifizieren. Zweifellos wird man einige Fragen zu seiner Vergangenheit haben."

„Das übernehme ich gern. Ich kann ihr sogar anbieten, sie im Auto nach Oxford mitzunehmen."

Offensichtlich erleichtert, klappte die Rektorin den Aktenordner zu. „Ich bin Ihnen sehr zu Dank verpflichtet."

Sie war sichtlich erpicht darauf, sich dem nächsten Punkt auf ihrem Terminkalender zuzuwenden. „Kann ich Ihnen noch mit irgendetwas behilflich sein?"

„Hätten Sie etwas dagegen, wenn wir Ihrer Assistentin ein paar Fragen stellen?"

Ihre Augenbrauen hoben sich. „Cassandra? Wozu das denn? Ach ja, ich verstehe. Sie war ja auch die Assistentin von Georgiana Quales. Nun, wenn Sie glauben, dass sie Ihnen mehr über diese Sache erzählen wird, als sie mir in den zehn Jahren, in denen sie schon für mich arbeitet, erzählt hat, dann nur zu."

KAPITEL 10

*A*ls wir wieder draußen waren, näherte sich Rafe noch einmal Cassandra Telfords Schreibtisch. Sie schien überrascht. „Möchtest du noch einen Termin vereinbaren?", fragte sie und zog ihren Terminkalender zu sich heran.

„Ich sehe, du führst den Terminkalender deiner Vorgesetzten noch im alten Stil", sagte er.

„Ich habe meine berufliche Laufbahn begonnen, bevor Computer üblich waren. Ich habe ihnen nie ganz getraut. Natürlich habe ich den Terminplan von Frau Professorin Cartwright im Computer, aber ich führe auch handschriftliche Aufzeichnungen." Sie beugte sich näher zu ihm. „Für alle Fälle."

„Sehr klug", sagte Rafe, der aus einer Zeit stammte, in der die Druckerpresse noch eine Neuheit war. „Wie du weißt, bin ich hier, um die Büchersammlung des Colleges zu begutachten und zu bewerten, und ich habe Amelia um Erlaubnis gebeten, nachzuforschen, was mit den Manuskripten von Brontë und Shelley geschehen ist."

Ihr freundlicher Gesichtsausdruck wurde bedrückt. „Das war ein furchtbarer Verlust. Ich bin eine der wenigen hier, die sich noch erinnern. Es waren schlimme Tage.“

„Es ist kaum zu glauben, dass es schon zehn Jahre her ist. Du warst natürlich auch Georgiana Quales' Assistentin.“

„Ja.“

„Amelia sagt, Georgiana habe sich kurz vor ihrem tragischen Unfall mit einem amerikanischen Büchersammler getroffen. Mit einem gewissen Mr Reginald Cameron.“

Während sich ihr ernster Blick auf ihren Schreibtisch senkte, schob Cassandra Telford ihre Brille wieder fester auf den Nasenrücken. „Ja. Ich glaube, das stimmt.“

Er warf einen bedeutungsvollen Blick auf ihren offenen Kalender. „Hast du vielleicht noch irgendwelche Aufzeichnungen über seine Termine mit Frau Professorin Quales?“

„Oh.“ Sie blickte zu der geschlossenen Tür. „Ich bin mir nicht sicher ...“

„Ich habe Frau Professorin Cartwright um Erlaubnis gebeten.“

„Ja, ja, natürlich.“ Sie stand auf und drehte sich um. Hinter ihr stand eine verzierte Kredenz. Sie öffnete sie, und unter einer Reihe von Aktenordnern befand sich ein Regal, in dem fein säuberlich aufgereiht die Terminkalender standen. „Ich bewahre sie in chronologischer Reihenfolge auf. Dann wollen wir mal sehen.“ Sie zog zwei Bücher heraus. „Georgiana Quales ist im Juni vor zehn Jahren verstorben. Hier ist der Terminplaner für jenes Jahr und für das Jahr davor.“

Rafe beobachtete, wie sie die beiden Bücher auf ihren Schreibtisch legte und eines davon aufschlug. „Amelia hat mir gesagt, dass sie sich nur ein paar Mal getroffen haben.“

Mit einem wehmütigen Lächeln blickte sie auf. „Es ist schon zehn Jahre her, Rafe. Ich kann mich nicht mehr so gut an ihren Terminplan erinnern wie damals. Dann begann sie zu blättern, hielt ab und zu inne, überflog etwas und blätterte weiter. Schließlich sagte sie: „Hier ist es." Sie drehte den Planer so, dass Rafe ihn sehen konnte, und ich trat vor, um ebenfalls einen Blick auf den geöffneten Terminkalender zu werfen. Sie deutete mit ihrem Zeigefinger auf ein Kästchen auf einer Seite. „Sechsundzwanzigster Februar. Reginald Cameron. Sie haben sich um zehn Uhr morgens hier in ihrem Büro getroffen. Es war kein langes Treffen, wie du sehen kannst, denn um elf Uhr hatte sie ein Treffen mit dem Kanzler."

„Hat sie sich danach nochmals mit Mr Cameron getroffen?"

„Ja. Ich glaube schon." Sie blätterte noch ein paar Seiten weiter. „Hier ist es. Zwölfter März. Mittagessen."

Rafe sah sich die Seite an. „Für diesen Tag stehen keine anderen Termine in ihrem Kalender."

„Nein."

„War das ungewöhnlich?"

„Es war ein Freitag. Manchmal nutzte sie den Freitagnachmittag, um Papierkram zu erledigen."

„Könnte es sein, dass sie vom Mittagessen nicht zurückgekommen ist?"

Die Frau presste die Lippen zusammen, und es dauerte einen Moment, bis sie sprach. „Georgiana Quales war eine pflichtbewusste Rektorin. Sie hat sich nicht vor ihren Pflichten gedrückt."

„In dieser Beurteilung stimme ich mit dir überein", sagte

er mit seinem charmanten Lächeln. „Ich möchte mir lediglich ein Bild machen, was passiert sein könnte."

„Ich weiß nicht, ob sie an jenem Nachmittag zurückgekommen ist. Das ist zehn Jahre her, und mein Gedächtnis ist nicht mehr so gut."

„Wusstest du, wer Reginald Cameron war?"

Sie klappte das Buch zu und legte es fein säuberlich auf das andere. „Damals nicht, nein. Aber natürlich wurde später bekannt, dass er ein reicher amerikanischer Büchersammler war."

„Warum könnte sich Professorin Quales mit ihm getroffen haben? Auch zum Mittagessen?"

„Sie hat vielleicht geglaubt, er würde uns einen Teil seiner Sammlung schenken. Das kommt vor, weißt du."

Glaubte sie das wirklich oder wollte sie nur uns überzeugen?

Als wir den Flur hinuntergingen und außer Hörweite waren, sagte ich: „Diese Assistentin stimmt mit dir in dem Urteil überein, dass Georgiana Quales eine integre Frau war."

„Ja. Und niemand sieht einen Menschen klarer als seine Assistentin."

Wir gingen die breite Treppe wieder hinunter. „Du hast morgen nichts in Warwick zu tun, oder?"

Er bewegte seinen Kopf vor und zurück. „Ich habe in Warwick zu tun, aber das muss nicht unbedingt morgen geschehen."

„Hm. Bei dir brauche ich nicht einmal meine Hexenkräfte. Ich kann in dir lesen wie in einem Buch."

„Du solltest mitkommen", sagte Rafe.

Ich sah ihn an. „Nach Coventry?"

„Ja. Es ist eine angenehme Fahrt."

Ich zog eine Überlandfahrt mit Rafe einem Tag im Wollgeschäft auf jeden Fall vor, aber ich wollte mich nicht völlig unterkriegen lassen. „Ich habe ein Geschäft zu führen."

„Und du hast Mitarbeiterinnen, die den Laden in deiner Abwesenheit sehr gut führen können."

Das stimmte. Und die meisten von ihnen konnten tatsächlich stricken, was beim Betrieb eines Strickladens durchaus von Vorteil war. „Aber bist du sicher, dass wir etwas Interessantes finden werden? Wenn er nur die Adresse ihres Arbeitsplatzes hatte, hört sich das nicht eher danach an, als hätte er den Kontakt mit seiner Schwester oder Mutter oder wer auch immer Susanna Morgan war, abgebrochen?"

„Es ist zum Teil die Adresse des Arbeitsplatzes, die meine Neugierde geweckt hat. Außerdem habe ich das ernst gemeint. Die Nachricht vom Tod eines Angehörigen sollte immer persönlich und nicht per Telefon überbracht werden.

„In Ordnung. Ich komme mit."

„Gut. Und jetzt? Willst du zurück in den Laden?"

„Nein. Ich will zurück in die Bibliothek."

ELDRA JOHNSON, die Chefbibliothekarin, war eine große, kantige Frau, die so dünn war, dass ich mich fragte, ob es ihr wohl schaden könnte, einen Stapel Bibliotheksbücher hochzuheben. Sie hatte dickes schwarzes Haar, stark schablonierte Augenbrauen und trug einen fuchsiafarbenen Kaschmirpullover zu einer schwarzen Hose und hochhackigen Stiefeln.

Ich stellte mich vor und erklärte, dass ich hier sei, um Rafe zu helfen, einige fundierte Urteile über unveröffentlichte Manuskripte des viktorianischen Kunsthandwerks zu fällen. Auch wenn ich keine begnadete Strickerin war, fände ich es wirklich interessant zu sehen, wie sich viktorianische Frauen in einer Zeit, in der es weder Fernsehen noch Internet gab und gebildete Frauen selten berufstätig waren, mit diesen Handarbeiten befassten. Als Silence Buggins ihre vielen Strickprojekte und das Lob, das sie dafür erhalten hatte, aufgezählt hatte, erinnerte mich das ein wenig an die Art und Weise, wie eine moderne Frau ihre Studienabschlüsse aufzählen oder mit ihren Beförderungen prahlen würde.

Eldra schaute hinter mich, als erwartete sie noch jemanden zu sehen. „Wir machen bald zu. Sie haben doch nicht vor, allein in der Bibliothek zu arbeiten, oder?"

Ich war froh, dass sie sich anscheinend auf den Poltergeist bezog, denn ich war unsicher gewesen, wie ich das Thema angehen sollte. „Doch."

Sie sah mich an. Mit ihren rot lackierten Fingernägeln hämmerte sie auf den Schreibtisch. „Ich würde Ihnen nicht raten, allein hier zu arbeiten", sagte sie schließlich.

„Warum nicht?"

„Lucy, ich möchte Sie nicht erschrecken, aber es passieren seltsame Dinge hier, wenn man allein ist."

Ich beschloss, ihr die Mühe einer Erklärung zu ersparen. „Ich habe von dem Poltergeist gehört, wenn Sie das meinen."

Sie sah erleichtert aus, dass ich es schon wusste. „Ja. Genau das meinte ich."

„Hat er jemals jemanden verletzt?"

Sie schaute sich um, als ob andere Leute uns belauschen könnten, und als ihr klar wurde, dass wir allein waren, sagte sie: „Ich persönlich habe noch nie Gewalt erlebt, aber es hat einige schwere Unfälle gegeben."

„Meinen Sie Wilfred Eels? Den Hausmeister?" Ich dachte, ich sollte besser nachfragen, falls es weitere mysteriöse Unfälle gab, von denen ich noch nichts gehört hatte.

Sie nickte. „Sie wissen es also?"

„Ja. Glauben Sie, der Poltergeist hat ihn getötet?"

Sie begann, Bücher in das Regal hinter sich zu stellen. Es waren bestellte Bücher, die für die Studenten zum Abholen bereitgehalten wurden. „Alles ist möglich, aber ich habe noch nie etwas Böses gespürt."

„Sie sind dem Poltergeist also begegnet?"

„Nun, es ist eher so, dass in der Bibliothek seltsame Dinge passieren, die ich mir nicht erklären kann. Manchmal betrete ich einen Bereich, der sich eiskalt anfühlt, und es ist, als würde ich von etwas gezwungen, mich zurückzuziehen. Manchmal gehe ich ein Buch holen und es ist weg. Es taucht dann in einer ganz anderen Abteilung auf, auch wenn ich weiß, dass es richtig eingeordnet wurde. Es ist nichts, was man beweisen kann. Die logische Erklärung wäre, dass ich das Buch falsch einsortiert habe oder dass die Heizung defekt ist. Also eher das Werk eines Scherzkekses als eines rachsüchtigen Geistes."

Sie kannte die Gerüchteküche am College sicher besser als ich. „Man munkelt, die ehemalige Direktorin Georgiana Quales sei dafür verantwortlich."

„Ich weiß es nicht. Ich war damals noch nicht hier und habe die frühere Rektorin nie kennengelernt. Der Poltergeist versucht nie, mit uns zu kommunizieren oder Botschaften zu senden, und ich habe mich nie gefürchtet. Ich habe nur das mitbekommen, was ich Ihnen erzählt habe. Obwohl das schon beunruhigend genug ist. Diese Vorfälle haben sich immer dann ereignet, wenn Leute allein in der Bibliothek

waren. Aus diesem Grund sind jetzt immer zwei Bibliothekare im Einsatz. Das Gleiche gilt für die Studierenden. Wir
sagen ihnen, sie sollen zu zweit oder in Gruppen kommen.
Natürlich kommt meistens gar niemand. Oder ein paar von
ihnen kommen in der Hoffnung, sich zu gruseln, wie im Kino
bei einem Horrorfilm. Wenn nichts passiert, gehen sie
wieder." Sie wandte sich um und sah mich sarkastisch an. „In
der Regel, ohne die Ressourcen der Bibliothek zu nutzen."

„Glauben Sie, dass ich in Gefahr bin, wenn ich heute
Abend hier allein arbeite?"

„Ehrlich gesagt nein. Aber würde ich das Risiko einge-
hen?" Sie schüttelte den Kopf. „Wahrscheinlich nicht. Schon
gar nicht nach der Sache mit dem armen Wilfred."

Da sie sich gerne mit mir zu unterhalten schien, fragte ich
mich, ob ich wohl mehr über den toten Hausmeister
erfahren könnte. „Hat er nicht am Tag seines Unfalls hier
gearbeitet?"

Ihr Gesicht nahm sofort einen traurigen Ausdruck an,
und sie blickte in Richtung der Treppe, von der er gestürzt
war, und die mit Polizeiband abgesperrt war. „Ja. Eine Glas-
scheibe war zerbrochen. Er und ich haben gewitzelt, das sei
wohl das Werk des Poltergeistes. Wahrscheinlich war es nur
eine Bewegung im Gebäude. Es knackt und bricht ständig
etwas."

„Hatte der Hausmeister Angst, allein hier zu arbeiten?"

„Nein. Er sagte, er genieße die Gesellschaft." Sie lächelte.
„So war er eben. Machte gern einmal einen Witz."

„Sie meinen nicht, dass der Poltergeist ihn irgendwie zu
Fall gebracht hat?"

„Nein. Ich glaube, er hatte einen Unfall. Die Treppe ist
schlimm. Wenn wir mehr Geld im Budget hätten, würde sie

repariert. Jetzt wird sie gesperrt, bis wir eine Möglichkeit finden, eine neue Treppe zu finanzieren."

Ich sah mich um, aber die Bibliothek schien leer zu sein.

„Sind Sie jetzt nicht allein?"

„Nein. Fiona McAdam ist irgendwo hier drin."

Ich war froh, dass es Fiona wieder so gut ging, dass sie arbeiten konnte, aber wenn es stimmte, was Eldra sagte, würde ich, solange sie hier war, keine Poltergeister spuken sehen. Ich würde warten müssen, bis sie weg war. Da ich weder ein Vampir noch die mutigste Frau am Ort war, war es mir nicht sehr angenehm, bis in die frühen Morgenstunden hier festzusitzen, obwohl ich wusste, dass Rafe im Gebäude sein würde. Dank seines außergewöhnlichen Gehörs brauchte ich nur zu schreien, und er wäre in Windeseile bei mir.

Eldra führte mich in die Nische, in der die viktorianischen Originalmanuskripte über Handarbeit aufbewahrt wurden. In Anbetracht ihres Alters war es erstaunlich, dass sie nur einfach gebunden und ins Regal gestellt worden waren. Obwohl sie Teil der Forschungssammlung waren und nicht ausgeliehen werden konnten, konnte jeder Student sie mit seinen schmutzigen Fingern anfassen.

Wenn wir herausfinden sollten, dass die Manuskripte einen Wert hatten, selbst wenn es sich nur um eine historische Neuheit handelte, könnten wir vielleicht etwas tun, um sie besser zu schützen. Ich hatte seltsamerweise das Gefühl, diese Manuskripte beschützen zu müssen. Es war alles, was von den Frauen übriggeblieben war, die vor so langer Zeit in aller Stille ihrer Handarbeit nachgegangen waren. Unbesungene Heldinnen der Nadel!

Ich legte meine Sachen auf einen Studiertisch in der

Nische, schaltete die Lampe ein, die den Arbeitsplatz wie ein Scheinwerfer beleuchtete, und beschloss, bevor ich anfing, Fiona McAdam Bescheid zu sagen, dass ich hier war.

Ich fand sie zwei Nischen weiter. Ihr Tisch sah genauso aus wie meiner, und sie hatte mehrere Bücher um sich herum ausgebreitet. Ich erkannte die Nische wieder, es war dieselbe, in der Judith Morgan gearbeitet hatte, als sie das seltsame Erlebnis hatte. Es war die Brontë-Ecke. Fionas Laptop war aufgeklappt, aber sie schrieb mit einem Stift etwas in ein Notizbuch. Ihren Arm trug sie immer noch in einer Schlinge, aber sie sah viel weniger blass aus als das letzte Mal, als ich sie gesehen hatte. Auf ihrer Wange hatte sich ein blauer Fleck gebildet, aber ansonsten sah sie erstaunlich gut aus. Sie sah auf, als ich näherkam und lächelte mich an. „Lucy. Wie schön, dich zu sehen! Du bist wieder hier, um Rafe beim Begutachten der Stricktagebücher viktorianischer Damen zu helfen, stimmt's?"

Sie sagte das mit einer Art überlegenem Grinsen, so als ob Frauen, die über Strick- und Klöppelprojekte schrieben, keinen Wert hätten. Vermutlich hatten deren Bücher, verglichen mit Shakespeares Theaterstücken oder sogar Charlotte Brontës persönlichen Briefen, keine literarische Bedeutung, aber für mich waren sie genauso interessant. Eigentlich noch interessanter.

„Hast du keine Angst, allein hier drin zu sein?", fragte ich sie.

Sie zog die Nase kraus. „Ich würde gerne einem Poltergeist die Schuld geben, aber ich bin nur blöd gestürzt und kann mich nicht daran erinnern."

„Ich möchte nicht schlecht über die Toten reden, aber könnte Wilfred Eels dich angegriffen haben?"

Sie riss die Augen auf. „Der Hausmeister? Warum hätte er mich angreifen sollen?"

Ich schüttelte den Kopf. „Nur so ein verrückter Gedanke."

Das Problem mit Wilfred Eels war, dass ich ihm nie begegnet war. Ich konnte mir kein anderes Urteil bilden als das, was ich von anderen Leuten gehört hatte. Rafe hatte mit dem Hausmeister nette Gespräche geführt. Und Rafe war meiner Meinung nach ein ausgezeichneter Menschenkenner. Aber wenn man mit jemandem über das Wetter plaudert, erfährt man kaum etwas über seine Wertvorstellungen. Ich sah mir die Bücherstapel an, die sich über zwei Stockwerke erstreckten und Nische um Nische füllten. Ich konnte meinen Hals in jede Richtung strecken und sah Bücher und noch mehr Bücher, gebundene Manuskripte, Zeitschriften und zweifellos auch Abschlussarbeiten von Studierenden. „Du meinst doch nicht, dass die verschwundenen Manuskripte von Brontë und Shelley hier in der Bibliothek liegen könnten, oder?"

Sie nahm ihre Lesebrille ab und blinzelte ein paar Mal. „Ich denke, wenn sie hier wären, wären sie mittlerweile gefunden worden. Ich habe in St. Mary's sicher alles gelesen, was von den Brontës stammt oder mit ihnen zu tun hat. Es ist eine beeindruckende Sammlung. Aber nein, so etwas ist mir noch nie in die Hände gekommen." Sie seufzte. „Und ich wünschte, das wäre es. Es ist so traurig zu sehen, wie das College zu kämpfen hat."

„Glaubst du, Georgiana Quales hat sie verkauft?"

Sie schien über meine Frage nachzudenken und lehnte sich zurück. „Ich habe sie nie kennengelernt. Es ist möglich, nehme ich an. Ich möchte nicht spekulieren."

„Wie ich sehe, ist dein Vortrag auf nächste Woche verschoben worden."

„Ja. Ich brauche noch etwas Zeit, um mich zu erholen." Ich sagte noch einmal, dass ich hingehen würde und mich darauf freute, dann ging ich zurück in meine Nische. Es war zwar schon ein paar Jahre her, dass ich auf dem College war, aber eine Unibibliothek hatte etwas sehr Vertrautes. Diese endlosen Bücherreihen, der polierte Holzfußboden – ich konnte die Unruhe fast riechen, so als wären hier kleine Geister früherer Studenten unterwegs, die für Prüfungen paukten oder verzweifelt versuchten, in einer Nacht eine Hausarbeit zu schreiben, mit der sie eigentlich einen Monat früher hätten beginnen sollen. Ich wusste, dass Oxford-Studenten klüger waren als die meisten anderen, aber ich bezweifelte, dass sie anders waren.

Ich nahm das erste der Manuskripte aus viktorianischer Zeit zur Hand. Dieses diente mir eigentlich nur als Vorwand, um mich hier aufzuhalten, aber da ich warten musste, bis Fiona weg war, beschloss ich, es mir trotzdem anzuschauen. Ich ging zurück zum Schreibtisch der Bibliothekarin, wo ich Eldra gerade noch vor Feierabend erwischte und um ein Paar weiße Handschuhe bat, mit denen man seltene Manuskripte anfasste. Ich stellte erfreut fest, dass sie sie hatte, und sie nickte mir anerkennend zu, als ich sie fragte. Wenigstens sah noch jemand außer mir den Wert dieser alten Aufzeichnungen über die Handarbeit von Frauen.

Ich zog die Handschuhe an und schlug erwartungsvoll das erste Manuskript auf. Meine Begeisterung wurde jedoch bald getrübt. Wer immer das geschrieben hatte, hatte eine winzige, beengte Schrift, die in den etwa hundertfünfzig Jahren seit der Niederschrift verblasst war. War Papier damals teuer gewesen? Das fragte ich mich, während ich die Augen zusammenkniff und versuchte, diese Zeilen zu lesen, die so dicht beieinander lagen, dass sich die Worte manchmal überschnitten.

Ich hatte Fiona für unhöflich gehalten, als sie sie als Stricktagebücher bezeichnete, aber genau so sah dieses hier aus. Es ging um das Einlegen von etwas, das wie Schweinsohren aussah und zweifellos etwas ganz anderes war. Ich blätterte um. Hier war ein handgezeichnetes Muster für eine Klöppelarbeit. Mir war jetzt schon langweilig. Und ich war doppelt froh, dass ich auf die Idee gekommen war, Silence Buggins um Mithilfe zu bitten. Ich konnte Silence allerdings nicht hierherbringen. Wer sie sähe, würde sie für ein Gespenst halten.

Es dauerte fast eine Stunde, bis ich hörte, wie Fiona McAdam ihre Sachen zusammenpackte. Zu diesem Zeitpunkt war ich so gelangweilt, dass ich, während ich den langweiligsten Bericht der Welt über das Klöppeln vor mir hatte, heimlich ein paar Social-Media-Beiträge über meinen Strickladen ins Handy tippte.

Schließlich ging Fiona McAdam, nachdem sie mir einen erfolgreichen Abend gewünscht hatte, und ich war allein. Die alte Tür schnappte ziemlich geräuschvoll zu, als sie ging. Aber ich hätte auch ohne dieses Zeichen gewusst, dass ich allein war. Ich spürte es. Ich spürte die Leere um mich herum. Reihenweise blickten Bücher auf mich herab, als stumme Zeugen meiner fehlenden Begabung zur Wissenschaftlerin. Ich stand auf, streckte meinen Rücken und beschloss, einen langsamen Spaziergang durch die Bibliothek zu machen. Ich war nervös, aber ich kam nicht an irgendwelche kalten Stellen. Es wurden auch keine Bücher auf mysteriöse Weise anders platziert. Ich spürte, dass ich allein war. In gewisser Weise war das eine Erleichterung, aber ich war ja hierhergekommen, um mich dem Poltergeist zu stellen. Ich würde ihm noch eine Stunde Zeit geben, dachte ich, dann würde ich einen Kreis zeichnen und versuchen, den Geist zu beschwören.

Ganz allein in einer Bibliothek zu sein, war irgendwie unheimlich. Es war, als hätten die Bücher ein geheimes Leben, in dem ich sie störte. Blieben sie einfach stillsitzen, wenn niemand da war, um sie zu lesen, sie aus den Regalen zu nehmen, über sie zu sprechen? Regal für Regal? Vielleicht unterhielten sie sich miteinander, tauschten Informationen aus, veranstalteten Quizabende.

Bevor meine Fantasie mit mir durchging, konzentrierte ich mich wieder auf meine Umgebung.

Es ging nichts über einen Poltergeist, auch nur gerüchteweise, um den Verkehr in einer Schulbibliothek ins Stocken zu bringen. Allein hier drin zu sein, war kein großes Problem. Bei meinem Rundgang durch das College war ich auf Studentinnen und Studenten gestoßen, die irgendwo in einer Ecke lernten oder sich in der Cafeteria über einen Tisch beugten. Bestimmt arbeiteten auch viele in ihrem Wohnheimzimmer. Nur, um nicht in die Bibliothek gehen zu müssen. In der Zwischenzeit blieben dort die schönen Arbeitstische leer.

Ich ging einmal den ganzen Mittelgang entlang. Die Kristalle, die Margaret Twigg mir um den Hals und die Handgelenke gelegt hatte, fühlten sich so hart und scharf an wie Margaret selbst. Ich hatte keinen besonderen Plan zur Beschwörung des Poltergeists. Für diesen ersten Besuch – und ich hoffte, es würden nicht viele weitere folgen – hatte ich beschlossen, durch den Raum zu gehen und mich besonders dort aufzuhalten, wo die Frauen, die mir von ihren Erlebnissen berichtet hatten, selbst den Spuk erlebt hatten.

Zum Glück hatten sie mir beide gezeigt, wo sie gewesen waren, sodass ich keine Zeit darauf verschwenden musste, die Abteilung für viktorianische Dichtung zu suchen. Meine Stiefel klackten auf dem Holzboden, und ich fragte mich, ob vielleicht doch irgendwo in einer Nische ein Student saß, der meine Schrittgeräusche für Spuk halten würde.

Ich würde einen kurzen Spaziergang durch die ganze Bibliothek machen und mich dann mit Emily Brontës Gedichten hinsetzen.

Meine Ohren lauschten nach Klopfgeräuschen, aber ich hörte nichts, und ich hatte ein ausgezeichnetes Gehör. Es flogen keine Bücher, es erschien keine Schrift an den Wänden, und mir war nicht kalt. *Lieber noch ein bisschen warten,* sagte ich mir. Obwohl mir vor der Begegnung mit dem Poltergeist graute, sehnte ich sie herbei, um mein Geistererlebnis hinter mich bringen zu können.

Ich hätte lieber eine gute Geschichte, die ich beim Grillen von Marshmallows am Lagerfeuer erzählen konnte, anstatt mit der Angst im Nacken auf einen Spuk zu warten.

Moment, da hörte ich doch ein Klopfen. Oder etwa nicht? So etwas wie Schritte hinter mir. Ich wusste, dass Rafe in Rufweite war, aber das schien mir viel zu weit. Ich drehte mich so schnell ich konnte um, und da war etwas. Ich keuchte und schlug mit der Hand auf meine Brust, wo mein Herz zu explodieren drohte, als eine Stimme sagte: „Kann ich Ihnen irgendwie behilflich sein?"

Eine Sekunde lang konnte ich nicht sprechen. Da stand ein Mann. Er war Ende zwanzig oder Anfang dreißig, schätzte ich, braunhaarig mit Igelfrisur, hatte kleine braune Augen, einen Mund, der wie geschaffen war, um Beleidigungen auszuspucken, und einen gestählt wirkenden, drahtigen Körper. Er trug eine marineblaue Arbeitshose und ein Hemd, wie es Wilfred Eels getragen hatte, als er ums Leben gekommen war, nur dass seine Ärmel hochgekrempelt waren und einen tätowierten Unterarm freigaben. Auf seinem angesteckten Namensschild stand „Travis Armstrong".

„Sie haben mich erschreckt", sagte ich und sprach damit aus, was offensichtlich war.

Er musterte mich nicht von oben bis unten wie in einer Anmach-Bar, aber sein Gesichtsausdruck zeigte eindeutig, dass ihm nicht entgangen war, dass ich jung war, und weiblich. „Tut mir leid. Die Bibliothek ist geschlossen."

„Ja." Ich erklärte, dass ich Rafes Assistentin war, und ich hatte die Geschichte inzwischen so oft erzählt, dass sie glaubhaft klang.

Travis Armstrong sah jedoch skeptisch aus. „Er schickt Sie nachts allein hierher?"

„Da war ein Manuskript, das ich noch einmal überprüfen wollte. Ich konnte nicht aufhören, darüber nachzudenken. Sie wissen ja, wie das ist, in der Forschung", sagte ich mit einem Kichern, das mich wie Silence Buggins klingen ließ. „Manchmal muss man einfach eine Antwort finden."

Er schüttelte langsam den Kopf. „Ich komme nur für meinen Monatslohn hierher." Er betrachtete die Bücher mit Verachtung, als wären sie Gefangene und er der Wärter, der sie für die Nacht einsperrt.

„Aber ich darf mich doch hier aufhalten, oder? Auch wenn die Bibliothek geschlossen ist?"

„Das geht mich nichts an. Solange Sie nichts kaputt machen oder stehlen."

„Sind Sie, ähm, der Nachfolger des früheren Hausmeisters?"

Eine gewisse Emotion huschte über sein Gesicht. Sorge? Wut? Verachtung? Bei seinem Gesicht hätte es all das sein können. „Nein. Ich bin der andere Hausmeister."

„Oh, es gibt zwei." Wahrscheinlich litt ich immer noch unter einem verzögerten Schock, was mich dazu brachte, offensichtliche Tatsachen laut zu sagen.

„Nun, im Moment nicht. Ich bin Hausmeister, bis sie einen zweiten Kerl einstellen."

Wenn ich schon nicht mit einem Poltergeist zusammentraf, konnte ich wenigstens den anderen Hausmeister befragen, von dem keiner von uns etwas wusste. „Kannten Sie Wilfred Eels gut?"

Seine ohnehin schon schmalen Augen blinzelten. „Was soll das alles? Sind Sie von der Polente?"

„Nein, ich bin nicht bei der Polizei. Ich sagte doch, ich helfe bei der Auswertung alter Strickbücher."

„Dann machen Sie mal besser weiter. Und lassen Sie mich mit meiner eigenen Arbeit weitermachen."

„Warten Sie", rief ich, als er sich umdrehte und wegging. „Haben Sie jemals den Poltergeist gesehen?"

Mit verächtlichem Blick drehte er sich zu mir um. „Nein. Glaub doch nicht an Gespenster!"

Als er wieder wegging, hörte ich die Ghostbusters-Titelmelodie in meinem Kopf. Vielleicht hatte dieser Typ keine Angst vor Geistern, aber ich bezweifelte, dass er jemals einem gegenübergestanden hatte.

KAPITEL 11

*A*m nächsten Morgen fuhren wir kurz vor elf Uhr vor dem Sainsbury's-Supermarkt in der Nähe von Coventry vor. Ich ließ mir Zeit mit dem Aussteigen. Ich war nicht gerade scharf darauf, einer völlig Fremden zu sagen, dass einer ihrer Angehörigen gestorben war. Sainsbury's war eine Supermarktkette und dieser hier war einer der größeren Märkte im amerikanischen Stil mit hauseigener Metzgerei und Bäckerei sowie vielen Gängen mit Lebensmitteln und einer ziemlich umfangreichen Wein- und Spirituosenabteilung. Rafe fragte eine Kassiererin, ob sie Susanna Morgan kenne, und sie sagte, er solle es an der Käsetheke versuchen. „Zumindest arbeitet dort eine Susanna. Ihren Nachnamen weiß ich nicht."

Wir machten uns auf den Weg zur Käsetheke. Dort waren zwei Frauen bei der Arbeit. Die eine bediente eine Kundin, die andere füllte die Vitrine auf. Rafe sprach sie an. „Entschuldigen Sie, ich suche Susanna Morgan."

Die Frau sah überrascht auf. Dann war sie verwirrt, da sie Rafe offensichtlich nicht kannte. „Ich bin Susanna. Womit kann ich Ihnen behilflich sein?" Sowohl ihre Stimme als auch ihr Gesichtsausdruck waren misstrauisch, so als wüsste sie bereits, dass er ihr eine schlechte Nachricht überbrachte.

Ein Blick auf sie verriet mir, dass sie weder die Mutter von Wilfred Eels noch seine Tochter war. Sie hatte graue Haare und ein etwas verhärmtes Gesicht. Sie schien ungefähr so alt zu sein wie Wilfred Eels.

Rafe fragte sie: „Können wir irgendwo unter vier Augen reden?"

Sie sah erst zu mir, dann wieder zu Rafe und dann zu der Frau, die gerade mit ihrer Kundin fertig war. „Ich habe gerade meine Schicht begonnen. Ich kann erst in zwei Stunden in die Pause."

Rafe sagte: „Es ist ziemlich wichtig. Es geht um Wilfred Eels."

Mit einem dumpfen Schlag ließ sie einen Laib Stiltonkäse fallen. „Willie? Was ist mit ihm?"

Die andere Frau war älter und hatte einen freundlichen, mütterlichen Gesichtsausdruck. „Geh schon, Susanna, geh mit ihnen in den Pausenraum. Für ein paar Minuten komme ich schon klar. Es ist ja nicht allzu viel Betrieb."

Susanna nickte, holte ihre Handtasche aus einem Schrank und kam um die Vitrine herum. Rafe fragte: „Kann man im Pausenraum ungestört reden?"

„Nicht besonders."

„Dann gehen wir lieber ins Café und trinken dort einen Kaffee." Er zeigte auf das Schild, das die Kunden zu einem hauseigenen Café führte.

Sie folgte ihm, als wäre sie es gewohnt, dass man ihr sagte, was sie zu tun hatte. Unterwegs fragte sie: „Ist Willie in Schwierigkeiten?"

„Ist er das oft?"

„Öfter, als gut für ihn ist."

Glücklicherweise war das Sainsbury's-Café praktisch leer, und wir fanden einen freien Ecktisch. Ich bot an, die Getränke zu holen, aber Rafe sagte, ich solle mich zu Susanna setzen und er würde sie holen. Wir entschieden uns beide für Filterkaffee und wollten nichts zu essen.

Während er weg war, saßen wir unbehaglich schweigend da. Wir waren zwei völlig Fremde, und sie hatte keine Ahnung, was wir wollten. Schließlich fragte sie: „Was ist denn los? Warum sind Sie hier?"

Ob es besser für sie wäre, die Nachricht von einer Frau zu hören? Oder wäre es einfacher, wenn Rafe es ihr sagen würde? Ich wusste es nicht. Rafe hatte uns allerdings allein gelassen, und er musste wissen, dass sie fragen würde. Ich zögerte und fragte dann: „Stehen Sie Wilfred Eels sehr nahe?"

„Ich habe mich von dem Schuft getrennt. Ich wünsche ihm nichts Schlimmes, aber ein paar Jahre lang hat er mir das Leben zur Hölle gemacht." Sie streckte ihre Beine aus, als würden ihr die Füße wehtun. „Falls er jemandem Geld schuldet, ich habe keins."

Ich schüttelte den Kopf. „Das ist es nicht. Es tut mir leid, dass ich Ihnen das sagen muss, aber Wilfred ist leider verstorben."

Sie lehnte sich in ihrem Stuhl zurück, als ob ein Schlag sie getroffen hätte. „Tot? Willie?"

„Leider ja."

Ein paar Sekunden lang starrte sie mich an. Dann stellte sie eine seltsame Frage: „Wie haben Sie mich gefunden?"

Es war nicht die erste Frage, die ich gestellt hätte, wenn

ich gerade erfahren hätte, dass einer meiner Angehörigen verstorben ist, aber zum Glück war ich auf diese Frage vorbereitet. „Wir kommen von der Universität. Er hatte Sie als seine nächste Angehörige genannt und diesen Sainsbury's-Markt als Ihre Adresse angegeben."

Sie zog eine Schachtel Zigaretten heraus, schaute sich um und stellte dann fest, dass sie im Sainsbury Café nicht rauchen durfte. Sie schob die Schachtel wieder zurück in ihre Handtasche. „An manchen Tagen weiß ich nicht, wo rechts und links ist. Ist Willie wirklich tot?"

„Leider ja."

„Was ist mit ihm passiert?"

Ich wiederholte den Satz, den Professorin Cartwright uns aufgetragen hatte. „Er ist beim Sturz von einer Treppe ums Leben gekommen. Die Polizei braucht Sie, um ihn offiziell zu identifizieren."

Rafe stellte die Kaffeebecher vor uns ab, zusammen mit einigen Portionspackungen Zucker und Einweg-Kaffeesahne. „Na dann Prost", sagte Susanna Morgan. Er hatte auch einen Kaffee für sich geholt, obwohl ich wusste, dass er ihn nicht trinken würde. Sie legte die Hände um ihren Kaffee und starrte hinein. „Armer alter Willie." Und sie lachte bitter auf. „Das war die einzige Adresse, die ich ihm genannt habe. Ich wollte nicht, dass er zu Hause auftaucht."

Rafe und ich sahen einander an. Vielleicht war es nicht fair, eine Frau zu bedrängen, während sie unter Schock stand, aber am St. Mary's College geschahen rätselhafte Dinge, und der Tod von Wilfred Eels konnte durchaus dazugehören. „Hat er Ärger gemacht?"

Sie lachte wieder, ein humorloses, bitteres Lachen. „Er hat nichts als Ärger gemacht. Er sagte mir, er hätte sich geändert. Oh, im Grunde war er ein guter Kerl. Aber er hatte ein Problem mit seiner Aggressionsbewältigung." Sie sah, wie ich sie anschaute, und beeilte sich zu sagen: „Nicht mir gegenüber. Mir hat er nie etwas angetan. Aber er konnte nie einen Arbeitsplatz behalten, verstehen Sie? Er war so leicht beleidigt, dass er sich ständig mit Leuten anlegte. Und niemand konnte so schlecht mit Geld umgehen wie er. Er schmiss immer Runden im Pub und dann hatte er nichts mehr, was er nach Hause bringen konnte. Was haben wir gestritten!"

„Waren Sie mit ihm verheiratet?" Ich musste das fragen, obwohl es offensichtlich war, dass er nicht ihr Bruder war.

„Ja. Das ist schon lange her."

Rafe sagte: „Die Polizei von Oxford möchte, dass Sie kommen und Ihren Ex-Mann offiziell identifizieren. Mein Name ist Rafe Crosyer, und das ist Lucy Swift. Wenn Sie möchten, nehmen wir Sie gerne mit nach Oxford und bringen Sie zurück."

Sie öffnete das kleine Plastikdöschen mit der Milch und leerte es in ihren Kaffee, dann fügte sie drei Stück Zucker hinzu. Sie rührte vorsichtig um und trank dann einen Schluck. „Oxford? Haben Sie Oxford gesagt?"

„Ja", sagte Rafe. „Er arbeitete als Hausmeister und Gärtner in einem der Colleges."

Sie beugte sich vor, fasste Rafe beim Handgelenk und blickte ihm besorgt ins Gesicht. „An welchem College?"

„St. Mary's."

Sie schloss die Augen und ließ sich auf ihren Stuhl zurücksinken. Sie hatte erschrocken ausgesehen, als sie von Wilfreds Tod erfuhr, aber als sie hörte, wo er gearbeitet hatte, wurde sie kreidebleich. „Nein." Es war fast ein Stöhnen. „Wie hat er sie gefunden?"

Offensichtlich hatten wir keine Ahnung, wovon sie redete. „Wen gefunden?", fragte ich.

Aber sie war jetzt ganz bei sich selbst. Sie trank noch einen Schluck von ihrem Kaffee und stellte ihn dann ab. „Ich werde meinem Vorgesetzten sagen, dass es einen Todesfall in der Familie gegeben hat. Ja. Ich würde sehr gerne mitfahren. Jetzt gleich, oder?" Sie stand auf und ließ den Kaffee nach zwei weiteren Schlucken stehen. „Ich ziehe nur kurz meine Straßenkleidung an."

Wir hatten gehofft, sie würde mit uns kommen, aber jetzt schien sie es plötzlich sehr eilig zu haben.

Die Fahrt zurück nach Oxford dauerte eineinhalb Stunden. Bevor wir losfuhren, sagte Susanna Morgan: „Ich muss eine rauchen." Ihre Hände zitterten, als sie sich die Zigarette anzündete, und sie rauchte in schnellen, hastigen Zügen. Als sie die Nachricht über ihren Ex-Mann gehört hatte, hatte sie keinen todunglücklichen Eindruck gemacht, aber jetzt kam eine Art Spätzündung. Sie schien immer aufgeregter zu werden, je mehr sie darüber nachdachte.

Wir warteten, bis sie ihre Zigarette zu Ende geraucht hatte, und dann stiegen wir alle in Rafes Auto ein. Ich stieg hinten ein und überließ ihr höflicherweise den Vordersitz.

„Also sind Sie von der Polizei?", fragte sie uns. Ich hatte ihr gesagt, dass wir von der Universität kamen, aber der Schock schien sie schwer getroffen zu haben. Rafe saß näher bei ihr, also ließ ich ihn antworten. Außerdem konnte er schwierige Dinge viel besser erklären als ich. „Nein. Ich arbeite mit der Universität zusammen. Wir dachten, es wäre besser, wenn die Nachricht von jemandem käme, der Ihren Ex-Ehemann kennt. Ich habe oft mit ihm geplaudert. Nicht über wichtige Dinge. Aber er war mir sympathisch. Er war ein netter Mann."

„Das war er. Aber er hätte nicht dorthin gehen sollen."

Während wir über die Autobahn fuhren, fragte ich: „Warum nicht? Was war denn für Ihren Mann an Oxford gefährlich?"

„Was? Nein, nein, es ist genau andersherum. Er war es, der eine Gefahr darstellte. Er hätte sie in Ruhe lassen sollen. Oh, mein armes Baby."

Sie schaute auf ihre Uhr und dann aus dem Fenster. „Wie lange brauchen wir noch, bis wir dort sind?"

„Etwa eine Stunde. Ich habe Inspektor Chisholm angerufen, um ihm mitzuteilen, dass Sie auf dem Weg sind. Er wird uns im Leichenschauhaus erwarten."

Bei diesem Wort zuckte sie zusammen. „Ich nehme an, ich werde ihn sehen müssen?"

„Leider ja."

Als wir vor dem Leichenschauhaus anhielten, bot Rafe an, sie danach abzuholen, aber sie sagte: „Ich will da nicht allein rein." Sie schaute zu mir auf den Rücksitz. „Lucy? Würden Sie mit reinkommen?"

Ich mochte mir Wilfred Eels Leiche genauso ungern ansehen wie sie, aber sie tat mir leid, und so willigte ich ein, hineinzugehen.

Als Ian Chisholm mich mit Susanna Morgan hereinkommen sah, schüttelte er den Kopf und murmelte etwas. Ich war froh, dass ich es nicht hören konnte. Wir schienen uns öfter bei Leichen zu treffen, als es uns beiden angenehm war. Dann richtete er seine ganze Aufmerksamkeit auf Susanna Morgan. „Vielen Dank, dass Sie gekommen sind."

Natürlich gab es Formalitäten zu erledigen. Man kontrollierte ihren Ausweis, und sie musste Papiere unterschreiben. Dann wurden wir in einen Leichenschauraum geführt.

Die eigentliche Identifizierung war gar nicht so schlimm. Man brachte sie, also uns, in einen Raum, von dem aus man durch ein Fenster in einen kleineren Raum schauen konnte. Eine Bahre mit einer in ein weißes Laken gehüllten Leiche wurde hereingerollt. Mit dem Fenster dazwischen wirkte es weniger echt, ein bisschen wie im Fernsehen. Ian sah Susanna Morgan an. „Sind Sie bereit?" Sie griff nach meiner Hand und ergriff sie fest, bevor sie nickte.

Der Mitarbeiter, der die Leiche gebracht hatte, hob das Laken an, so dass wir einen Blick auf das Gesicht werfen konnten. Ich hatte am Tatort nur den Hinterkopf des Hausmeisters gesehen und sah jetzt zum ersten Mal sein Gesicht. Bis auf ein paar alte Aknenarben war es ziemlich unauffällig, rund, mit spitzem Kinn, und sein grau meliertes Haar war ordentlich gekämmt.

Susanna ließ den Kopf sinken, bis ihr Kinn auf der Brust lag. „Ja", flüsterte sie. „Das ist er."

Ian führte sie sofort aus dem Zimmer, während der Mitarbeiter Wilfred wieder zudeckte.

Er führte Susanna in ein Vernehmungszimmer und bot ihr Tee an, den sie jedoch ablehnte. „Dürfte ich Ihnen ein paar Fragen stellen?"

„Ja. Ich denke schon."

„Wann haben Sie Ihren Mann zuletzt gesehen?"

„Ex-Mann. Vor etwa einem Jahr etwa, glaube ich. Kurz, auf einen Kaffee."

„Wissen Sie, warum er nach Oxford gezogen ist?"

Sie blickte auf und Zorn blitzte in ihren Augen. „Ich wusste ja noch nicht einmal, dass er hier war."

Auf Ians Frage antwortete sie allerdings nicht.

„Steckte er in Schwierigkeiten?"

„Wir hatten wirklich nicht viel miteinander zu tun. Jedenfalls ist er die Treppe runtergefallen, nicht wahr?"

„Ja."

Sie sah mich an und dann wieder Ian. „Meinen Sie, es war gar kein Unfall?"

„Wir schließen noch nichts aus. Wir sind noch dabei, Nachforschungen anzustellen."

Er fragte nach anderen Angehörigen, und es schien nicht so, als hätte Wilfred Eels welche. Er stellte noch ein paar Fragen, aber ich hatte das Gefühl, dass es reine Routine war. Es dauerte nicht lange, dann reichte Ian ihr seine Karte. Er notierte auch ihre Kontaktdaten, und dann konnten wir gehen.

Nach einer weiteren Zigarettenpause wirkte Susanna Morgan immer noch erschüttert. Ich war nie verheiratet gewesen und wusste daher nicht, wie ich mich fühlen würde, wenn ich die Leiche meines Ex-Mannes identifizieren müsste. Ich hatte allerdings eine Langzeitbeziehung gehabt. Ich wäre traurig, wenn Todd, der Flop, ein unglückliches Ende nähme, aber ich hätte nicht gedacht, dass ich so verzweifelt sein würde. Waren ihre Gefühle für Wilfred Eels tiefer gewesen, als ihr bewusst war? Vielleicht war aber auch der Anblick des Todes schwer zu verkraften.

Ich fragte: „Sollen wir irgendwohin fahren, wo man etwas essen kann? Oder eine Tasse Tee trinken?" Tee schien immer das Allheilmittel für alles zu sein. Aber sie schüttelte den Kopf. „Wir könnten umkehren und Sie nach Hause bringen, wenn Sie wollen."

Noch einmal schüttelte sie den Kopf. Sie schloss die Zigarettenschachtel und steckte sie in ihre Handtasche. „Was ich wirklich gerne machen würde, ist zum College zu fahren. St. Mary's. Dort muss ich etwas erledigen."

„Sicher", antwortete ich für Rafe gleich mit, aber es würde ihm sicher nichts ausmachen. Vielleicht gab es Hinterbliebenenleistungen, auf die sie Anspruch hatte. Jedenfalls ging es mich nichts an. Wir gingen zurück zum Tesla, wo Rafe wartete, und er fuhr uns zum St. Mary's.

„Ich muss den Direktor sprechen", verkündete sie, als wir auf den Parkplatz fuhren.

Rafe und ich sahen einander an. Er sagte: „Lucy wird Sie nach oben bringen. Sie kennt die Rektorin." Ich verstand nicht, warum er nicht selbst gehen wollte, aber er hatte einen guten Instinkt, und so stimmte ich zu. Bevor wir das College betreten konnten, musste sie noch schnell eine Zigarette rauchen. Ich würde ein Lungenemphysem bekommen, wenn ich noch mehr Zeit mit dieser Frau verbringen müsste.

Rafe hatte Amelia Cartwright bereits von ihrer bevorstehenden Ankunft in Kenntnis gesetzt, und als wir zu ihrem Büro kamen, führte uns ihre Assistentin sofort hinein.

Amelia Cartwright stand auf und kam mit ausgestreckter Hand um den Schreibtisch herum. „Mein herzliches Beileid!"

Sie gaben sich kurz die Hand. Susanna Morgan sagte: „Danke. Ich wusste gar nicht, dass er hier arbeitete. Ich wusste noch nicht einmal, dass er in Oxford war."

Professorin Cartwright schaute mich an, als ob ich die Bedeutung dieser Worte deuten könnte, aber ich war genauso ratlos wie sie. Sie gab ein unverbindliches Brummen von sich, und Susanna Morgan fuhr fort: „Warum ausgerechnet Oxford, wo er doch überall einen Job hätte finden können? Warum dieses College? Warum jetzt?" Mit jedem kurzen Satz wurde ihre Stimme höher.

„Bitte, nehmen Sie Platz. Ich hole Ihnen ein Glas Wasser."

In der Ecke ihres Büros hatte sie einen Wasserspender, und ich übernahm es, für jede von uns einen Becher Wasser zu holen. An der Art, wie Susanna mit der Hand zupackte und wieder losließ, konnte ich erkennen, dass sie unbedingt noch eine Zigarette brauchte.

„Es ist meine Tochter, verstehen Sie?"

KAPITEL 12

„Ihre Tochter?", sagten Professorin Cartwright und ich zur gleichen Zeit.

Sie nickte. Und trank einen Schluck Wasser. Sie wollte nach ihren Zigaretten greifen und legte dann die Hand in den Schoß. „Ich habe ihm nie gesagt, dass sie hier war. Er hatte sie seit Jahren nicht gesehen. Anfangs wollte er sie gar nicht sehen, und dann schämte er sich, glaube ich. Sie weiß nur, dass Graham Morgan ihr Vater ist. Einen anderen hat sie nie gekannt." Sie sprach monoton, es war wie ein Bewusstseinsstrom, als würde sie laut denken.

Ich dachte an das nette Mädchen, das mich in der Bibliothek herumgeführt hatte und das den Poltergeist erlebt hatte. Sie hieß Judith Morgan, aber Morgan war ja ein ganz gewöhnlicher Name. Ich hatte nicht zwei und zwei zusammengezählt und realisiert, dass Susanna Morgan ihre Mutter war, und wenn ich ihre weitschweifige Rede richtig verstand, sah es so aus, als sei Wilfred Eels der Vater des Mädchens gewesen.

Ich wollte absolut sicher sein, dass mein Gedankengang

so stimmte. „Wollen Sie damit sagen, dass Wilfred Eels der Vater von Judith Morgan war?"

Sie wandte sich mir zu. „Sie kennen Judith?"

Jetzt war ich in den Fettnapf getreten. Ich sagte nur: „Ich habe sie kennengelernt. Ich betreibe ein Strickwarengeschäft in der Stadt und habe sie ermuntert, mit dem Stricken anzufangen. Ich glaube, sie findet die Uni ziemlich stressig." Sollte sie doch denken, ich hätte sie in meinem Strickwarengeschäft getroffen. Hoffentlich würde ihre Tochter ihr nichts anderes erzählen. Ich konnte mir keinen Grund vorstellen, warum mein Name überhaupt in einem Gespräch der beiden auftauchen sollte. Susanna Morgan sollte eigentlich nicht erfahren, dass ich ihre Tochter über Begegnungen mit Geistern ausgefragt habe.

„Ich muss meine Tochter sehen. Ich muss meine Judy sehen."

Amelia Cartwright war etwas weniger unverblümt als ich. „Und ihr Vater?" Sie ließ einfach das Fragezeichen am Ende des Satzes stehen und hob die Augenbrauen.

Wenn jemals eine Frau so aussah, als hätte sie gerade eine schockierende Nachricht erhalten, dann war es Susanna Morgan. „Ja. Wilfred Eels war ihr Vater."

„Wusste sie es?", fragte Professorin Cartwright.

Susanna schüttelte den Kopf. „Sie weiß natürlich, dass mein Mann ihr Stiefvater ist. Aber Willie, und ich nannte ihn immer Willie, hatte uns verlassen, als sie noch ganz klein war. Ich hatte eine einstweilige Verfügung gegen ihn erwirkt, aber er hat nie versucht, Kontakt aufzunehmen. Er hat es gut gemeint, aber er wurde so leicht wütend, wissen Sie. Der Therapeut nannte es Probleme mit der Aggressionsbewältigung. Er hat nie eine von uns geschlagen, aber ich hatte immer Angst, dass er es eines Tages tun würde. Wenn er wütend wurde, schlug er Löcher in Wände und warf mit Gegenständen. Er konnte keinen Arbeitsplatz lange halten, also hatten wir nie Geld. Ich konnte es einfach nicht mehr ertragen."

„Wusste Ihr Ex-Mann, dass Judith seine Tochter war?"

Susanna nickte. „Willie, er hat mich letztes Jahr angerufen. Er sagte, es tue ihm leid, dass er so ein Versager gewesen sei, und er wollte sich mit mir treffen. Ich sah darin nichts Schlimmes. Wir trafen uns in einem Costa Coffee Shop außerhalb von Coventry. Er sollte nicht wissen, wo ich wohne, also wollte ich ihn nicht bei mir zu Hause empfangen. Beim Kaffee erkundigte er sich nach ihr. Er sagte, wie leid es ihm täte, dass er ihre Kindheit verpasst hatte. Es war seine Schuld, dass er sie nie gesehen hat, und er hat natürlich auch nie Unterhalt gezahlt. Aber mit dem Alter bin ich wohl sentimental geworden. Ich holte mein Handy heraus und zeigte ihm ein paar Fotos von ihr. Ich konnte nicht widerstehen, ihm zu sagen, dass sie einen Studienplatz in Oxford bekommen hatte. Unser kleines Mädchen. Ich glaube, ich habe richtig damit angegeben. Ich war so stolz." Sie schüttelte den Kopf. „Er hatte Tränen in den Augen, wirklich. Er sagte, er würde versuchen, etwas für sie zu tun." Sie trank noch etwas Wasser. „Ich dachte, er wollte ihr Geld schicken. Natürlich hat er das nie getan."

„Hat er Ihnen gesagt, dass er sich hier Arbeit suchen würde?"

„Natürlich nicht. Das hätte ich ihm untersagt. Oder zumindest hätte ich das arme Mädchen gewarnt. Ich habe definitiv nicht erwähnt, auf welches College sie geht."

Professorin Cartwright sagte: „Es wird nicht allzu

schwierig gewesen sein, sie aufzuspüren. Natürlich kannte er ihren Nachnamen."

„Aber warum?" Susanna Morgan sah uns beide an. „Warum sollte er das tun?"

„Vielleicht kann Ihre Tochter das am besten beantworten. Ich schicke jemanden, um sie zu holen."

Sie stand auf und verließ ihr Büro, um ihrer Assistentin den Auftrag zu geben, Judith zu finden und hierher zu bringen. Die arme Susanna Morgan sah zunehmend verstört aus. „Ich hätte es ihr gesagt. Hätte sie gewarnt. Sie hatte schon so lange nicht mehr nach ihrem Vater gefragt, dass wir uns alle so benahmen, als sei Graham ihr richtiger Vater. Und er ist ihr ein viel besserer Vater gewesen, als Willie es je hätte sein können."

Hatte Judith irgendwie herausgefunden, dass er ihr Vater war? Vielleicht hat er es ihr gesagt.

Ich bot erneut an, zu gehen, da ich der Meinung war, dass ich in diesem Familiendrama nichts zu suchen hatte, doch Susanna flehte mich erneut an, zu bleiben. „Ich weiß nicht, was Sie an sich haben, aber ich fühle mich besser, wenn Sie dabei sind."

Mir fiel kein Zauberspruch ein, der Judith eine sehr schwierige Entdeckung erleichtern würde. Vor allem, falls sie nicht gewusst hatte, dass Wilfred Eels ihr Vater war.

Die Rektorin kehrte zurück und setzte sich wieder an ihren Schreibtisch. Sie sah aus wie eine vielbeschäftigte Frau, die eigentlich keine Zeit für diese unerwartete Störung ihres Tagesablaufs hatte. Sie schien jedoch zu akzeptieren, dass sie mit uns hier festsaß.

Um sich die Zeit zu vertreiben und wohl auch, um sich selbst besser zu fühlen, zückte Susanna ihr Handy und zeigte mir Bilder von Judith, ihr selbst und Graham Morgan, Judiths Stiefvater. Sie sahen in der Tat wie eine glückliche Familie aus, und ich konnte mir vorstellen, dass es für ein kleines Mädchen, das seinen richtigen Vater nie gesehen hatte, einfacher war, ihn einfach aus ihrem Gedächtnis verschwinden zu lassen. Aber aus irgendeinem Grund hatte sich Wilfred Eels eine Verbindung zu seiner Tochter gewünscht. Warum?

Es dauerte etwa zehn oder fünfzehn Minuten, bis Cassandra Telford mit Judith im Schlepptau zurückkehrte. Verständlicherweise stand im Gesicht der jungen Frau Ratlosigkeit geschrieben, die sich in Alarmstimmung verwandelte, als sie ihre Mutter erblickte. „Mama? Ist alles in Ordnung? Was machst du denn hier?"

Susanna Morgan stand auf und streckte ihre Arme aus, ging dann nach vorne und umarmte ihre Tochter. „Oh, mein Baby. Oh, mein armes Baby", krächzte sie, aber ich war mir nicht sicher, wen von ihnen beiden sie beruhigen wollte.

Judith klopfte ihrer Mutter unbeholfen auf die Schulter. „Ist es wegen Papa? Ist der Granny etwas zugestoßen? Mama, was ist der los?" Dann erblickte sie mich. Ehrlich gesagt, ich wünschte, ich hätte einen Unsichtbarkeitszauber. Wenn jemals eine Person irgendwo nicht hingehörte, dann war ich das, in diesem Moment und in diesem Büro.

„Komm und setz dich, Liebes. Ich muss dir etwas sagen."

Ihre Tochter sah jetzt noch besorgter aus. Sie sah zur Rektorin. „Ich werde doch nicht etwa zurückgestuft? Sind meine Noten nicht gut genug? Ich gebe mir wirklich Mühe, aber ich war nie auf den richtigen Schulen."

Professorin Cartwright beruhigte sie: „Ihr Studium ist in Ordnung. Das hier ist eine Privatangelegenheit."

Sie sah ein wenig erleichtert aus und wandte sich dann

wieder ihrer Mutter zu, die in ihre Handtasche griff und sich zweifellos an ihr Päckchen Zigaretten klammerte, als wäre es ein Rettungsanker. „Du weißt doch, dass dein Vater, dein leiblicher Vater, dich verlassen hat, als du noch klein warst?"

„Ja." Sie wartete darauf, dass ihre Mutter weitersprach. Sie wartete eine ganze Weile. Zweifellos versuchte Susanna, die richtigen Worte zu finden. „Er war kein schlechter Mensch, Willie. Das habe ich dir immer gesagt."

Die Lippen ihrer Tochter verzogen sich zu einer harten Linie. „Aber auch kein sehr guter, oder? Wo war er meine ganze Kindheit über? Andere Kinder, die echte Väter und Stiefväter hatten, bekamen ihre echten Väter zu Gesicht. Sie bekamen Geburtstagsgeschenke und Karten, verbrachten vielleicht jedes zweite Wochenende mit ihm. Er hat sich überhaupt nicht um mich gekümmert." Da war die alte Bitterkeit. Ich fragte mich, ob Susanna Morgan das überhaupt wusste. Sie wirkte auf jeden Fall überrascht über diesen Ausbruch.

„Aber du hattest doch Papa. Ich meine Graham Morgan. Ich dachte immer, er wäre dir Vater genug."

Judith stieß einen großen Seufzer aus. „Das war er. Und er ist es immer noch. Aber ich denke, es ist wie bei einer Adoption. Man fragt sich immer nach den Menschen, von denen man abstammt."

„Er hat nach dir gefragt, dein richtiger Vater. Mit Geschenken und Karten hatte er es nicht so, da hast du recht. Ich glaube nicht, dass er jemals Geld hatte. Aber alle paar Jahre meldete er sich bei mir und fragte, wie es dir ging."

Judith sah beleidigt aus. Wütend. „Warum hast du mir nie etwas gesagt? Vielleicht hätte ich ihn gerne gesehen."

Susanna zuckte hilflos mit den Schultern. „Ich dachte, es wäre so am besten."

„Du hattest kein Recht, diese Entscheidung zu treffen. Ich hatte ein Recht darauf, meinen eigenen Vater zu kennen."

Ich ahnte, dass die gute Nachricht, dass sie ihren Vater gekannt hatte, sich schnell in eine schlechte Nachricht verwandeln würde, wenn sie erfuhr, wer er war.

Wieder konnte ich sehen, wie Susanna mit den Worten rang, und schließlich sagte sie: „Liebling, dein Vater hat, ohne mir etwas davon zu sagen, hier eine Stelle als Hausmeister übernommen."

„Hier? Hier in Oxford?"

„Hier in St. Mary's. Judith, Wilfred Eels war dein Vater."

Ich hatte ihr Gesicht aufmerksam beobachtet, in der Hoffnung, feststellen zu können, ob sie ihn tatsächlich gekannt hatte. Ihr schockierter und ungläubiger Blick wirkte viel zu echt, um vorgetäuscht zu sein.

„Wilfred Eels? Der, der bei dem Sturz von der Treppe gestorben ist?" Sie sah uns alle an, als ob wir ihr einen Streich spielen würden. Und dann schüttelte sie den Kopf. „Unmöglich. Er hätte etwas gesagt."

Professorin Cartwright fragte: „Sie wussten es also nicht?"

„Woher denn? Meine Mutter hat es mir jedenfalls nicht gesagt." Sie zog sich zurück und setzte sich in die Ecke des Sofas, um einen guten Meter Abstand zwischen sich und ihre todunglücklich aussehende Mutter zu bringen.

„Wilfred Eels hat es Ihnen nicht selbst gesagt?", fragte die Rektorin. Sie sah nicht zufrieden aus.

Sie schüttelte den Kopf. „Nein. Ich wünschte, er hätte es getan." Ihre Augen füllten sich mit Tränen. „Und jetzt ist es zu spät. Mein Vater ist tot, und ich habe ihn nicht einmal gekannt."

Als ihr die Tränen über das Gesicht liefen, sagte ich so sanft wie möglich: „Du hast doch gesagt, dass du dich immer mit ihm unterhalten hast, wenn du ihn gesehen hast. Auf seine Art hat er offensichtlich versucht, dich kennen zu lernen. Hast du mir nicht erzählt, dass er dir immer Ratschläge gegeben hat?"

Sie nickte. „Er hat mir immer gesagt, ich solle für mich selbst eintreten. Mich nicht von anderen herumschubsen lassen. Und ich sei zehnmal mehr wert als die anderen Studenten, weil ich so viel härter hatte arbeiten müssen, um es nach Oxford zu schaffen."

Professorin Cartwright nickte. „Das ist wahr. Darauf solltest du stolz sein."

„Er war wütend auf Professorin McAdam, weil sie so streng mit mir war."

Professorin Cartwrights wohlwollende Miene verzog sich bei dieser Nachricht zu einem Stirnrunzeln. „Sie ist Ihre Tutorin, nicht wahr?"

Judith nickte. „Ich habe einfach das Gefühl, dass nichts, was ich tue, gut genug für sie ist. Ich habe das immer Wilfred erzählt und er hat mich zum Lachen gebracht. Er hat mir nur geholfen, mich besser zu fühlen, das ist alles."

Es tat mir so leid für sie, dass sie erst erfahren hatte, wer ihr Vater war, als dieser bereits tot war. Er hatte offensichtlich versucht, sich ihr zu nähern, und vielleicht glaubte er auf seine Weise, die Bitte seiner Ex-Frau zu erfüllen, sich von seiner Tochter fernzuhalten. Wenn sie nicht wusste, dass sie verwandt waren, hätte es ihr sicher nicht schaden können, mit ihm zu reden? Außer, dass es ihr natürlich jetzt doch schadete.

Susanna sagte: „Er muss die Stelle hier angenommen haben, um in deiner Nähe zu sein. Und um herauszufinden, was du machst."

Das hörte sich an, als sei er der ultimative Helikopter-Vater gewesen.

Die Tochter war von dieser Aussage nicht sonderlich beeindruckt. Und auch nicht von ihrer Mutter, die sie ausgesprochen hatte. „Warum bist du überhaupt hier?"

„Die Polizei brauchte mich, um Willies Leiche offiziell zu identifizieren. Er hatte mich als nächste Angehörige angegeben."

„Aber das warst du doch gar nicht!", sagte Judith unter Tränen. „Ich war das. Ich war seine nächste Angehörige."

Es klopfte an der Tür, und die Rektoratsassistentin öffnete sie und steckte ihren Kopf herein. „Hier ist ein Mr Graham Morgan. Soll ich ihn reinschicken?"

Judith sah nicht sehr sicher aus, aber Susanna sprang auf und ging zur Tür. „Oh, Gott sei Dank." Sie riss die Tür weit auf. Dort stand ein angenehm aussehender, kahlköpfiger Mann mittleren Alters. Er trug eine Tweedjacke, eine graue Hose, ein weißes Hemd und eine Krawatte. Vermutlich war er informiert worden, während er geschäftlich unterwegs war. Als seine Frau sich in seine Arme warf, umschlang er sie reflexartig mit den seinen.

Graham Morgan klopfte seiner Frau auf den Rücken, während er sich im Büro umschaute und uns alle ansah. Sein Blick blieb an mir haften, offensichtlich fragte er sich, wer ich war und welche Verbindung ich zu seiner Tochter und dem College haben könnte. Er nickte Professorin Cartwright zu, als wären sie sich schon einmal begegnet, und sagte dann zu seiner Tochter, die sich gerade mit dem Handrücken die feuchten Augen abwischte: „Judy, was ist los?"

Ich fand es gut, dass er sie zuerst fragte. Meiner Ansicht nach zeigte es, dass er ein guter Vater war. Ich erinnerte mich daran, wie sehr ich mir während meiner eigenen Studienzeit gewünscht hatte, wie eine Erwachsene behandelt zu werden. Judith hatte jedoch mit ihren Gefühlen zu kämpfen und klang eher wie ein mürrischer Teenager als wie eine Erwachsene. „Frag Mama."

Doch Susanna vergrub gerade ihr Gesicht an seiner Schulter. Am Ende erklärte Professorin Cartwright kurz und bündig, warum wir hier waren. Wilfred Eels war bei einem Sturz von der Bibliothekstreppe ums Leben gekommen. Susanna Morgan war als seine nächste Angehörige kontaktiert worden und hatte uns nun alle darüber informiert, dass Wilfred Eels Judiths leiblicher Vater war.

Er wandte sich Judith zu und ließ seine Frau los, um den Platz einzunehmen, auf dem sie zuletzt gesessen hatte, auf dem Sofa neben Judith. Er ließ etwas Abstand zwischen ihnen, drehte sich aber so, dass sein Körper ihr zugewandt war. „Es tut mir schrecklich leid, Judy. Das muss ein schwerer Schlag sein."

Aus seiner Tasche holte er ein sauberes weißes Taschentuch hervor. Ich war beeindruckt. Nicht mehr viele Männer trugen Taschentücher bei sich, und es sah unbenutzt aus. Ob er immer ein sauberes Taschentuch in seiner Tasche hatte? Oder hatte er gewusst, dass es Tränen geben würde?

Sie nahm das angebotene Taschentuch, wischte sich das Gesicht ab und putzte sich die Nase. Das schien sie ein wenig zu beruhigen. „Ich sehe dich immer als meinen Vater, aber er war mein richtiger Vater. Warum hat er das nicht gesagt? Warum hat mir keiner etwas gesagt? Ich verstehe das alles nicht."

Graham Morgans Wangen blähten sich auf und entspannten sich dann, als hätte er seinen Kiefer zusammengebissen und dann absichtlich losgelassen. „Ich verstehe es auch nicht." Er schaute die Rektorin an, als ob es irgendwie ihre Schuld wäre. „Wollen Sie damit sagen, dass Susanna Morgans früherer Ehemann mit *Aggressionsbewältigungsproblemen* an demselben College angestellt war, an dem seine gefährdete Tochter studiert?"

Professor Cartwright ging sofort in Verteidigungsstellung. Sie richtete sich kerzengerade auf und warf einen stählernen Blick in die Runde. „Wie hätte die Universität wissen sollen, dass Wilfred Eels Judith Morgans Vater war? In ihrer Akte steht kein Vermerk darüber, und es sind nur Ihre Namen als Eltern aufgeführt." Sie warf einen kurzen Blick auf Susanna Morgan, die mit fest verschränkten Händen in der Mitte des Büros stand und ihren Mann und ihre Tochter beobachtete.

Ich konnte sehen, dass er Streit wollte. Zweifellos war er bestrebt, jemandem die Schuld zu geben, obwohl der Schuldige eindeutig Wilfred Eels war. Und der war tot.

Judith, die das Taschentuch in ihrem Schoß zusammen- und wieder auseinanderfaltete, blickte plötzlich auf. „Hast du ihn denn nicht erkannt?"

Wir drehten uns alle zu ihr um und starrten sie an. Ihr Stiefvater fragte: „Wen erkannt?"

„Wilfred Eels. Du hast mich doch genau an dem Tag besucht. Weißt du noch? Du warst auf der Durchreise nach Hause und wolltest mich zum Essen einladen. Ich unterhielt mich gerade mit Wilfred, als du im Flur auf mich zugekommen bist. Ich meine, ich habe mich mit *meinem Vater* unterhalten."

Graham Morgan schüttelte den Kopf. „Ich kann mich nicht erinnern, dass du mit irgendjemandem geredet hast."

„Doch, habe ich. Ich erinnere mich, denn ich wollte euch miteinander bekanntmachen. Aber als wir uns begrüßt hatten und du erklärt hattest, warum du da warst, war er schon den Flur runtergegangen, bevor ich euch einander vorstellen konnte."

Die Spitze von Graham Morgans schwarzem Slipper begann, sich auf und ab zu bewegen, als würde er einen Stepptanz vorbereiten. „Das tut mir leid. Ich kann mich nicht erinnern, jemanden gesehen zu haben. Ich würde Wilfred Eels nicht erkennen, wenn ich ihn sehen würde."

Ob das stimmte? Oder hatte Judiths Adoptivvater tatsächlich ihren leiblichen Vater erkannt? Hatte er den Mann später aufgespürt? In der Bibliothek?

Das wusste ich nicht, aber ich würde diese Spur an die Kripo Oxford weitergeben.

KAPITEL 13

*A*n diesem Abend durchsuchte Rafe das Büro von Georgiana Quales, das jetzt Amelia Cartwright gehörte, während ich mich bereit erklärt hatte, einen weiteren spannenden Abend in der Bibliothek zu verbringen. In meiner Tasche hatte ich ein paar Dinge, die den Geist ermutigen sollten, sich zu offenbaren. Außerdem hatte ich Margaret Twigg gebeten, mich mit einem starken Schutzzauber zu belegen. Für den unwahrscheinlichen Fall, dass der Poltergeist irgendwie den Tod von Wilfred Eels verursacht hatte, beschloss ich, auf Nummer sicher zu gehen. Obwohl mein Instinkt mir sagte, dass Wilfred Eels' Tod nicht auf das Konto eines Geistes ging. Da war etwas anderes passiert.

Susanna Morgans Tochter hatte erwähnt, dass sie ihrem Stiefvater in der Schule begegnet war, während sie mit dem Hausmeister sprach. Hatte er Wilfred Eels erkannt? Vielleicht hatten sie einen Streit und Wilfred Eels war die Treppe hinuntergefallen.

Oder er war gestoßen worden.

Graham Morgan sah nicht wie ein gewalttätiger Typ aus, aber wenn er Angst gehabt hatte, seine Adoptivtochter wäre in Gefahr? Was könnte er getan haben?

Rafe hatte der Rektorin auch die Erlaubnis abgerungen, einige der Handarbeits-Manuskripte mit nach Hause nehmen zu können, angeblich, um sie zu begutachten, aber in Wirklichkeit, damit Silence sie lesen konnte. Es war weit hergeholt zu glauben, dass sie irgendetwas wert waren, aber ich wusste, dass er sein Bestes tun würde, um aus jedem Buch oder Manuskript, das die Hochschule besaß, so viel Wert wie möglich herauszuholen.

Widerwillig kehrte ich in die Nische zurück, aber ein weiteres Buch mit viktorianischem Geschwafel über das Konservieren von Blumen oder die Herstellung des perfekten Knopflochs konnte ich mir nicht antun. Ich stapelte die in Leder gebundenen Manuskripte auf dem Tisch, damit wir sie später mit nach Hause nehmen könnten. Dann ging ich in die Brontë-Nische, wo Fiona gerne arbeitete. Dort könnte ich meine Literaturkenntnisse auffrischen und etwas Brontë lesen. Auf dem Boden lag ein Buch. Es war *Jane Eyre*. Perfekt. Ich ging hin, beugte mich hinab, um danach zu greifen, und als ich das tat, rutschte das Buch aus meiner Reichweite. Ich keuchte vor Schreck, aber anstatt mich umzudrehen und wegzulaufen, wie es mein Herz, meine Lunge und meine Füße von mir verlangten, ergriff ich das Buch und richtete mich wieder auf. Mein Herz klopfte so stark gegen meine Rippen, dass ich befürchtete, es könnte Schaden erleiden.

Ich schaute mich um, aber es war nichts und niemand zu sehen. Während ich rund um mich herumstarrte, wurde mir das Buch aus den Händen gerissen, als wäre es eine Buchmarionette an einer Schnur. Dann baumelte es vor meinem

Gesicht herum. Ich war nervös, aber auch seltsam erregt. Ich hatte schon ein wenig Erfahrung mit Geistern gehabt, aber ich hatte noch nie versucht, mich aktiv mit einem auseinanderzusetzen. Margaret Twigg hatte mich davor gewarnt, einen Geist zu verärgern, was mir nur vernünftig vorkam. Das Buch schwebte in der Luft, und ich hatte das Gefühl, dass jeder von uns auf den nächsten Schritt des anderen wartete. Schließlich sagte ich: „Ich bin in Freundschaft gekommen. Ich möchte Ihnen nichts tun. Ich möchte Ihnen helfen."

Ein dumpfer Schlag hinter mir ließ mich aufspringen und mich umdrehen. Ein weiteres Buch war auf den Boden gefallen. *Villette* war der Titel auf dem Ledereinband. Ich stemmte die Hände in die Hüften, als ob ich mit einem Menschen sprechen würde. Ich stellte mir vor, der Geist sei ein Teenager. Vielleicht Hester, die sich danebenbenommen hatte. „Wollen Sie alle Bücher von Charlotte Brontë auf den Boden werfen? Meinen Sie, dass das der Autorin gegenüber sehr respektvoll ist? Sie hat viel Zeit und Mühe in das Schreiben dieser Bücher gesteckt." Ich hatte keine Ahnung, wovon ich sprach, aber es gab mir ein gewisses Maß an Kontrolle, da zu stehen und einen Geist auszuschimpfen.

Vielleicht spürte der Geist, dass ich eigene Kräfte hatte. Oder er brauchte einen sichtbaren Beweis, dass ich es ernst meine. Den Aufräumzauber mochte ich sehr. Es war der einzige, den ich regelmäßig praktizierte. Ich sagte: „Bücher sollen nicht auf dem Boden sein. Stellt euch an euren Platz und zeigt mir euren Rücken. In geordneten Reihen sollt ihr mich entzücken. So sage ich es, so soll es sein." Die beiden Bücher erhoben sich wie von Zauberhand und schoben sich zurück an ihren Platz. Ich widerstand dem Drang, mir triumphierend die Hände zu reiben, obwohl ich mir wirklich vorkam wie Mary Poppins.

„Also", sagte ich und versuchte, das aufsteigende Gefühl von Kälte zu ignorieren. Als ob ich auf dickem Eis stünde, spürte ich, wie die Kälte an meinen Füßen und dann an meinen Beinen hinaufkroch. Mein Herz schlug ein wenig zu schnell, aber ich war entschlossen, ruhig zu bleiben. Dieser Geist hatte schon zu viele Menschen aus dieser Bibliothek verscheucht. Ich würde nicht dazugehören.

Vor meinem entsetzten Blick begannen die Bücherregale zu beben. Ich war einmal während eines Erdbebens in Kalifornien gewesen, und genau daran wurde ich jetzt erinnert. Ein Erdbeben. Und dann begannen die Regale zu schwingen und die Bücher zu fallen. Eines traf mich an der Schulter, ich schrie auf und rannte aus der Nische in den Hauptgang. Okay, durchhalten und Ruhe bewahren hatte also nicht so richtig funktioniert.

Ich rannte.

Als ich an der Nische mit den viktorianischen Handarbeitsmanuskripten vorbeikam, warf ich einen Blick auf meine Tasche, blieb aber nicht stehen. Dann rannte ich aus der Bibliothek und den Flur entlang zu Amelia Cartwrights Büro, als wären die Höllenhunde hinter mir her. Ich hatte die Tür hinter mir offengelassen, hörte aber, wie sie mit einem Wutanfall zugeknallt wurde.

Ich war noch keine zehn Schritte gegangen, als ich mit Rafe zusammenstieß, der mir entgegengelaufen kam. Er packte mich an den Schultern und sah mir ins Gesicht. „Lucy! Ich habe dich schreien hören. Was ist passiert?"

Ich konnte nicht einmal sprechen. Ich legte einfach meine Arme um ihn und drückte meine Wange an seine

Brust. Nachdem der Poltergeist die Lesenische in eine Kühl-zelle verwandelt hatte, schien sogar Rafes überirdisch kühle Brust warm und gemütlich. Er stand ruhig da und hielt mich im Arm, bis ich mich beruhigt hatte. Dann trat ich einen Schritt zurück und erzählte ihm, was passiert war.

Augenblicklich wurde er wütend. „Ich hätte dich da nie allein reingehen lassen dürfen. Ich war ganz sicher, dass der Poltergeist keinen Schaden anrichtet. Ich habe mich in meinem Urteil von meinen guten Erinnerungen an Georgiana Quales beeinflussen lassen. Wir wissen ja nicht einmal, ob der Poltergeist etwas mit Georgiana Quales zu tun hat. Nach allem, was wir wissen, hat er auch sie getötet. Du gehst nicht dahin zurück, Lucy. Es tut mir leid."

Ich hingegen war fest entschlossen. „Nein. Das hat mich erschreckt, das gebe ich zu. Aber nur weil der Poltergeist diese Runde gewonnen hat, heißt das nicht, dass das Spiel vorbei ist. Ich gehe wieder rein, Rafe. Ich muss nur herausfin-den, wie ich es anstellen kann, dabei mich selbst zu schützen."

Margaret Twigg würde sich einen superstarken Schutz-zauber einfallen lassen müssen.

„Du zitterst ja", sagte er. Keine große Überraschung, wenn man bedenkt, was ich gerade durchgemacht hatte.

„Ich habe noch nicht einmal meine Sachen. Kommst du mit mir noch einmal rein, um sie zu holen?"

Violet hatte uns gesagt, dass der Poltergeist einem Vampir nicht erscheinen würde. Ich fragte mich, ob er sich bei mir bemerkbar machen würde, wenn ich in Rafes Begleitung wäre. Ich beschloss, das herauszufinden. Ich war zwar nervös, fühlte mich aber viel mutiger, als ich mit Rafe hineinging. In der Bibliothek herrschte wieder einmal eine unheimliche

Stille. Die Lichter waren alle aus, außer der Lampe in der Nische, wo ich gearbeitet hatte. Ich hielt Rafes Hand fest umklammert, und wir gingen langsam vorwärts. Mir wurde nicht kalt. Es kamen keine Bücher aus den Regalen geflogen. Ich schaute in die Nische, in der ich gelesen hatte, und alles schien in Ordnung zu sein. Meine Sachen lagen genau dort, wo ich sie zurückgelassen hatte. Ich sagte: „Warte, bis du siehst, was sie mit der Brontë-Sammlung gemacht hat." Ich spähte in die Nische und erwartete fast zu sehen, dass die Bücherregale noch auf die Bücher draufgestürzt waren.

Alles war in perfekter Ordnung. Jedes Buch stand so perfekt in der Reihe, als sei es mit dem Lineal eingeräumt worden. Mir fiel die Kinnlade herunter und ich stand da mit offenem Mund wie ein Idiot. „Ich kann es nicht glauben. Ehrlich, Rafe, ich denke mir das nicht aus. Alle Bücher flogen aus den Regalen auf den Boden. Es war wie bei einem Erdbeben. Ich war mir sicher, dass auch die Regale auf mich fallen würden."

„Wenigstens räumt dein Poltergeist gerne hinterher auf."

„Im Ernst? Machen wir jetzt schon Witze darüber?"

Auf dem Boden lag nur eine Buchkarte. Sie war Teil eines altmodische Ausleihsystems, bei dem jedem Buch eine Karte mit Linien beigefügt wurde, auf die derjenige, der das Buch entnommen hatte, seinen Namen und das Datum der Entnahme schrieb. Ich hob die Buchkarte vom Boden auf. Sie gehörte zum Buch mit dem Titel *Die Brontës: Landschaften des Geistes*. Fiona McAdam war die Letzte, die das Buch ausgeliehen und zurückgebracht hatte.

Ich sah mir die Vorder- und Rückseite der Karte an. *Die Brontës: Landschaften des Geistes* war nicht gerade ein Publikumshit gewesen. Fiona McAdam hatte es geschrieben, aber nur wenige Personen hatten es ausgeliehen. Ich drehte die Karte um und las mir die Namen vom letzten bis zum ersten durch. Jetzt, wo Rafe bei mir war, war ich mutig. Diese Nische machte mir keine Angst. „Es wurde erst vor elf Jahren angeschafft. Jemand namens AF Knight hat es dreimal hintereinander ausgeliehen. Dann zwei Jahre lang nichts, bis es von jemandem mit einem unaussprechlichen Namen ausgeliehen wurde. Ein weiteres Jahr verging, dann wagte sich Rosalie Gonzalez an die Lektüre von *Landschaften des Geistes*. Dann blieb es unberührt." Ich las weiter. „Ha. Sieh dir das an: Judith Morgan, die Tochter von Wilfred Eels. Sicher wollte sie sich bei Fiona lieb Kind machen. Sie ist ja ihre Tutorin." Ich schaute mich um. „Ich wüsste gar nicht, in welches Buch die gehört." Ich legte die Karte auf das Pult der Bibliothekarin und ging dann zu den gebundenen Manuskripten, die ich zuvor auf den Tisch gelegt hatte, wobei ich mich vergewisserte, dass Rafe immer direkt neben mir stand. Jeder von uns nahm einen Stapel, dann schaltete Rafe das Licht aus, und nur durch die schummrige Nachtbeleuchtung geleitet, schafften wir es unbehelligt zur Tür.

Als wir zu mir nach Hause fuhren, fragte ich: „Hattest du Glück in Amelia Cartwrights Büro?"

„Abgesehen von der Entdeckung, dass die Frau extrem gut organisiert ist, nein. An nichts ist zu erkennen, dass Georgiana Quales jemals in diesem Büro gearbeitet hat."

„Hast du nichts Seltsames oder Ungewöhnliches gefunden?"

Er dachte eingehend über meine Frage nach. Es gefiel mir sehr, dass er nie vorschnelle Antworten gab. „An einem Haken im hinteren Teil eines Schrankes hing ein Seidenschal. Professor Cartwright wirkt nicht wie eine Frau, die gerne Firlefanz trägt."

Ich konnte mich nicht daran erinnern, ob ich jemals von jemandem das Wort „Firlefanz" in einem Gespräch gehört hatte. Es überkam mich der Drang, es in meinen Alltagswortschatz aufzunehmen. „Wow. Ich hätte Amelia Cartwright nicht für eine Seidenschalträgerin gehalten. Vielleicht ist es so ein Ding, das man im Dschungel auch als Moskitonetz und in der Wüste als Sonnenschutz verwenden kann."

„Den hat bestimmt jemand in ihrem Büro vergessen und sie wartet darauf, dass er wieder abgeholt wird."

„Und das war's?"

„Sie leidet unter Kopfschmerzen. In ihrer Schublade befanden sich mehrere Packungen Kopfschmerztabletten. Nirgendwo ein Beweis dafür, dass Georgiana Quales jemals existiert hat."

„Nun, sie wollte den Job und das Büro zu ihrem eigenen machen."

„Sie wollte auch jeden Hinweis auf ihre Vorgängerin auslöschen." Er klang verärgert, als wäre das ein schlechter Stil.

Wir verließen St. Mary's, und ich glaube, wir waren beide enttäuscht von unserer Arbeit heute Abend.

Ich gähnte und lehnte mich auf dem Beifahrersitz seines Wagens zurück. Müßig schaute ich aus dem Fenster, während wir an anderen Colleges vorbeifuhren, von denen meines Wissens keines kurz vor dem Untergang stand. Als wir in einen der großen Kreisverkehre am Stadtrand kamen, wurde mir klar, dass wir nicht in die Harrington Street fuhren. „Rafe, wo bringst du mich hin?"

In vermeintlicher Unschuld sagte er: „Habe ich dir das

nicht gesagt? Ich möchte, dass du mit zu mir nach Hause kommst."

„Aha, das möchtest du?"

„Ich habe Silence Buggins gebeten, sich dort mit uns zu treffen und sich die Manuskripte anzusehen. Und ich habe die entsprechenden Einrichtungen. Ich werde sie mir auch ansehen."

„Ich bin so froh, dass du sie von Silence durchlesen lässt. Ich habe versucht, ein paar Seiten zu lesen und bin vor Langeweile fast gestorben. Ich weiß nicht, wie du das tun kannst, was du tust."

Er schaute zu mir herüber, und seine Augen waren dunkel und geheimnisvoll. „Wenn man dazu verdammt ist, so lange zu leben wie wir, muss man Wege finden, um die Langeweile zu bekämpfen."

Ich kam mir sofort kindisch und übellaunig vor, weil ich mich über ein paar Seiten eines langweiligen Manuskripts beschwerte. Ich sah ein, dass Rafe und die anderen Vampire genau das gegenteilige Problem hatten, während ich nie das Gefühl hatte, dass ein Tag genug Stunden hatte. Wenn er am Studium obskurer historischer Manuskripte etwas Interessantes finden konnte, umso besser. Und wenn Silence lernen könnte, dasselbe zu tun und dabei den Mund zu halten, wäre das für uns alle von Vorteil.

Als wir vor dem Herrenhaus vorfuhren, öffnete William Thresher die Tür und sah so genervt aus, wie ich ihn noch nie gesehen hatte. Er wirkte sehr erleichtert, uns zu sehen. „Silence hat mir gerade gesagt, wie man Rindfleisch besser zubereiten kann. Tatsächlich hat Silence mir für alles, was ich in meiner Küche koche, eine bessere Methode verraten. Wer braucht schon ein Kochbuch oder zwanzig Jahre Erfahrung oder gar eine Suchmaschine, wenn er Silence Buggins hat?"

Oh je, ich hatte das Gefühl, dass wir gerade noch rechtzeitig eingetroffen ware, bevor William Thresher, trotz der seit Generationen währenden Loyalität seiner ganzen Familie zu Rafe, seine Kochschürze an den Nagel gehängt und sich für immer verabschiedet hätte.

Bald hörten wir Silence selbst, die immer noch redete. Sie war William von der Küche durch den Flur in Richtung Eingang gefolgt. Als ihre Stimme näherkam, sagte er: „Rafe, ich muss Sie bitten, diese Frau aus meiner Küche zu entfernen."

Rafe versuchte, ein ernstes Gesicht zu machen, aber seine Augen funkelten belustigt. „Darauf haben Sie mein Wort, William."

Als sie an der Tür ankam, hörte ich: „Natürlich müssen Sie die Kuhfüße mehrere Stunden lang kochen, bevor Sie die Kutteln hinzufügen. William?"

Dann sah sie uns, und Rafe trat vor. „Silence. Danke, dass du so schnell gekommen bist. Wir haben keine Zeit zu verlieren. Wir sollten uns sofort in meinem Arbeitszimmer an die Arbeit machen."

Ich wäre ihnen gefolgt, aber er hat mich aufgehalten. „Lucy, vielleicht kannst du William ein paar Minuten Gesellschaft leisten." Ich war überrascht, aber dann dachte ich, dass sie, wenn ich nicht da wäre, weniger reden würde.

Ich folgte William in die Küche. „Soll ich mich rarmachen, damit Sie ein paar *schweigsame* Minuten genießen können?" Wir wechselten einen Blick und mussten beide lachen. „Ich meinte, wirklich *schweigsam*, nicht nur dem Namen nach."

Er schüttelte den Kopf. „Ich weiß nicht, wie Sie es mit ihr aushalten. Sie hat so lange geredet, dass ich angefangen habe, mit dem Kartoffelschäler einen Holzlöffel zu einem Pflock zu spitzen."

Ich konnte diesen Impuls verstehen. „Sie kann anstrengend sein, aber sie meint es gut."

Er holte eine Bratpfanne heraus und stellte sie auf den Gasherd. „Lucy, bitte sagen Sie mir, dass Sie Hunger haben. Ich habe ein überwältigendes Bedürfnis, etwas zu kochen, um mich zu beruhigen."

„Jetzt, wo Sie es sagen, habe ich Hunger. Aber wenn ich in Ihre Küche komme, bekomme ich immer Hunger, weil ich weiß, dass Sie mir etwas Wunderbares kochen werden."

Er lächelte und seine Augen funkelten. „Werden Sie es mir überlassen, womit ich Sie überrasche?"

„Immer." Ich wusste, dass es eine schöne Überraschung sein würde.

„Und mich nicht darüber belehren, wie ich es besser zubereiten könnte?"

„Niemals", sagte ich und versuchte, nicht zu lachen.

„Ihr Zimmer ist bereit für Sie", sagte er und warf ein Stück Butter in die Pfanne. „Ich schenke Ihnen schon einmal ein Glas Wein ein, während Sie auf das Essen warten."

Außer mir schien jeder zu wissen, dass ich bei Rafe übernachten würde. Aber in Wirklichkeit war mir das nie unangenehm. In dem Zimmer, das jetzt als meines bezeichnet wurde, stand ein großes bequemes Bett und es waren auch ein paar Kleidungsstücke und Toilettenartikel dort, die mir gehörten. Hier zu übernachten bedeutete, dass ich Rafes Gesellschaft und Williams Kochkünste genießen konnte. In der sehr modernen Küche ließ ich mich an der Frühstückstheke aus Marmor auf einem der Barhocker nieder. Eigentlich war ich froh, mit William allein zu sein. Während ich am Fuß meines Weinglases herumspielte, überlegte ich, wie ich das Thema, das mich faszinierte, ansprechen sollte. Ich beschloss, einfach ganz offen zu sein. „Rafe hat mir erzählt, dass Ihre Familie seit Generationen der seinen dient."

Er nahm eine Plastiktüte aus dem großen Edelstahlkühlschrank. Darin befanden sich dicke Jakobsmuscheln, die am selben Tag frisch vom Markt gekommen sein mussten. Er schwenkte sie in der Butter und ließ etwas Wein aus der Flasche, aus der er mir eingeschenkt hatte, in die Pfanne rieseln. „Ja. Rafe hat vor wer weiß wie vielen Generationen einem meiner Ur-ur-ur-Vorfahren das Leben gerettet. Dieser Urahn von mir war ein Söldner, so eine Art Auftragskiller, die damals statt mit Pistole wohl eher mit Messer oder Schwert zugange waren. Es hieß, er habe den Auftrag gehabt, Rafe zu töten. Als er jedoch merkte, dass es kein fairer Kampf war und die Kerle, die hinter Rafe her waren, eindeutig Schurken waren, habe er sich mit Rafe verbündet. Er wurde verwundet, half Rafe aber trotzdem, sich in Sicherheit zu bringen. Rafe war großzügig. Jener William Thresher schwor ihm die Treue und versprach, dass sein Sohn und dessen Söhne Rafe weiterhin dienen würden."

William legte die Jakobsmuscheln auf den Teller, schnitt ein großes Stück knuspriges Brot ab und schob es mir zu. „Und das haben wir immer getan."

Ich konnte mir vorstellen, dass ein solches Versprechen zu Zeiten des Königshauses Tudor Geltung hatte, aber heute? „Aber was ist mit Ihnen? Sie sind so modern, und Sie machen das so gut mit dem Catering. Werden Sie nicht irgendwann Lust bekommen, wegzugehen und Ihre eigene Firma zu gründen?"

Meine Worte schienen ihn zu schockieren. „Niemals. Die Treue zu Rafe habe ich in den Genen." Wenn Rafe eine Hexe wäre, wie ich, würde ich einen Zauber vermuten, aber soweit ich wusste, konnte Rafe niemanden verhexen. Er konnte Menschen das Blut aus den Adern saugen und sie in seine eigenen Artgenossen verwandeln, bei denen wahrscheinlich eine ganz spezieller Treuekodex galt, aber das war etwas anderes.

Ich fragte ihn nicht nach dem Grund, aber William beantwortete die unausgesprochene Frage trotzdem.

„Rafe ist nicht dasselbe wie ein Freund, und doch ist er es irgendwie. Er ist nicht einfach mein Arbeitgeber, aber auch das ist er irgendwie. Unsere Beziehung ist undefinierbar. Ich bin mir nicht sicher, ob es in unserer modernen Zeit einen Begriff gibt, der unsere Beziehung wirklich definiert. Für Rafe würde ich alles tun." Er ging nicht so weit zu sagen, dass er sein Leben für ihn geben würde, aber irgendwie steckte das auch darin.

„Sollten Sie sich nicht aussuchen können, für wen Sie arbeiten oder wie Sie Ihre Zeit verbringen?" Vielleicht war das modern und nordamerikanisch von mir, aber ich glaubte fest an das Recht auf Selbstbestimmung.

Er lachte. „Meinen Sie, Rafe würde mich aufhalten, wenn ich gehen wollte?" Er schüttelte den Kopf und stellte die Pfanne bereits in das Spülwasser mit Seife. „Sie wissen, dass er das nicht tun würde. Er wäre enttäuscht und müsste sehr vorsichtig sein, wen er als meinen Nachfolger einstellt, aber er würde das hinbekommen. Ich bleibe aus freiem Willen heraus und auch, weil es Ehrensache ist." Er wischte die

Pfanne mit dem Seifenwasser aus. „Ich klinge wie ein Trottel, aber es ist das Beste, was ich tun kann. Ich werde meinem Sohn dasselbe beibringen, was mein Vater mir beigebracht hat."

Ah, jetzt kommen wir zu den interessanten Dingen. „Ihrem Sohn ..." Ich ließ den Satz abklingen.

Er schnitt eine Grimasse. „In dieser Hinsicht bin ich nicht sehr erfolgreich, nicht wahr? Das hier ist nicht gerade eine Brutstätte für passende Frauen."

„Ist das mit ein Grund, warum Sie in die Catering-Branche einsteigen?"

Er blickte zu mir hoch. „Glauben Sie, dass ich die nächste Mrs. Thresher kennenlernen würde, wenn ich als Caterer arbeitete?"

„Ich weiß es nicht." Es kam mir jedoch nicht sehr wahrscheinlich vor. „Sie sind ein netter Mann und sehen recht gut aus. Wo liegt das Problem?"

„Rafe, nehme ich an. Ich weiß nicht so recht, wie ich eine Frau umgarnen und ihr dann sagen soll: ‚Übrigens, mein Arbeitgeber ist ein Vampir, und wenn du mich heiratest, wirst du auf seinem Anwesen leben und dein Sohn wird für immer in seinem Dienst bleiben.'"

Ich musste lachen. „Vielleicht können Sie sich das für die zweite Verabredung aufheben?"

Ich versuchte, an jemanden zu denken, den ich kannte und der als Mrs. Thresher in Frage käme. Violet würde liebend gerne heiraten, aber ich konnte mir meine etwas flatterhafte Cousine nicht mit dem ernsten William vorstellen, auch wenn seine Kochkünste himmlisch waren. Die Studentinnen, die ich kannte, waren zu jung. Und wieso dachte ich überhaupt darüber nach, ihn zu verkuppeln? Er war ein erwachsener Mann. Er würde sich schon etwas einfallen lassen.

Ich schob ihm meinen leeren Teller entgegen. „Verführen Sie sie mit Ihren Kochkünsten. Dann wird sie Ihnen ein Leben lang verfallen sein."

„Ach, Lucy, wenn Rafe Sie nicht bereits für sich reserviert hätte, dann würde ich jetzt niederknien und Ihnen einen Antrag machen."

Ich kicherte, weil ich wusste, dass er scherzte, aber ein kaum wahrnehmbares Störgefühl, so wie das Kratzen eines abgebrochenen Fingernagels, trübte mein postprandiales Wohlbefinden. War ich denn ein Möbelstück, das man sich zurücklegen lässt? Das man vielleicht erst einmal im Lager stehen lässt, bevor man so weit ist, die Lieferung annehmen zu können? Rafe war nicht nur unheilbar selbstherrlich, sondern seine Moral und seine Vorstellungen stammten aus der Zeit um 1500, als Frauen wahrscheinlich weniger wert waren als gute Möbel.

Rafe Crosyer würde einsehen müssen, dass ich nicht zu seinem persönlichen Besitz gehörte.

KAPITEL 14

*J*ch nahm meinen Wein mit in die Lounge und genoss die Umgebung in vollen Zügen. Dort stand ein Bücherregal voller alter und neuer Bücher. Einige von ihnen hatte er definitiv mit Blick auf mich gekauft. Rafe würde sicher nicht viele Frauenromane oder moderne Thriller lesen. Ich suchte mir ein Buch aus und ließ mich zufrieden auf der Couch nieder.

Nachdem ich etwa zwei Kapitel gelesen hatte, erschien Rafe. „Wie läuft's?", fragte ich, legte ein Lesezeichen in das Buch und klappte es zu.

„Es macht ihr Spaß. Ich glaube, wenn sie etwas über ihre eigene Epoche liest, erinnert sie das an ihr Leben als Tagwandlerin. Sie kann sicherlich erkennen, ob die Beschreibungen authentisch sind. Sie wird Anachronismen sofort erkennen, und ich kann Papier und Tinte authentifizieren. Dann können wir mit einer kurzen Recherche herausfinden, ob es einen Markt für diese Art Handschriften gibt. Dann wissen sie zumindest im St. Mary's, was sie in ihrer Bibliothek stehen haben. Oft bekommen Hochschulen und Bibliotheken ja Büchersammlungen vermacht, wenn Ehemalige oder Einheimische sterben, die meinen, der Einrichtung damit einen Gefallen zu tun. Sie haben dann aber oft keine Vorstellung davon, was sich in der Sammlung befindet, sondern sehen nur Kisten mit Büchern, die sie entweder aussortieren oder einlagern müssen. Diese hier waren wahrscheinlich übersehen worden, bis ich sie zufällig entdeckte."

„Du meinst, sie standen die ganze Zeit im Regal und niemand hat es für notwendig erachtet, sie zu lesen?"

„Soweit ich das beurteilen kann, ja. Vielleicht wäre das auch ein interessantes Thema für eine Doktorarbeit. Für die richtige Person."

„Wie lange wird Silence brauchen, um sie alle zu lesen?"

„Das hängt von ihrer Konzentrationsfähigkeit ab. Ewig, wenn sie so kurz ist wie deine."

„Das ist nicht fair!"

Auf seine hochgezogene Augenbraue hin sagte ich: „Okay. Vielleicht kann sie winzige, krakelige und mit der Zeit verblasste Handschriften besser entziffern als ich."

„Auf jeden Fall."

„Liest sie leise vor sich hin?"

„Sie hat ständig alles kommentiert, was sie las. Ich habe ihr gesagt, ich wollte nach dir schauen. Ich weiß aber nicht, ob sie mich gehört hat. Sie war immer noch am Reden, als ich gegangen bin."

„Hält sie das Manuskript so weit für authentisch?"

„Sie hat noch nichts gefunden, was das Gegenteil vermuten ließe."

„Aha, das ist interessant."

„Wenn wir herausfinden, dass diese Handschriften etwas

wert sind, wäre das zumindest eine gute Nachricht für das College."

„Nicht so gut, wie wenn wir die verschwundenen Brontë- und Shelley-Manuskripte finden würden."

Ich legte meine Beine auf die andere Seite, sodass ich ihm auf der Couch gegenübersaß. „Rafe, was glaubst du, ist mit den Manuskripten passiert?"

Er lehnte sich zurück und streckte seine langen Beine aus. „Ich glaube, Georgiana Quales hat sie vielleicht zu gut versteckt. Aber es gibt immer noch eine andere Erklärung."

Ich nickte. „Dass sie sie verkauft hat."

Er schüttelte den Kopf. „Ich kannte diese Frau. Ich glaube nicht, dass sie diese Manuskripte jemals zu ihrem eigenen Vorteil verkauft hätte. Nein, die andere Möglichkeit ist, dass sie gestohlen wurden."

„Aber von wem? Und wann?"

„Wenn ich das nur wüsste.

„Meinst du, dass der Tod von Wilfred Eels mit den verschwundenen Manuskripten zusammenhängt?"

Ich konnte sehen, dass er intensiv über diese Angelegenheit nachgedacht hatte und von den Schlussfolgerungen enttäuscht war. „Möglicherweise. Die Manuskripte könnten in derselben Nacht gestohlen worden sein."

„Aber man hat sie doch zehn Jahre lang gesucht. Wie hätte ein zufälliger Dieb finden sollen, was Professor Cartwright und ihre Kollegen nicht finden konnten?"

„Ich sage ja nicht, dass es eine solide Theorie ist, aber es ist eine Möglichkeit, die wir in Betracht ziehen müssen."

„Glaubst du, dass derjenige, der diese Manuskripte gestohlen hat, Fiona angegriffen und dann Wilfred Eels in den Tod gestoßen hat?"

„Vielleicht."

Ich fand diese vielen Möglichkeiten viel frustrierender als eine klare Spur von Beweisen, die zu einer Schlussfolgerung geführt hätte.

Ich hatte auch über den tödlichen Unfall nachgedacht. Susanna Morgan hatte gesagt, Willie sei immer in Schwierigkeiten und chronisch knapp bei Kasse gewesen. „Könnte jemand Wilfred Eels dafür bezahlt haben, nach diesen Manuskripten zu suchen? Immerhin hat er sehr viel Zeit in der Bibliothek verbracht. Ständig reparierte er zerbrochene Fenster und Schäden am Holz. Wer kann sicher sein, dass er nicht selbst die Fenster eingeschlagen und das Gebälk beschädigt hat, nur um damit seine Aufenthalte in der Bibliothek zu begründen?"

Rafe sah mich aufmerksam an. „Das passt auch zu meiner Theorie, dass das Manuskript in dieser Nacht gestohlen worden sein könnte. Wie du sagst, hätte Wilfred Eels die Bibliothek in aller Ruhe durchsuchen können. Sie war ja nicht gerade voller Studenten."

Ich beugte mich vor. „Genau. Nehmen wir an, er hat bei jeder sich bietenden Gelegenheit gesucht. Normalerweise hatte er die Bibliothek für sich allein, und an diesem Tag, als er tatsächlich auf diese Manuskripte stieß, wurde ihm klar, dass er doch nicht allein war."

„Fiona McAdam war ebenfalls fleißig bei der Arbeit."

„Richtig. Und du wirst dich erinnern, dass sie sagte, wenn sie arbeitet, vergisst sie alles andere um sich herum. Sie war wahrscheinlich mucksmäuschenstill, und er hatte keine Ahnung, dass sie da war. Dann, als er mit den gestohlenen Manuskripten vorbeiging, sah sie ihn."

„Und niemand hätte diese Manuskripte so schnell

erkennen können wie Fiona McAdam. Immerhin ist sie eine Brontë-Forscherin."

„Ganz genau. Sie stand da also auf der Leiter, und bevor sie ihn und die Manuskripte entdecken konnte, stieß er sie herunter."

„Und was dann?"

„Und dann nahm derjenige, der Wilfred Eels beauftragt hatte, ihm die Manuskripte weg und stieß ihn, anstatt ihn zu bezahlen, die Treppe hinunter in den Tod."

„Wir suchen also nach einem Dieb und einem Mörder."

„Wenn meine Theorie richtig ist, dann ja. Aber wo sind die Manuskripte jetzt?"

„Das ist die Frage, nicht wahr?"

„Wenn sie zum Verkauf stünden, würdest du davon erfahren, oder?"

„Zweifelsohne. Außerdem habe ich ein paar diskrete Nachfragen in Umlauf gebracht. Sobald irgendjemand versucht, sie zu verkaufen, erfahre ich es sofort."

„Gut."

Rafe nahm das Buch in die Hand, das ich gelesen hatte, sah sich den Einband an und legte es kommentarlos beiseite. „Es gibt natürlich noch eine andere Möglichkeit", sagte er.

„In der Literaturforschung gibt es Besessene. So wie manche eurer sogenannten Prominenten von wild gewordenen Fans verfolgt werden, gibt es leidenschaftliche Bibliophile, die alles tun würden, um einen Ring zu besitzen, der einst Jane Austen gehörte, einen Füllfederhalter, von dem bekannt ist, dass er von Dickens benutzt wurde, oder eine Postkarte von Mark Twain. Jede Notiz, die ihr Idol geschrieben, jedes Stück Papier, das möglicherweise von ihm berührt wurde, wäre von unschätzbarem Wert. Wenn so jemand diese

Manuskripte erworben hat, werden sie nicht auf dem Markt auftauchen."

„Es sei denn, derjenige war entweder nur Shelley- oder nur Brontë-Fan, und würde versuchen, das andere Manuskript zu verkaufen."

Rafe sah nicht so aus, als könnte er sich für diese Idee erwärmen. „Wenn sich jemand so viel Mühe gegeben hat, diese Manuskripte zu beschaffen, glaube ich nicht, dass er oder sie sie zum Verkauf anbieten würde. Zu gefährlich."

Ich hätte vor Frust schreien können. Ich sprang auf und begann, auf und ab zu laufen. „Wir müssen herausfinden, wer das getan hat. Wenn der Geist von Georgiana Quales noch da ist, würde ich sie gerne fragen, was sie getan hat oder was sie weiß." In den dunklen Fenstern sah ich mein Spiegelbild. Ich war so überrascht, dass ich stehen blieb und es anstarrte. Mein Spiegelbild starrte zurück wie ein Gemälde, das an einer Wand hing. Und das brachte mich auf eine Idee. „Sagtest du nicht, es gäbe ein Gemälde von ihr?"

„Ja. Im Speisesaal."

„Morgen treffe ich mich mit Professorin Quales. Oder ich verschaffe mir zumindest einen Eindruck von ihr, indem ich mir ihr Bild ansehe."

„Sie war keine besonders attraktive Frau."

„Das ist mir egal. Wenn sie für das Bild posiert hat, kann es etwas von ihrer Energie enthalten. Wenigstens sehe ich, wie sie ausgesehen hat."

Am nächsten Nachmittag fand ich mich im Speisesaal von St. Mary's wieder, wo die Porträtgalerie der ehemaligen Rektorinnen des Colleges, die die Studierenden während der Mahlzeiten über sich hängen hatten, die düstere Einrichtung nicht gerade aufhellte. Der Speisesaal war leer, aber es lag ein Geruch von Zwiebeln in der Luft, so wie ich hoffte, dass etwas von der Essenz von Georgiana Quales in der Luft hing.

Lange Holztische erstreckten sich über die gesamte Länge des Speisesaals, und der Haupttisch stand der Porträtgalerie gegenüber. Bleiverglaste Fenster ließen das graue Nachmittagslicht herein und verliehen dem Saal eine zusätzlich düstere Note.

Beim Eintreten hallten unsere Schritte auf dem nackten Holzboden wider. „Das war die erste Rektorin von St. Mary's", sagte Rafe und zeigte auf ein großes Ölgemälde einer Frau, die wie Silence Buggins mit einem schwarzen, hochgeschlossenen Kleid bekleidet war. Ihre steife Haltung verriet das Korsett, ihr Haar war in akkurate Ringellöckchen gelegt. „Ihr Name war Gertrude Hawkins-Brown. Sie war eine leidenschaftliche Verfechterin der Bildung für Frauen."

„Schön für sie. Hast du sie gekannt?" Ich war immer wieder beeindruckt, wie viele Menschen Rafe in seinem langen Leben kennengelernt hatte.

„Ich hatte von ihr gehört, aber ich glaube nicht, dass wir uns je begegnet sind."

Die Rektorinnen des Colleges in der Galerie schwerer Ölgemälde trugen verschiedene Gesichtsausdrücke, von abweisend bis freundlich. Rafe brauchte mir nicht einmal zu sagen, welche von ihnen Georgiana Quales war. Als ich ihr Bild sah, wusste ich sofort, dass sie es war. Ich spürte das Erkennen hinter meinem Brustbein. Georgiana Quales wirkte königlich. Wenn sie sich als Mitglied der königlichen Familie entpuppt hätte, wäre ich nicht im Geringsten überrascht gewesen. Ich wusste, dass sie vor zehn Jahren gestorben war, aber sowohl ihre Kleidung als auch ihre Frisur waren im klassischen Stil gehalten. Ihr Haar war silbergrau.

Sie trug ein blaues Chanel-Kostüm mit einer silbernen Brosche links an der Brust. Um ihren Hals trug sie ein Halstuch.

Ich fand, sie sah sympathisch aus. Streng vielleicht – sie hatte einen kompromisslosen Zug um den Mund –, aber fair und verständnisvoll. Oder interpretierte ich zu viel in das Bild hinein? War der Maler großzügig gewesen und hatte ihr Eigenschaften zugeschrieben, die sie eigentlich nicht besaß? Das wäre ja nicht das erste Mal.

„Wo sind Sie, Georgiana Quales?", fragte ich sie leise. „Und was kann ich tun, um Ihnen zu helfen?"

Erneut spürte ich dieses schwache Summen hinter meinem Brustbein. Ihr Porträt sprach jedoch nicht, und es erschien keine geisterhafte Erscheinung vor mir, die mir mit einem knorrigen Finger zuwinkte, um mir zu zeigen, wo sie die kostbaren Manuskripte versteckt hatte. Als Hexe fühlte ich mich wie eine Versagerin, aber als ich mich abwandte, spürte ich, wie sich an der Oberfläche meines Bewusstseins etwas regte. Ich drehte mich um und betrachtete das Bild noch einmal. „Rafe?"

Er war damit beschäftigt, auf seinem Handy eine Nachricht zu schreiben und blickte geistesabwesend auf. „Was ist?"

Ich lehnte mich damit vielleicht sehr weit aus dem Fenster, aber irgendetwas hatte mich dazu bewegt, mir das Bild nochmals anzuschauen. Vielleicht war es ja wirklich Georgiana Quales gewesen. Also sagte ich: „Hast du nicht gesagt, du hättest einen Schal in einer Schublade gefunden?"

„Hinten in einem Schrank. Wenn er nicht Amelia Cartwright gehörte, hätte er von sonst irgendjemandem dort vergessen worden sein ..." Jetzt sah ich, wie er zu dem

Gemälde hinaufschaute, so wie ich es auch getan hatte. „Dieser Schal. Ja. Ich glaube, es war genau dieser Schal, den ich gefunden habe. Die Farben sind dieselben. Das Muster auch. Gut gemacht, Lucy. Wie um alles in der Welt hast du es geschafft, einen Schal zu erkennen, den du noch nie gesehen hast?"

„Es war so eine Ahnung." Das oder die stumme Botschaft eines Geistes. Da meine Vertraute, Nyx, dazu neigte, auf diese Weise mit mir zu kommunizieren, – es war, als ob Worte und Sätze einfach in meinem Kopf auftauchten – war ich nicht sonderlich überrascht. Ich war sogar froh, dass Georgiana Quales das Gefühl hatte, mit mir kommunizieren zu können. Ich konzentrierte mich so gut ich konnte auf die Frage, wo diese Manuskripte waren, aber egal wie sehr ich auf das Bild starrte, ich sah nur ruhige blaue Augen, die gelassen in die Ferne starrten.

Ich drehte mich zu Rafe um. „Und da, wo du den Schal gefunden hast, war sonst nichts? Kein kleiner Schlüssel? Keine Nummern, die in die Rückseite der Schublade geritzt waren?"

„Ich habe nichts gefunden, aber du kannst gerne nachschauen. Wir könnten heute Abend dorthin zurück gehen."

Ich hielt das für eine ausgezeichnete Idee. „Vielleicht befindet sich auf dem Schal selbst eine Botschaft." Nicht, dass ich Rafe nicht vertraute, aber er hatte diesem Stück Seide keine Bedeutung beigemessen, und jetzt wussten wir, dass es wichtig war. „Wo ist der Schal jetzt?"

„Ich habe ihn dorthin zurückgelegt, wo ich ihn gefunden hatte." Er drehte sich von dem Gemälde wieder zu mir um. „Es wäre sehr dumm von ihr gewesen, den Schlüssel zu den Manuskripten an ein Kleidungsstück zu hängen, das man wahrscheinlich weggeworfen oder in die Altkleidersammlung gegeben hätte, wenn ihr etwas zugestoßen wäre."

Ich schritt vor dem Gemälde von Georgiana Quales auf und ab und dachte nach. „Wahrscheinlich. Aber obwohl sie schon ein Jahrzehnt tot ist, hat dieser Schal ihre Haut berührt, und so wie sie ihn vorne in ihre Jacke gesteckt hat, war er ihrem Herz nah gewesen. Vielleicht kann ich ihn verwenden."

Sein Blick wirkte vage amüsiert, aber Rafe hatte oft einen amüsierten Gesichtsausdruck, wenn er sich mit mir unterhielt. „Du meinst, so wie ein Spürhund die Kleidung einer vermissten Person erschnüffelt, um sie zu finden?"

Definitiv brachte ich seinen vampirischen Fähigkeiten viel mehr Respekt entgegen, als er mir und meinen zugegebenermaßen noch jungen Hexenkünsten. „Ja, genau so. Und wenn du eine bessere Idee hast, wie wir die fehlenden Manuskripte finden können, dann kannst du es mir gern sagen."

„Nein, nein", sagte er und hob kapitulierend die Hände. „Wir gehen den Schal heute Abend holen. Was hast du damit vor?"

In Wirklichkeit war ich mir nicht ganz sicher. Aber ich wollte auf jeden Fall einige Hexen zu Rate ziehen, die viel mehr wussten als ich. Ich hatte jedoch das gute Gefühl, dass ich Georgiana Quales, wenn ich mit diesem Schal in die Bibliothek ginge, dazu bringen könnte, nicht mit Büchern um sich zu werfen, sondern vielleicht zu erscheinen oder mir zumindest eine Nachricht zu schicken. Es war eine weit hergeholte Idee, aber uns gingen nun einmal die Ideen aus.

Rafe schien von meinem Vorschlag nicht gerade begeistert zu sein. „Vergiss nicht, dass sie sich ziemlich aufgeregt hat, als du das letzte Mal in ihrer Bibliothek warst. Diesmal wurdest du von einem Buch getroffen, aber was wäre, wenn eines dieser Bücherregale auf dich gestürzt wäre?" Er sah mich mit festem Blick an, und ich glaube, wir erinnerten uns beide an das tragische Ende von Wilfred Eels.

Obwohl er das Thema nicht angesprochen hatte, antwortete ich ihm trotzdem. „Ich glaube nicht, dass Georgiana Quales mich die Treppe hinunterstoßen wird. Erstens werde ich nicht in die Nähe der Treppe gehen, also wird sie nicht die Möglichkeit dazu haben, und zweitens ..." Ich blickte zu dem Gemälde auf und merkte, dass ich Rafe zustimmte. Diese Frau hatte niemanden getötet. Ich glaubte auch nicht, dass sie die Manuskripte gestohlen hatte. Zweifellos war sie deshalb so gestresst. Sie wusste, dass die Bibliothek in Schwierigkeiten steckte. Das gesamte College war in Schwierigkeiten. Ich blickte zu ihr auf. „Sie wissen, wo die Manuskripte sind. Rafe und ich wollen sie finden und das Richtige tun. Wir möchten Ihnen helfen, Ihr College zu retten. Aber Sie müssen uns helfen."

Ich glaube, ich hielt einen Moment lang den Atem an. Ich weiß nicht, was ich erwartete. Glaubte ich im Ernst, das Bild würde plötzlich zum Leben erwachen und mit mir sprechen? Nichts geschah. Aber ich sprach trotzdem, als ob sie mich hören könnte. „Wir haben heute Abend eine Verabredung in der Bibliothek. Ich werde mit Ihrem Schal dort sein, und ich möchte, dass Sie auch kommen. Und keine Wutanfälle dieses Mal. Ich versuche wirklich, Ihnen zu helfen."

KAPITEL 15

„Das ist ja ausgezeichnet, Lucy", sagte Margaret Twigg mit ihrem überlegenen Grinsen. „Schön zu sehen, dass du einmal die Initiative ergreifst. Ich hatte es langsam satt, dir Aufgaben zu stellen und Lektionen aufzuschreiben, als wärst du ein Teenager, obwohl du eindeutig viel älter bist."

Autsch. Bis zu meinem dreißigsten Geburtstag hatte ich noch ein Jahr. Ich mochte es nicht, wenn man mich eine alte Hexe nannte. Wie auch immer, sollte sie doch reden. Ich hatte keine genaue Vorstellung davon, wie alt Margaret Twigg war, und ich würde wahrscheinlich in etwas verwandelt werden, das auf dem Boden herumkroch, wenn ich ihr jemals eine solch unverschämte Frage stellen würde. Aber jung war sie nicht.

„Ist das möglich?", fragte ich und ignorierte ihre Unhöflichkeit. „Kann ich ein Kleidungsstück benutzen, um mit einem Geist in Kontakt zu treten? Mit einer Frau, die schon länger als zehn Jahre tot ist?"

„Ehrlich gesagt weiß ich das nicht", erwiderte sie. Ich war

überrascht, denn sie schien immer alles zu wissen, oder tat zumindest so. „Ich gebe dir einen Zauberspruch. Wenn etwas von ihrer Essenz auf dem Kleidungsstück verblieben ist, wird es sicherlich helfen, sie zu rufen. Aber dabei gehst du natürlich wieder einmal davon aus, dass die Energie, die in der Bibliothek Verwüstung anrichtet, Georgiana Quales ist. Es könnte irgendeiner von den vielen ruhelosen Geistern sein. Ein Schüler, der auf unglückliche Weise zu Tode kam, der letzte Bewohner, bevor es überhaupt eine Schule auf diesem Grundstück gab. Wenn du anfängst, Geister anzurufen, kannst du nicht immer sicher sein, wer auf deinen Anruf antworten wird."

Also, das war unheimlich. Ich hatte das Gefühl, als würde mir etwas Kaltes, Feuchtes die Arme heraufkrabbeln. Aber ich war hartnäckig, und jetzt, wo ich in dieses Geheimnis hineingezogen worden war, war ich entschlossen, nicht aufzugeben. Außerdem würde Rafe wieder einmal in der Nähe sein, und, wie ich ihn kannte, diesmal viel näher.

Sie willigte jedoch ein, mir zu helfen, und als ich zurückfuhr, fühlte ich mich besser gewappnet, dem Poltergeist gegenüberzutreten. Ich konnte mir vorstellen, dass die meisten Menschen, die eine Begegnung mit dieser unheimlichen Kraft hatten, nie wieder an den Ort zurückkehrten. Ich wollte diesem Geist mitteilen, dass ich nicht weggehen würde, bevor ich nicht ein paar Antworten hätte.

Hester würde auch aufs College gehen. Ich war mir nicht sicher, ob sie uns bei der Suche nach verschwundenen Manuskripten und Mördern eine große Hilfe sein würde, aber sie freute sich so, dass ich ihr wirklich wünschte, mit dieser Sache Erfolg zu haben. Sie freute sich nicht nur auf ihren neuen Freund, sondern schien sich auch aktiv an der

Detektivarbeit beteiligen zu wollen. Arme Hester, vielleicht hatte ich sie falsch eingeschätzt. Wie bei den anderen Vampiren war ihr größtes Problem die Langeweile. Wenn man dann noch den Ballast aus der für Teenager typischen Angst und Unsicherheit hinzuzählte, konnte sie einem wirklich fast leidtun. Meine Cousine Violet zeigte weniger Begeisterung für unseren Einkaufsbummel, als ich gehofft hatte, aber glücklicherweise waren Scarlett und Polly bereit, einem etwas nervösen College-Neuling bei der Suche nach geeigneter Kleidung zu helfen.

Wo ich direkt zum Westgate-Einkaufszentrum gegangen wäre, führten sie uns stattdessen in Vintage- und Secondhand-Läden. Im Handumdrehen sah Hester wirklich wie eine Studentin aus. Ich war den beiden so dankbar!

Was noch besser war: Es war nicht alles schwarz. Polly hatte ein rotes T-Shirt mit tiefem Rundausschnitt herausgesucht, das sie mit einer abgetragenen, enganliegenden Jeans und kurzen Stiefeln mit hohem Absatz kombinierte. „Sieh dir das an", sagte Polly und deutete auf den einzigen Ganzkörperspiegel im Laden. Hester warf mir einen panischen Blick zu, aber ich hatte diesen Moment kommen sehen. Ich lachte. „Ich musste Hester versprechen, dass wir uns von Spiegeln fernhalten. Das macht sie verlegen. Glaub mir, Hester, du siehst großartig aus."

Natürlich war Hester nicht die Einzige, die mit einem neuen Kleidungsstück nach Hause ging. Ich fand einen Blazer von Ted Baker. Vi entdeckte ein schwarzes Kleid, das, auch wenn sie jammerte, sie könnte es nirgends tragen, weil alle Männer, die sie kannte, nichts taugten, darauf hindeutete, dass sie in ihrer Zukunft wieder mehr ausgehen würde. Scarlett kaufte ein bedrucktes Kleid, das über ihren Stiefeln sehr gut aussah, und Polly eine Schiebermütze aus Harris Tweed.

Während sie die Regale durchstöberten, drängten Polly und Scarlett Hester Sachen auf, bis sie mehr als genug für ein Wochenende hatte. Sie posierte für uns in einem langärmeligen, bunten Kleid, das ihr fast bis zu den Knöcheln reichte. „Braune Stiefel, würde ich sagen", sagte Polly.

Scarlett nickte, trat zurück und bewunderte ihren Geschmack. „Jetzt brauchst du nur noch ein paar von diesen schönen Pullovern, die Lucy im Laden verkauft." Ich musste mir ein lautes Lachen verkneifen, denn Hester hatte sich bisher vehement dagegen gewehrt, eines dieser handgestrickten Kleidungsstücke zu tragen. Aber mit Scarletts und Pollys Hilfe konnten wir sie bald mit einer schwarzen Strickjacke und mehreren bunten Pullovern ausstatten. Hester selbst schockierte alle, als sie sich für einen pinkfarbenen Pullover entschied.

Sogar Sylvia beteiligte sich an der Aktion und schenkte Hester große goldene Kreolen-Ohrringe. Und Rafe, der immer praktisch veranlagt war, reichte ihr einen kleinen Rucksack. Mit einem Hauch von Sarkasmus im Blick sah er sie an. „Für deine Bücher und Hausaufgaben."

Es war Donnerstagabend, und der Vampir-Strickclub tagte normalerweise donnerstags, aber heute Abend machte sich niemand die Mühe, den anderen seine Stricksachen vorzuführen, und das Stricken war eher Nebensache. Wir alle wussten, warum wir hier waren. Carlos hatte sich bereit erklärt, an diesem Treffen teilzunehmen, und ich war erfreut zu sehen, dass er weder besonders zurückhaltend noch ein Einzelgänger war. Er wirkte ausnehmend freundlich. „Ich freue mich sehr, Sie alle kennenzulernen", sagte er. „Dr. Weaver hat mir viel über Ihre Gruppe erzählt."

Granny, die immer gastfreundlich war und stets bestrebt, Kunden für Cardinal Woolsey's zu werben, sagte sofort: „Du musst dich uns anschließen. Wir treffen uns zweimal pro Woche um zehn Uhr abends. Und wir duzen uns alle." Sie, Sylvia und Theodore waren bereits aus Edinburgh zurück und hatten versprochen, uns über ihre Erfahrungen zu berichten.

„Aber ich kann doch gar nicht stricken!"

„Das macht nichts. Lucy kann auch nicht stricken und sie hat ein Wollgeschäft." Ich war ihr dankbar für ihren Enthusiasmus, aber musste sie deshalb gleich meine Fähigkeiten so schlechtmachen?

Hester sah bezaubernd und nervös aus. Sie trug das Kleid aus dem Vintage-Laden, dazu braune Stiefel und eine leuchtend grüne Strickjacke von Dr. Weaver. Für ihren neuen Look hatte sie so viele Komplimente bekommen, dass ich hoffte, die Zeit, in der sie immer nur schwarz trug, sei vielleicht vorbei. „Sagt mir, was ich zu tun habe. Ich will mithelfen, einen Mörder zu fangen. Ihr anderen habt es schon so oft getan, und ich noch nie."

Ich freute mich, dass sie helfen wollte, hatte aber auch ein wenig Angst, dass sie etwas Unangemessenes und Gefährliches tun könnte. „Wir möchten, dass du Augen und Ohren offenhältst. Schau, ob du die Möglichkeit bekommst, Bekanntschaft mit einer Studentin namens Judith Morgan zu machen."

Carlos drehte sich zu mir um. Bislang hatte er hauptsächlich geschwiegen. „Judith Morgan? Ist sie Literaturstudentin? Ein hübsches Mädchen mit dunkel gefärbtem Haar?"

Hesters mürrischer Blick wurde noch mürrischer. „Warum fragst du?"

Oje. Sie war nicht seine Freundin, und so wie sie sich verhielt, würde sie es auch nie werden. Carlos schien ihre schlechte Laune nicht zu bemerken. „Sie ist in einem meiner Kurse."

Bevor Hester noch etwas sagen konnte, schaltete ich mich ein. „Das ist ja fantastisch. Du könntest versuchen, Hester und Judith am Wochenende miteinander bekanntzumachen. Oder vielleicht könnt ihr drei zusammen abhängen. Dieses Wochenende seid ihr unsere Undercover-Spione im College."

Hester war von der Idee, Spion zu spielen, begeistert, Carlos nicht so sehr. „Im Spanischen Bürgerkrieg war ich Spion. Das hat mich umgebracht. Beinahe."

Ich bedauerte sofort meine Wortwahl. „Nicht Spione. Ich meine ..."

„Verdeckte Ermittler", sagte Theodore.

Es war wirklich schön, dass Granny, Sylvia und Theodore wieder da waren. Meiner Meinung nach hatte die Pause allen gut getan.

Rafe gab Carlos einen Überblick über alles, was wir über den toten Wilfred Eels, seine Ex-Frau, die Tochter, den Stiefvater, die Verletzungen von Fiona McAdam, Reginald Cameron und seine Treffen mit Georgiana Quales in den Wochen vor ihrem Tod wussten. Er erklärte, dass Granny, Sylvia und Theodore nach Edinburgh gefahren waren, um mehr über Fiona herauszufinden, für den Fall, dass sie das beabsichtigte Opfer war und nicht Wilfred Eels. Da wir nun wussten, dass er Probleme mit seiner Aggressionsbewältigung hatte und seine Tochter mit Fiona als Dozentin unglücklich war, schien es wahrscheinlicher, dass er ihr Angreifer war, wenn Fiona nicht aus Versehen gestürzt war.

Carlos hörte aufmerksam zu. Auch wenn seine Zeit als Spion nicht gut geendet hatte, so hatte er doch zumindest Spionageerfahrung. „Aber wenn dieser Wilfred Eels Professor McAdam angegriffen hat, wie wurde er dann selbst umgebracht?"

„Fiona glaubt, sich an zwei streitende Männer zu erinnern. Ihr Gedächtnis ist zugegebenermaßen etwas verschwommen, aber könnte es zwei Verbrechen gegeben haben?"

Carlos sah nachdenklich aus. „Du meinst, der Hausmeister hat sie angegriffen und dann ist jemand gekommen und hat sie verteidigt? Er hat gegen Wilfred Eels gekämpft und dabei ist der Hausmeister zu Tode gestürzt?"

Ich seufzte. „Das ist eine Theorie."

Rafe wandte sich an Theodore, Granny und Sylvia, die zusammensaßen. „Habt ihr etwas aus Edinburgh zu berichten?"

Theodore schüttelte den Kopf und wirkte enttäuscht. „Nichts, außer dass Fiona McAdam hochangesehen war. Ihre ehemaligen Schüler liebten sie entweder, vor allem wenn sie sich sehr bemühten und die Arbeit ihnen lag, oder sie verabscheuten sie, wenn sie meinte, dass sie ihrem Potential nicht gerecht wurden."

„Ihr wolltet doch sehen, ob ihr eine Verbindung zwischen der Professorin und Wilfred Eels finden könnt", erinnerte Rafe sie.

Theodore schüttelte mehrmals den Kopf. „Wenn es da eine Verbindung gibt, können wir sie nicht finden. Soweit ich weiß, hat Eels nie an der Universität gearbeitet. Fiona

McAdam scheint sich vor allem ihrer Arbeit gewidmet zu haben. Wenn sie nicht gerade unterrichtete, schrieb sie ein Buch über die Brontës. Sie nahm sich sogar ein Semester frei, um die Sammlung im Parsonage-Museum in Haworth zu studieren, wo auch die Brontë-Sammlung untergebracht ist."

Ich nickte. *„Landschaften des Geistes."*

Sylvia sah beeindruckt aus. „Hast du das gelesen?"

Es gelang mir knapp, ein Schnauben zu unterdrücken. Was für ein Gedanke! „Ich habe es durchgeblättert. Es kam mir sehr, ähm, gelehrt vor." Damit meinte ich langweilig.

„Es wurde von OUP herausgegeben." Als Hester und ich sie verständnislos anstarrten, erklärte sie: „Oxford University Press."

„Oh, richtig." An den großen Gebäuden in der Walton Street war ich schon oft vorbeigegangen. „Beeindruckend."

„Es war dieses Buch, das gute Rezensionen bekam, sowie ihre akademischen und pädagogischen Leistungen, die ihr die Stelle in St. Mary's einbrachten."

Ich war etwas verwirrt. „Aber *Landscapes of the Mind* kam vor elf Jahren heraus, und sie hat erst jetzt den Job hier bekommen?"

„Die Mühlen der Universität, meine liebe Lucy, mahlen langsam", erinnerte mich Theodore.

„Habt ihr sonst noch etwas herausgefunden?"

„Der Wollladen, in dem Fiona einkaufte, ist ganz allerliebst", sagte Granny. „Ich würde gerne einmal mit dir dort hinfahren, Lucy. Ich habe da einige glückliche Stunden verbracht."

Ich bemerkte die Blicke, die Sylvia und Rafe wechselten. Ich wusste, dass sie vorhatten, meine Großmutter zu ihrer Sicherheit in eine andere Stadt zu bringen, wo sie weniger

Gefahr laufen würde, auf Menschen zu treffen, die sich an sie erinnerten. Vielleicht war das der eigentliche Grund für die Reise gewesen. Ich wusste, dass der Tag kommen würde, an dem ich mich von meiner Granny würde verabschieden müssen. Wenigstens war Edinburgh nicht allzu weit entfernt. Wenn sie dorthin ziehen würde, würde ich sie nicht mehr so oft sehen wie jetzt, aber die Vampire wären alle sicherer.

Nach dem Treffen fuhren vier von uns zurück nach St. Mary's: Hester und Carlos, um ihre Detektivarbeit aufnehmen, ich zu einem weiteren Versuch, etwas Nützliches über den Poltergeist zu erfahren, und Rafe, um mich vor Schaden zu bewahren.

KAPITEL 16

*E*s war nach Mitternacht, also wusste ich, dass ich die Bibliothek für mich allein haben würde. Ich war über und über bestückt mit den Schutzkristallen, die Margaret Twigg mit besonderen Kräften ausgestattet hatte, doch trotzdem war ich nervös, als ich erneut in die Bibliothek ging. Diesmal hielt ich den Schal von Georgiana Quales in meinen etwas unsicheren Händen. Erstaunlicherweise verströmte er immer noch einen leichten Duft nach Parfüm oder vielleicht nach Talkumpuder. Wenn ihr Geruch noch daran haftete, war ich mir sicher, dass auch etwas von ihrer Essenz übriggeblieben war.

Bevor wir in die Bibliothek kamen, untersuchten Rafe und ich jeden Zentimeter des Schals bei hellem Licht, aber es gab keine Anhaltspunkte auf ein Versteck der Manuskripte. Ich hoffte jedoch, dass der Schal der Schlüssel war, um den Poltergeist zur Mitarbeit zu bewegen.

Als ich mich versichert hatte, dass ich in der Bibliothek allein war, holte ich die Kerzen aus meiner Tasche und stellte sie in einem Kreis auf. Fast hätte ich auch noch Salz mitgenommen, um mich zusätzlich zu schützen, aber ich wollte nicht mit Kehrschaufel und Besen anrücken und hinterher sauber machen müssen. Ich vertraute auf die Stärke des Schutzzaubers und die Tatsache, dass Rafe so nah dabei war, wie ich es ihm erlaubt hatte. Zu guter Letzt war er in Amelia Cartwrights Büro und ging dort auf und ab. Er war nicht glücklich darüber, dass ich das allein tat, aber wir wussten beide, dass sie nicht auftauchen würde, wenn er in der Nähe war.

Ich wollte die Bibliothekstür abschließen, um zu verhindern, dass noch irgendein Student im Prüfungsstress hereinkam, aber Rafe hatte mir das strikt verboten. Obwohl er verschlossene Türen durchbrechen konnte, war er nicht immer rational, wenn es um mich ging. Hester und Carlos waren so erpicht darauf zu helfen, dass wir sie am Ende des Korridors aufstellten, weit genug entfernt, um zu verhindern, dass irgendwelche Studierenden hereinkamen. Meine Sicherheit war so gut, wie sie unter diesen Umständen nur sein konnte. Ich wünschte nur, die Umstände wären anders.

Ich zündete eine Kerze nach der anderen an und ließ mich dann im Schneidersitz in dem Kerzenkreis nieder. Den Schal hielt ich in der Hand. Ich sagte einen Schutzzauber auf und schloss dann den Kreis. Darin sollte ich sicher sein. Ich schloss meine Augen und tat ein paar Atemzüge wie beim Yoga. Das war nicht Teil des Zaubers, aber ich fühlte mich dadurch besser und etwas ruhiger. Als ich mich bereit fühlte und mein Geist klar war, sagte ich leise: „Georgiana Quales! Dein Frieden ist gestöret sehr, wie ein wallendes, brodelndes Meer. Ruhe möchte ich geben dir, danach kannst du verschwinden von hier. Georgiana Quales! Nun stell dich ein, so will ich es, so soll es sein.“

Ich war nicht besonders gut darin, aus dem Stegreif Reime zu erfinden, aber das waren die, die bei mir immer funktionierten. Zweifellos war ich so sehr auf den Reim konzentriert, dass sich meine Energie bündelte. Doch dieses Mal passierte nichts. Ich saß dort im Licht der flackernden Kerzen und sah mich um. Im Halbdunkel außerhalb meines Lichtkreises ragten die Bücherregale schattenhaft in die Höhe. Obwohl ich wusste, dass Hilfe nicht weit entfernt war, war ich so nervös, dass ich am liebsten aufgesprungen und losgerannt wäre. Ich konnte hören, wie mein eigenes Blut in meinen Ohren pochte. *Einatmen*, sagte ich mir, *ausatmen*.

Ich hatte dafür gesorgt, dass ich in der Mitte der Bibliothek saß, wo die Bücherregale schlecht auf mich fallen konnte, auch wenn der Poltergeist sie umstieß. Ich hielt den Schal hoch und rief leise: „Frau Professorin Quales? Bitte reden Sie mit mir."

Die Temperatur fiel so plötzlich, dass ich fröstelte. Der Augenblick, den ich herbeigesehnt und gefürchtet hatte, schien gekommen zu sein. Ich sah mich um und konnte nichts sehen. „Georgiana?" Etwas Weißes flatterte am Rande meiner Sichtweite, außerhalb meines Lichtkreises. Der Geist blieb normalerweise nicht lange, und ich wollte keine Sekunde mit einem Geist vergeuden, der Menschen gerne terrorisierte. „Wo sind die Manuskripte? Das Brontë-Manuskript und das Shelley-Manuskript? Ich weiß, dass Sie sie nicht verkauft haben. Ich bin hier, um Ihnen zu helfen. Sagen Sie mir, zeigen Sie mir, wo sie sind!"

Erst war ein Geräusch wie ein leises Stöhnen zu hören, und dann leider noch ein anderes, an das ich mich bereits gewöhnt hatte, wenn ich mit diesem Geist in der Bibliothek war. Das Geräusch herabfallender Bücher. Wirklich? Konnte

sie sich nichts Neues ausdenken, um die Leute zu erschrecken? Unwillkürlich drehte ich meinen Kopf in die Richtung,
aus der das Geräusch der fallenden Bücher kam, und an der
Wand hinter der Stelle, wo die Bücher gestanden hatten, sah
ich ein Wort geschrieben. Allerdings konnte ich es von
meinem Platz aus nicht deutlich sehen. Es war zu weit weg,
und die Schrift war zu klein.

Ich machte selbst ein Geräusch. Ein leises, bitteres
Lachen. „Ich werde nicht aus diesem Schutzkreis treten.
Wenn Sie wollen, dass ich lese, was Sie geschrieben haben,
müssen Sie die Wörter größer schreiben."

Ich hoffte wirklich, dass dieser Schutzkreis stark war,
denn ich provozierte einen sehr wütenden Geist. Er machte
ein weiteres Geräusch. Diesmal klang es, als würden hung-
rige Kiefer zuschnappen. Das Wort verschwand, und dann,
erschien es, während ich hinschaute, erneut, diesmal viel
größer. „Weggenommen."

„Weggenommen? Sie meinen, die Manuskripte wurden
weggenommen? Oh, nein. Die ganze Suche umsonst? Es sind
Menschen ums Leben gekommen und wir haben das College
auf den Kopf gestellt, um die Manuskripte zu finden. Und Sie
wollen mir sagen, dass sie weggenommen wurden? War es
vor oder nach Ihrem Tod?"

Ich sah auf die Stelle, an der das Wort „weggenommen"
bereits verschwunden war. Ich fragte mich, ob das eine Art
Gespenster-Chat war, wo ich eine Frage stellte und sie die
Antwort anzeigte. Hoffentlich! Aber nach meiner begrenzten
Erfahrung mit Geistern waren diese nicht unbedingt gerade-
heraus, was das Antworten betraf. Und tatsächlich, das Wort,
das erschien, war „Verrat."

„Verrat?" Ich sagte es laut. „Wer hat Sie verraten?"

Das nächste Wort, das erschien, war „Gefahr."

Ich war ein wenig irritiert von diesen einzelnen Wörtern, die nicht wirklich in eine bestimmte Richtung führten. „Wer ist in Gefahr?", platzte ich etwas ärgerlich heraus.

Ihre letzte Nachricht war weder vage noch irreführend. Zwei Worte.

„Lucy Swift."

„Ich? Ich bin in Gefahr? Warum?" Ich spürte, dass sie verschwand. Die Kälte verging. Es gab so viel, was ich wissen wollte. „Warten Sie. Wie sind Sie gestorben? Und was ist mich Wilfrid Eels passiert?" Ein Wort schwebte wie ein Flüstern durch die Luft. „Verrat."

Und dann ging das Licht an, als hätte sie im Vorbeigehen einen Schalter umgelegt. Ich kam mir unglaublich dumm vor, als ich in der plötzlich hellen Bibliothek in einem Kreis flackernder Kerzen saß. Ich drehte mich zu der Stelle um, an der die Nachrichten gestanden hatten, aber die Bücher waren wieder in perfekter Ordnung. Es war, als wären diese Nachrichten nie dagewesen.

Aber sie waren da gewesen. Und wenn Georgianas Geist nicht seinen Schabernack mit mir trieb, wollte sie mir sagen, dass die Manuskripte gestohlen worden waren, dass jemand verraten worden war, und die deutlichste Botschaft, die sie mir gab, war, dass ich in Gefahr war.

ALS ICH AUS DER BIBLIOTHEK KAM, kamen Hester und Carlos auf mich zu. „Ist alles in Ordnung?", fragte Hester. Ich nickte und sah dann Rafe auf uns zukommen. Er stellte mir nicht dieselbe Frage, sondern berührte nur meine Schulter, als wollte er sich vergewissern, dass ich unversehrt war.

„Wo ist der Schal?", fragte Hester. Das war gewiss nicht die erste Frage, die ich an ihrer Stelle gestellt hätte.

Ich warf einen Blick zurück zur Tür. Da würden mich heute Abend keine zehn Pferde mehr reinbringen. „Ich glaube, ich habe ihn vergessen." Ich hatte es gerade noch geschafft, die Kerzen wieder in meine Tasche zu stopfen, bevor ich die Bibliothek verlassen und trotzig das Licht wieder ausgeschaltet hatte.

„Macht nichts", sagte Rafe. „Er hat seinen Zweck erfüllt. Deinem Gesichtsausdruck nach zu urteilen, mit Erfolg."

Ich erschauderte. „Wenn Erfolg bedeutet, dass ich gewarnt wurde, ich sei in Gefahr, dann ja." Ich berichtete alles, was geschehen war.

„Das ist ja echt cool", rief Hester aus, die es offensichtlich bedauerte, dass sie während ihres Aufenthalts auf dem Campus keine Geistererforschung betreiben konnte.

„In Ordnung. Ich muss Lucy nach Hause bringen. Seid ihr beide bereit?"

„Ja", sagte Carlos. „Ich habe für morgen ein Treffen mit Judith vereinbart, damit ich ihr Hester vorstellen kann."

„Hervorragend. Wir sehen uns morgen."

Hester verzog das Gesicht. „Du kommst hierher? Morgen? Warum? Um mich zu kontrollieren?" Sie sah aus, als bekäme sie gleich einen Wutanfall. Rafe hätte das zuge-lassen, aber ich wollte nicht, dass sie ihre Chance auf eine Freundschaft mit Carlos vertat. Ich ergriff das Wort, bevor ihre Wut weiter hochkochen konnte. „Hester, Rafe ist der Einzige, der hierhergehört. Er begutachtet die Sammlung der Hochschule."

Sie wirkte nicht überzeugt. „Wenn ich dich sehe, werde ich so tun, als würde ich dich nicht kennen."

„Das wird mich sehr treffen", sagte Rafe. Dann nahm er meinen Arm.

Später saßen wir in seiner Lounge und gingen alles noch einmal durch. William hatte mir heißen Kakao und Kekse mitgebracht. Rafe hatte versucht, mich zu einem Brandy zu überreden, aber mir war immer noch kalt, und ich zog die heiße Schokolade vor. Außerdem musste ich bei Verstand bleiben, wenn ich in Gefahr war. Natürlich hatte Rafe mich nicht nach Hause gehen lassen. Mir gefiel es hier, aber ich wollte nicht das Gefühl haben, dass ich zu ängstlich war, um in meiner eigenen Wohnung zu übernachten. Auch wenn es heute Abend so war.

„Weggenommen." Rafe sah so frustriert aus, wie ich mich fühlte. „Das ist alles, was sie gesagt hat? Weggenommen."

„Ja. Nicht, wann sie weggenommen wurden oder wer sie weggenommen hat oder irgendetwas Nützliches. Nur, dass die Manuskripte weggenommen wurden."

Er rieb sich mit der Hand über das Gesicht. „Dann können wir wenigstens aufhören, die Bibliothek zu durchsuchen." Er seufzte tief. „Das ist ein echter Schlag für das College. Sie müssen weg sein."

„Ich weiß nicht, Rafe. Wie viele Menschen sind denn so scharf auf solche Manuskripte, dass sie dafür töten? Und das nach einem Jahrzehnt?"

Rafe sah mich an. „Zwei gewalttätige Büchersammler?"

Sollte das ein Witz sein? Ich wusste es nicht. Ich war so müde von den vielen langen Nächten. Ich müsste wirklich anfangen, tagsüber ein Nickerchen zu machen, wenn ich weiterhin zu Vampirzeiten wachbleiben wollte. „Möglich ist es." Vielleicht ließ mich meine Müdigkeit verrückt werden, oder ich war ein Genie. Den Unterschied konnte ich nicht mehr erkennen. „Und wenn du in deinen bibliophilen Kreisen verbreiten würdest, dass du die Manuskripte gefunden hast?"

Er sah mich stirnrunzelnd an. „Bibliophile Kreise?", fragte er. Und dann: „Warum sollte ich das tun? Ich könnte meinen Ruf schädigen, wenn ich Lügen erzähle."

Damit hatte er recht. „Okay, dann sag nicht, dass du diese Manuskripte tatsächlich gefunden hast. Mach ein paar Andeutungen, die nur jemand, der die Manuskripte weggenommen hat, verstehen kann. Ich habe das Gefühl, dass es denjenigen irgendwie provozieren oder aufscheuchen könnte."

„Aber warum? Wer auch immer die Manuskripte hat, wird wissen, dass ich sie nicht habe, weil er sie selbst hat."

„Und wenn man den Täter irgendwie glauben machen kann, er hätte nur eine Kopie? Wenn einer so verrückt oder so gierig ist, dass er für das Original tötet, und wenn du bekannt gäbst, du könntest beweisen, dass du das Original hast, würde ihn das nicht aufscheuchen?"

Er sah mich mit einem Ausdruck an, den ich nur schwer deuten konnte. „Kein Wunder, dass selbst Poltergeister dich warnen, dass du in Gefahr bist. Lucy, das ist eine verrückte Idee. Das könnte die Person oder die Personen, die Wilfrid Eels und Georgiana Quales getötet haben, in deine Welt holen."

„Nun, laut dem Poltergeist bin ich bereits in Gefahr. Dann wüssten wir wenigstens, woher die Gefahr kommt."

Aus dem Augenwinkel sah ich, wie sich ein schwarzer Schatten auf mich zubewegte, und ich zuckte so heftig zusammen, dass der heiße Kakao über den Rand meiner Tasse schwappte und mir den Daumen verbrannte. Nicht noch ein Geist. Dann wurde mir klar, dass es Silence Buggins war, die auf uns zukam. Sie hielt ein in Leder gebundenes Manuskript in ihren Händen. Sehr zufrieden sah sie nicht aus.

Wenn sie jetzt mit einer monumentalen Beschreibung der viktorianischen Knopfherstellung anfangen würde, dann würde ich ins Bett gehen. Sie wählte einen Stuhl mit gerader Rückenlehne und setzte sich brav hin. „Ich wünschte, ihr hättet mir gesagt, dass ihr weggeht. Ich hätte bei dieser endlosen Lektüre gerne eine Pause eingelegt."

Da bekam ich ein schlechtes Gewissen. Seit wir ihr die Manuskripte gebracht hatten, war sie unermüdlich bei der Sache. „Das tut mir leid, Silence. Du hast uns sehr geholfen. Findest du irgendetwas Nützliches?"

Meine Entschuldigung schien sie zu besänftigen und sie strahlte. „Ich bin auf ein schönes Muster und eine Anleitung gestoßen, wie man am besten Blumen aus Menschenhaar macht. Ich bin sehr versucht, einen kleinen Strauß zu binden." Sie begann, mich auf eine Art und Weise zu mustern, die mir nicht gefiel. „Aber natürlich brauche ich jemanden, der sein Haar spendet."

„Du willst einen Blumenstrauß aus Menschenhaar machen?" Ich wusste, dass es zu Königin Viktorias Zeiten seltsame Hobbys gab, und ich hatte von Trauerbroschen gehört, die aus den Haaren verstorbener Angehöriger gefertigt wurden, aber ein Strauß aus Haarblumen? Ich konnte es mir nicht einmal vorstellen.

„Oh, mein Gott, ja. Ich habe einmal ein bezauberndes kleines Bild gemacht. Ich habe noch nie probiert, einen

Strauß zu machen. Ich bin vielleicht ein bisschen zu steif." Dann verzog sich ihr Gesicht vor Verärgerung. „Ich war mitten in der Anleitung für ein Stiefmütterchen, und dann ging die Anleitung einfach über in die Korrespondenz einer eher uninteressanten Person über ihre Reise an einen kalten Ort." Sie hielt das Buch in die Höhe, als ob es die Schuld daran trüge. „Ich blätterte und blätterte, aber ich konnte nicht zu den Haarblumen zurückkehren."

Ich dachte mir, dass Briefe über eine Reise in die Kälte viel interessanter wären als eine Anleitung für Stiefmütterchen aus Menschenhaar. Ich schaute Rafe an, um zu sehen, ob er mein Entsetzen teilte, aber er sah aus, als wäre er sehr interessiert an der ganzen Stiefmütterchengeschichte. Er streckte Silence eifrig seine Hände hin. „Darf ich diese Briefe mal sehen?"

„Ich wüsste nicht, warum. Mit ihnen ist wenig zu gewinnen." Aber sie griff bereitwillig nach vorne und reichte ihm das Buch.

Anschließend wandte sie sich mir zu. „Ein Haufen Briefe, geschrieben an eine gewisse Mrs Saville. Wer auch immer das sein mag."

Ich wusste auch nicht, wer das war, aber Rafe starrte wie gebannt auf das offene Buch. Vorsichtig blätterte er weiter. Ich fragte mich, ob sie eine frühere Bekannte von ihm war. „Hast du diese Mrs Saville gekannt?" Er hatte in seinem langen Leben so viele Menschen kennengelernt, dass ich es für möglich hielt.

Dann sah er Silence mit einem Ausdruck an, den er normalerweise für mich reservierte. „Silence, meine Liebe. Ich glaube, du hast etwas entdeckt, wonach die Wissenschaft seit mehr als einem Jahrzehnt sucht."

Ich spürte, wie sich meine Augen vor Schreck weiteten. „Du meinst doch nicht etwa?"

Er nickte in grimmiger Genugtuung. „Brief eins. An Mrs Saville, England. Aus St. Petersburg, 11. Dezember 17-

Sie werden sich freuen zu hören, dass der Beginn eines Unternehmens, das Sie mit so bösen Vorahnungen betrachtet haben, nicht von einer Katastrophe begleitet wurde."

Wenn ich Blumen aus Menschenhaar machen würde, hätte ich auch böse Vorahnungen, aber ich hatte den starken Verdacht, dass wir dieses Thema hinter uns gelassen hatten. Er sah mich an. „Lucy, komm schon. Wo bleibt deine Kenntnis einer der größten Horrorgeschichten aller Zeiten?"

„Willst du mir etwa sagen, dass Frankenstein mit einem Briefwechsel beginnt?" Wie peinlich. Das hatte ich nicht gewusst.

„Ja genau. Ich muss das Papier prüfen und weitere Analysen durchführen, aber ich denke, dass es sich um das fehlende Frankenstein-Manuskript handeln könnte." Er holte die Baumwollhandschuhe hervor, die er immer dabeihatte, und begann vorsichtig zu blättern. Er stieß einen Triumphschrei aus. Und dann zeigte er uns die Seite. Wir konnten die Durchstreichungen von Zeilen und Ergänzungen in krampfhafter Schrift sehen, wo Mary Wollstonecraft Shelley einige Korrekturen an diesem Manuskript vorgenommen hatte.

Silence schien nicht zu wissen, ob sie sich darüber freuen sollte, dass sie das verschollene Shelley-Manuskript entdeckt hatte, oder ob sie sich darüber ärgern sollte, dass sie die endgültige Anleitung, wie man die Haare anderer Leute in eine Blume verwandelte, niemals finden würde.

Ich begann zu lachen. „Als der Poltergeist mir gesagt hat,

dass die Manuskripte weggenommen wurden, wollte er mir also sagen, dass wir sie weggenommen haben."

Zu meiner Überraschung stimmte Rafe mit ein. Silence schaute von einem zum anderen, als ob wir den Verstand verloren hätten. „Sie muss die Manuskripte sicherheitshalber zwischen diesen alten Handarbeitsschriften versteckt haben."

„Da fragt man sich doch, warum sie sie nicht in den Safe in ihrem Büro eingeschlossen hat."

„Ich weiß es nicht. Es wäre interessant herauszufinden, wer noch Zugang zu diesem Safe hatte. Denk daran, dass sie von Verrat sprach. Es gab jemanden, dem sie nicht vertraute. Sie verstaute die Manuskripte dort, wo sie sie erreichen konnte. Sie wollte, dass sie im College sicher aufbewahrt wurden, aber nicht leicht zu finden waren. Sie hatte das Gefühl, sie müsse hinterhältig sein."

„Wieso das?"

„Ich weiß es nicht." Ich machte den nächsten offensichtlichen Sprung in der Logik. „Aber wenn wir dieses haben, dann könnte das Brontë-Manuskript hinter irgendwelchen Anleitungen versteckt sein, wie man aus einem Schweinsohr einen Seidenbeutel macht."

Silence warf mir einen seltsamen Blick zu. „Um eine Seidentasche zu machen, Lucy, braucht man Seide. Ein Schweinsohr kann jedoch eine sehr schöne Geldbörse für Kleingeld werden. Natürlich müsste man die Schweineschwarte behandeln. Ich habe immer gehört, es heißt ...'

Rafe war bereits aufgestanden, und ich folgte ihm schnell, bevor ich weitere Anleitungen für Geldbörsen aus Schweinsohren bekam. Ich folgte ihm durch den Flur in seine Werkstatt, meinen Kakao hatte ich vergessen. Silence kam hinter uns her. Als wir dort ankamen, fragte er sie, welche der gebundenen Bücher sie bereits durchgearbeitet hatte. Es waren noch vier übrig. Jeder von uns nahm sich eines, und Rafe sagte uns, wir sollten die Seiten sehr vorsichtig umblättern, falls das Brontë-Manuskript darin sei. Er reichte mir ein Paar Baumwollhandschuhe. „Denk daran, Lucy, es könnte sein, dass du etwas nahezu Unbezahlbares in der Hand hast. Bitte sei vorsichtig."

Ich nickte und zwang mich, langsam Seite für Seite durchzugehen, obwohl ich das in braunes Leder gebundene Manuskript gern rasch durchgeblättert hätte. Ich saß eine halbe Stunde lang da und las. Ich kann Ihnen schon jetzt sagen, dass ich niemals anfangen werde, Spitzen zu klöppeln.

„Aha", sagte Silence und klang dabei so ungewöhnlich fröhlich, dass ich aufblickte. War sie zweimal an einem Tag auf Gold gestoßen? „Hast du es gefunden?", fragte ich begierig.

„Ja, das habe ich, Lucy. Also, man muss das Haar um einen Draht wickeln. Und man kann kleine Muscheln als Vasen verwenden."

„Du hast den Rest der Anleitung für die Herstellung eines Haarblumenstraußes gefunden", sagte ich mit schwacher Stimme. Ich würde Silence Buggins nie verstehen, auch wenn ich so lange leben würde wie sie. „Das Manuskript von Charlotte Brontë hast du nicht gefunden?"

Sie war so sehr in ihre Lektüre vertieft, dass sie einen Moment brauchte, um zu merken, dass ich mit ihr gesprochen hatte. Dann blickte sie auf. „Oh, nein. Aber wenn ich den Roman finde, werde ich euch auf jeden Fall Bescheid sagen." Und dann wendete sich wieder ihrer Lektüre zu.

Ich ließ mich wieder in die Welt des Klöppelns zurückversetzen. Ich war fast neidisch, dass sie etwas über Haarblumen lesen konnte. Das klang wirklich interessanter.

Ich begann im Schnelldurchlauf zu lesen, denn ich wusste, dass ich Jane Eyre wiedererkennen würde, auch falls ich es nicht gleich beim ersten Satz merken sollte. Und so kam es, dass ich den Text rasch überflog, bis ich mir plötzlich klar wurde, dass ich gerade den Namen Currer Bell gesehen hatte.

Ich hatte Jane Eyre seit der Schulzeit nicht mehr gelesen, aber ich erinnerte ich mich jetzt daran, dass die Brontë-Schwestern männliche Pseudonyme angenommen hatten. Ich schlug die Seite um, mein Herz schlug schnell, und da war es. Das erste Kapitel. Ich las erst nur für mich, und dann laut. „Es war ganz unmöglich, an diesem Tag einen Spaziergang zu machen. Am Morgen waren wir allerdings während einer ganzen Stunde in den blätterlosen, jungen Anpflanzungen umhergewandert; aber seit dem Mittagessen – Mrs Reed speiste stets zu früher Stunde, wenn keine Gäste zugegen waren – hatte der kalte Winterwind so düstere, schwere Wolken und einen so durchdringenden Regen heraufgeweht, dass von weiterer Bewegung in frischer Luft nicht mehr die Rede sein konnte."

Rafe wandte sich mir zu und hob fragend die Brauen.

Ich machte eine Geste wie ein Zauberer. „Ich glaube, ich habe es gefunden."

Binnen einer Sekunde hatte er sich über mich gebeugt und las mir über die Schulter. Er streckte den Arm aus und blätterte die Seiten ganz langsam um. „Ich gratuliere, Lucy. Das ist *Jane Eyre,* bevor es jemals veröffentlicht wurde. Sieh mal diese Notizen und die Zeichnungen!" Ich war so stolz, als ob ich den Roman selbst geschrieben hätte.

Ich ließ mich auf einem der bequemen Sessel nieder, die er in seinem Arbeits- und Studierzimmer hatte. Meine Arbeit war getan, und nun würde seine beginnen, indem er versuchte, diese beiden Manuskripte zu authentifizieren.

„Nun, wenigstens dieses Rätsel ist gelöst", sagte ich. „Kannst du dir vorstellen, wie froh Amelia Cartwright sein wird? Für St. Mary's ist das die Rettung." Ich sah Rafe an und wusste, dass er die Manuskripte auch aus einem persönlichen Grund hatte finden wollen. „Und es wird den geschädigten Ruf von Georgiana Quales wiederherstellen."

Rafe schien erfreut, aber nicht so begeistert wie ich. „Aber vergiss nicht, Lucy, wir wissen immer noch nicht, wie Professor Quales gestorben ist und wer Fiona angegriffen und möglicherweise Wilfrid Eels getötet hat."

„Musst du so ein Spielverderber sein? Lass uns doch wenigstens fünf Minuten lang unseren Triumph genießen."

Um seine Lippen zuckte es. „Also gut."

„Und jetzt, wo du die Manuskripte hast, solltest du das tun, was ich vorhin vorgeschlagen habe. Mein Plan ist jetzt noch genialer."

„Ja. Hier sind die Briefe, die sie an eine ihrer früheren Lehrerinnen geschrieben hat." Dann blickte er auf. „Was ist das für ein Plan?"

„Der Plan, bei dem du die Nachricht in Umlauf bringst, dass du die Originalmanuskripte in Deinem Besitz hast, und wir sehen, was wir damit ins Rollen bringen. Es wäre ja noch nicht einmal gelogen. Es ist wahr."

„Wenn man Steine ins Rollen bringt, kriecht meiner Erfahrung nach Ungeziefer hervor."

„Hast du eine bessere Idee, wie wir einen möglichen Mörder ausfindig machen können?"

„Hast du vergessen, was Georgiana Quales zu dir gesagt hat, Lucy? Du könntest in großer Gefahr sein."

Ach ja, diese Sache. Ich hatte nicht mehr Lust, mich in Gefahr zu begeben, als alle anderen, aber eines schien mir offensichtlich: „Sie hat mir doch schon vorher gesagt, ich sei in Gefahr. Vielleicht bin ich jetzt, da wir die Manuskripte gefunden haben, nicht mehr in Gefahr, wenn wir bekannt geben, dass wir sie haben."

Das schien mir einleuchtend. „Ich brauche Gagat-Perlen", sagte Silence.

Wir starrten sie beide an, und sie blickte auf. „Für die Blütenmitte meiner Stiefmütterchen. Gagat-Perlen. Wo man die wohl herbekommen kann?"

„Ich bin mir ziemlich sicher, dass Sylvia Gagat-Perlen hat", sagte ich. Vielleicht war es nicht sehr nett von mir, Silence an Sylvia weiterzureichen, aber ich hatte schließlich Sylvia und Granny auch geholfen, indem ich ihnen diese viktorianische Quasselstrippe nicht mit auf die Reise geschickt hatte. Dafür sollte ich bei ihnen etwas guthaben.

Als Silence sich auf den Weg gemacht hatte, schlug ich noch einmal vor, Rafe solle in den entsprechenden Kreisen die Nachricht in Umlauf bringen, dass er diese Manuskripte hatte.

Bevor er wieder meine Sicherheit ins Spiel bringen konnte, gab ich ihm zu bedenken: „Ich kann ja hierbleiben. So kannst du für meine Sicherheit sorgen. Ich werde nur tagsüber im Laden sein und habe Violet und Scarlett als Aushilfen und ein ganzes Nest Vampire, die darunter schlafen. Da passiert mir nichts."

Ich konnte sehen, dass er unsicher wurde. Schließlich

gab er zu: „Es wäre schon eine Genugtuung, wenn der Mörder von Georgiana Quales vor Gericht gestellt würde."

„Und das auch noch wegen eines Buches."

Er sah entsetzt aus. „Nicht irgendein Buch, Lucy. Zwei Originalmanuskripte wichtiger feministischer Belletristik mit den Anmerkungen der Autorinnen. Das ist nicht einfach ein Buch."

Und ein Stiefmütterchen aus Menschenhaar war nicht einfach eine Blume. Also ehrlich, die Leute und ihre Leidenschaften!

Da ich gähnen musste und merkte, dass es ihm in den Fingern juckte, sich zu vergewissern, dass es sich tatsächlich um die verlorenen Manuskripte handelte, sagte ich gute Nacht und begab mich ins Bett.

Beim Einschlafen hätte ich schwören können, dass ich das Wort „Gefahr" hörte.

KAPITEL 17

*A*m nächsten Morgen, als ich mir die Eier Benedict und den frischen Obstsalat von William schmecken ließ, kam Rafe mit einem Ausdruck grimmiger Genugtuung herein. „Ich habe deinen Rat befolgt, Lucy, so zweifelhaft er auch war. Ich habe ein paar deutliche Anspielungen verbreitet, dass sich die Manuskripte in meinem Besitz befinden. Es sind bereits Anfragen aus aller Welt eingetroffen."

„Wirklich? Wer hätte gedacht, dass Bibliophile so ein eifriges Völkchen sind."

„Einer sitzt schon im Flieger, um sich mit mir zu treffen."

Oh, da hatte er wirklich den richtigen Nerv getroffen. „Lass mich raten. Handelt es sich dabei um einen gewissen Milliardär aus den Vereinigten Staaten? Ich kann es kaum erwarten, ihn kennenzulernen."

„Du bleibst hier, bis ich mich mit ihm getroffen habe."

Ich wollte mich nicht auf eine sinnlose Diskussion einlassen und bedankte mich bei William noch höflicher als sonst, als er meine Kaffeetasse nachfüllte. „Was sind Ihre Pläne für das Wochenende, William?"

„Ich mache heute Abend das Catering für ein privates Abendessen und morgen für eine Hochzeit im sehr kleinen Kreis."

„Das ist ja fantastisch."

„Und Sie?", fragte er ebenso höflich.

„Ich gehe nach Hause und hole etwas Schlaf nach. Vielleicht sollte ich ins Fitnessstudio gehen, um ein paar Kalorien abzutrainieren."

„Ich denke, du solltest hierbleiben", sagte Rafe, genauso höflich wie William, aber entschiedener.

Meine Gabel klapperte gegen den Teller, als ich sie ein wenig zu hart absetzte. „Rafe, ich bin kein Kind, und ich bin nicht dumm. Ich kann mein Leben nicht aufgeben, weil ein Poltergeist eine Warnung an die Wand geschrieben hat. Außerdem weißt du, dass Granny und Sylvia und die anderen direkt unter mir sind, wenn ich sie brauche."

„Mir gefällt das nicht."

Mit gefiel es auch nicht, dass diese undeutliche Warnung eines Poltergeistes wie ein Damoklesschwert über mir hing. Aber ich konnte mein normales Leben auch nicht einfach auf Eis legen.

„Ist es dir überhaupt gelungen, die Echtheit der Manuskripte zu bestätigen?" Offensichtlich hatte er die ganze Nacht daran gearbeitet.

„Ich bin zuversichtlich, dass sich, wenn ich alles überprüft habe, herausstellen wird, dass es sich tatsächlich um die fehlenden Manuskripte handelt."

Mein Ärger wich einer gewissen Belustigung. „Das sollte wohl Ja heißen."

Sein ausgeprägter Sinn für Humor blitzte in seinen Augen auf. „Das ist ein Ja."

Ich wäre vor Freude fast in die Luft gesprungen. Das Schicksal des ehemaligen Damenkollegs war mir ans Herz gewachsen, und mir lag auch daran, dass Georgiana Quales' Ruf wiederhergestellt wurde. Eines lernte man durch die Kommunikation mit einem Geist jedenfalls: dass die Folgen dessen, was wir im Leben getan haben, weit über den Moment unseres Todes hinausgingen. Georgiana Quales hatte den letzten Teil ihrer Karriere und, wie sich herausstellte, auch ihres Lebens, damit verbracht, das St. Mary's College zu fördern und zu schützen. Ihr früher Tod hatte sie nicht nur daran gehindert, ihre Arbeit fortzusetzen, sondern auch ihren Ruf und ihr Erbe in Frage gestellt. Natürlich war Georgiana Quales eindeutig ehrgeizig gewesen und hat es damit vielleicht ein wenig übertrieben, als sie sich auch nach ihrem Tod weigerte, ihre Ambitionen aufzugeben. Dennoch: Sie hatte die einzigen Mittel eingesetzt, die ihr zur Verfügung standen, und damit auf ihre Art ihr Ziel erreicht. Auf ihre ganz eigene Art hatte sie uns zur Wahrheit geführt.

Rafe fuhr mich zurück in die Harrington Street und betrat unter dem Vorwand, mit Theodore sprechen zu müssen, mit mir den Laden. Er wusste, ich wäre ausgerastet, falls er gesagt hätte, er wolle sich vergewissern, dass weder in meinem Geschäft noch in meiner Wohnung etwas Gefährliches lauerte, aber ich wusste genau, was los war. Trotzdem war es irgendwie schön, einen mächtigen Vampir als Verbündeten zu haben, wenn ein launischer Poltergeist Warnungen an die Wand schrieb. Nachdem wir uns also beide im Laden umgesehen hatten, wo offensichtlich nichts fehlte oder in Unordnung war, sagte er: „Ich glaube, ich habe meinen schwarzen Kaschmirpullover oben in deiner Wohnung vergessen. Hast du etwas dagegen, wenn ich nachschaue?"

Ehrlich? Er war fünfhundert Jahre alt und konnte sich keine bessere Ausrede einfallen lassen als diese? Aber ich ließ ihn nicht auflaufen. Er wollte ja nur sichergehen, dass sich keine Ungeheuer unter meinem Bett versteckten, und ehrlich gesagt ließ ich ihn gern gewähren. Ich würde Rafe gegen jeden Butzemann unterstützen.

Ich folgte ihm nach oben, und er hatte seinen Pullover nicht dort gelassen, was keinen von uns beiden verwunderte. Auch meine Wohnung sah ungestört aus, genauso, wie ich sie verlassen hatte. Unter dem Bett versteckten sich keine Ungeheuer, nur Nyx hatte sich auf meiner Bettdecke breit gemacht und ihren Kopf auf mein Kissen gelegt. Am Vorabend hatte sie sich entschieden, nicht in Rafes Haus zu kommen, und ich dachte insgeheim, dass sie es sehr genoss, die Wohnung für sich allein zu haben und sich auf meinem Bett ausstrecken zu können, ohne dass ich ihr diesen bequemen Platz streitig machte.

Als sie uns sah, streckte sie sich, gähnte, und drehte sich dann auf den Rücken, um sich den Bauch kraulen zu lassen. Eine beunruhigte Katze verhielt sich anders, daher verflüchtigte sich auch der letzte Rest meiner Nervosität.

Da ich schon einmal hier war, setzte ich Kaffee auf. Dank William Thresher war mein Koffeinspiegel in Ordnung, aber ich begann meinen Arbeitstag gern mit einer Tasse Kaffee, und ich hatte die Angewohnheit, Violet mit einer frisch aufgebrühten Tasse zu begrüßen, wenn sie morgens kam.

„Denk daran", sagte Rafe, „auch wenn wir das Manuskript sichergestellt haben, lauert irgendwo noch jemand sehr Gefährliches. Ich möchte, dass du auf der Hut bist."

Ich nickte. Ja, er war überfürsorglich und nervig, aber ich

wusste immer, dass er und meine untoten Freunde da unten mich beschützen würden.

Obwohl ich etwas nervös war, verlief der Tag relativ ereignislos. Judith Morgan tauchte mit Hester auf. Sie sagten beide, dass sie am Montag am Popcorn-Kurs teilnehmen wollten. Damit wäre die Gruppe auf zehn Teilnehmer angewachsen, aber ich dachte, Alice würde das schon schaffen. Judith sah glücklicher aus als das letzte Mal, als ich sie gesehen hatte. „Lucy, das ist meine Freundin Hester. Sie strickt auch. Wir haben beschlossen, beide an deinem Kurs teilzunehmen. Ich hoffe, das ist in Ordnung."

Was sollte ich sagen? Schließlich hatte ich sie ermuntert zu kommen, allerdings ohne zu wissen, dass sie eine Vampirin im Teenageralter mitbringen würde, die ihre Launen nicht immer unter Kontrolle hatte. „Klar", sagte ich, so freundlich ich konnte, und schlug dann vor, dass Violet Judith bei der Auswahl der Wolle helfen sollte, während ich Hester bediente. Ich zog die junge Vampirin von den beiden weg und flüsterte: „Warum machst du das?"

„Ich dachte, du würdest dich freuen."

Ich war eher besorgt, dass Hester nicht aufpasste und unversehens einen ganzen Pullover in der Zeit strickte, die sterbliche Stricker für eine einzige Reihe brauchen. Ich ermahnte sie, in menschlicher Geschwindigkeit zu stricken, woraufhin sie die Augen verdrehte und wegging, um zu schauen, was ihre neue Freundin tat. Sie hatte sich Wolle in einem edlen Blau ausgesucht. „Ich werde einen Pullover für Papa stricken. Graham. Meinen Stiefvater", sagte Judith. Errötet blickte sie mich an. „Ich war nicht sehr nett zu ihm. Und zu Mum."

„Du hast unter Schock gestanden. Ich bin sicher, sie haben das verstanden."

Sie schämte sich aufrichtig und ließ den Kopf hängen. „Ich habe der Polizei gesagt, dass ich ihn an jenem Tag gesehen habe. Du weißt schon, an dem Tag, als mein richtiger Vater gestorben ist."

„Ich erinnere mich, dass du sagtest, er sei im Flur auf dich zugekommen, als du mit Wilfred Eels gesprochen hast." Sie hatte in Amelia Cartwrights Büro von dem Vorfall berichtet. Am Tag davor hatte sie erfahren, dass Wilfred Eels tot war, und dann erst erfuhr sie, dass der verstorbene Hausmeister ihr Vater gewesen war.

„Vielleicht hätte ich es nicht tun sollen, aber es schien mir zu dem Zeitpunkt das Richtige zu sein.

„Und du standest unter Schock", erinnerte ich sie.

„Das sagt Hester auch. Wir haben uns gerade erst kennengelernt, aber sie ist schon eine gute Freundin." Hester strahlte bei diesen Worten. „Das Problem ist, dass er in große Schwierigkeiten hätte geraten können."

„Hat die Polizei also nachgehakt?"

Sie wickelte Wolle um ihren Finger und wickelte sie dann wieder ab. „Ja. Es stellte sich heraus, dass er an jenem Abend in die Bibliothek gegangen war und meinen richtigen Vater zur Rede gestellt hatte. Natürlich hatte er ihn wiedererkannt. Er hat es nur nicht gleich zugegeben."

Das kann für die Polizei nicht gut ausgesehen haben. „Und was ist passiert?" Fiona McAdam hatte ja gesagt, sie habe laute Stimmen in der Bibliothek gehört. Zwei Männer. Das war also keine Halluzination gewesen.

Ihr Gesicht sah fleckig aus, als hätte sie ausgiebig geweint. „Es war furchtbar. Sie haben ihn auf die Polizeiwache gebracht. Mum war außer sich." Das wäre jede Frau, wenn ihr Mann ihren früheren Ehemann umgebracht hätte.

„Die Sache ist die, er war immer so lieb zu mir, und er ist nicht einmal mein richtiger Vater." Sie reihte die Wollknäuel auf dem Tresen auf. „Er würde alles für mich tun. Ich möchte ihm beweisen, dass es mir leidtut."

Und der Pullover würde ihn im Winter warmhalten, wenn er ins Gefängnis käme.

„Darüber wird er sich freuen."

„Aber erzähl doch Lucy die gute Nachricht", sagte Hester.

„Gibt es eine gute Nachricht?"

„Ja. Dad sagte, sie hätten sich gestritten und er hätte Wilfred Eels gesagt, er solle sich von mir fernhalten. Ich glaube, er hat vielleicht ein paar Drohungen ausgesprochen, aber mir erzählt sowieso nie jemand alles."

„Ich weiß genau, was du meinst", stöhnte Hester.

Ich war überrascht, dass ich noch nichts von einer Verhaftung gehört hatte, aber Theodore war ja weggewesen und Rafe war mit den Manuskripten beschäftigt. „Wo ist Graham Morgan jetzt?"

Sie schaute auf, als würde sie sich über meine Frage wundern. „Auf der Arbeit, nehme ich an. Wieso?"

„Also hat die Polizei ihn nicht festgenommen?"

„Oh, nein. Am Anfang sah es schlecht für ihn aus. Er schwor, dass Wilfred Eels noch gelebt hatte, als er St. Mary's verließ. Zum Glück hatte er auf dem Heimweg an einer Tankstelle angehalten. Sie haben das Videomaterial gefunden, und es beweist, dass er die Bibliothek vor Wilfreds Tod verlassen hat."

„Dann könnt ihr ja aufatmen."

„Ja. Ich habe aber trotzdem ein schlechtes Gewissen. Also

werde ich ihm einen Pullover stricken." Sie sah auf. „Er hätte nicht so auf meinen leiblichen Vater losgehen sollen, aber er hat es für mich getan."

„Ich glaube wirklich, dass er sich über diesen Pullover freuen wird. Er wird ihn bestimmt überall anziehen."

„Wenn er Mum gefällt, mache ich ihr danach auch noch einen."

Hester schaute zu und sagte dann: „Meinst du, Carlos würde ein Pullover in diesem Blau gefallen?"

Judiths nachdenklicher Gesichtsausdruck wich einem Grinsen. „Oho, wir stricken ihm einen Pullover, was? Ich dachte, ihr wärt bloß Freunde."

Sie kicherten und schubsten sich gegenseitig. Es sah so aus, als hätten sie sich in kurzer Zeit sehr gut angefreundet. Ich hoffte nur, dass Carlos von Hesters plötzlichem Auftauchen in seinem Leben nicht überwältigt war. Sie kannte ihn erst seit ein paar Tagen und strickte ihm schon einen Pullover.

Als sie gegangen waren, sagte Vi: „Du solltest auch am Popcorn-Kurs teilnehmen, Lucy."

„Ist der für mich nicht ein bisschen zu fortgeschritten?"

Sie kicherte. „Schätzchen, du meinst ja schon, nur die Nadeln in die Hand zu nehmen, sei für dich zu fortgeschritten. Du wirst nie eine gute Strickerin, wenn du nicht wirklich etwas strickst."

„Ich stricke. Ich habe Granny diesen Pullover gestrickt. Und ich arbeite an einem Schal." Sie sah mich an, als wollte sie sagen, ich solle mich nicht lächerlich machen. „Ich weiß. Du hast ja recht. Es ist nur so, dass es im Moment so viele andere Dinge zu tun gibt. Vermisste Manuskripte und ruhelose Poltergeister ..."

„Dunkle, sexy Vampire", Beendete sie meinen Satz für mich.

„In Ordnung. Rafe lenkt mich ab. Aber er ist auch ein guter Freund."

„Mehr als das, glaube ich."

Es war mir immer unangenehm, mit meiner verwirrenden Beziehung konfrontiert zu werden. „Wirklich, ich bin mir nicht sicher …"

„Lucy, verdirb mir doch nicht immer den Spaß. Mein eigenes Liebesleben ist eine Katastrophe nach der anderen. Lass mir wenigstens die Hoffnung, dass du eine Liebe findest, die lange hält."

Mein Herz wurde ihr gegenüber sofort weicher. „Du wirst sie auch finden, Vi. Es gibt für jeden jemanden auf der Welt."

Sie seufzte. „Oder vielleicht bekommen einige Leute mehr als ihren gerechten Anteil an diesen Jemanden." Dabei warf sie mir einen vielsagenden Blick zu. „Während andere keinen abbekommen."

Ich wusste nicht, was ich erwidern sollte, und freute mich – etwas schuldbewusst –, als die Glocken an meiner Ladentür bimmelten und Kundschaft ankündigten. Es war Eileen, die noch mehr blassblaue Babywolle brauchte. Ganz stolz holte sie einen fertigen Pullover aus ihrer Tasche. „Ich habe meinen Popcorn-Pullover fertig. Ist der nicht süß?"

Natürlich war er blassblau und in Enkelgröße. „Aber damit bist du ja den anderen im Kurs weit voraus", protestierte ich lachend.

„Ich weiß. Das Popcorn-Muster gefällt mir so gut, dass ich für meine Tochter, also seine Mutter, dazu einen passenden Pullover stricken werde." Sie nahm sich weitere sechs Stränge von der babyblauen Wolle. Ich war leicht entsetzt über die

Farbwahl. Die frischgebackene Mutter hätte sicher schon genug Probleme, ohne noch dazu einen Babypulli in Übergröße tragen zu müssen. So taktvoll wie möglich fragte ich: „Bist du dir sicher mit der Farbe?"

Eileen lachte. „Oh nein, die babyblaue Wolle ist für eine kleine Decke, die ich für den kleinen Henry stricken werde. Für meine Tochter dachte ich an etwas Gewagteres. Was hältst du von diesem rosa-roten Farbton?" Violet konnten ihre Wahl nur befürworten, es war wirklich ein sehr schönes Rosa. „Die bringe ich am Montag mit. Und soll ich auch den fertigen Babypulli mitbringen? Meint ihr, die anderen im Kurs würden den gerne sehen? Oder würde das zu angeberisch wirken?"

Da ich wusste, dass Alice die netteste Frau der Welt war und dass Eileen nichts lieber tat, als die Bilder von ihrem Enkel und alles, was sie für ihn gestrickt hatte, zu zeigen, sagte ich ihr, sie solle das ruhig machen. „Und bring auch neue Fotos von ihm mit, wenn du welche hast."

Vielleicht würde keiner von uns bei dem Baby nach einer Woche einen großen Unterschied sehen, aber sie verließ den Laden als sehr zufriedene Kundin.

Den Rest des Wochenendes verbrachte ich mit Schlafen, mit dem Üben des Popcornmusters und mit der ernsthaften Überlegung, ins Fitnessstudio zu gehen.

m Montagabend war ich gut ausgeruht und fühlte mich bereit, den Strickkurs in Angriff zu nehmen. Die Mitglieder von Alices Popcorn-Strickkurs waren inzwischen ziemlich gut miteinander vertraut. Judith Morgan hatte über ihre Strickkünste nicht gelogen. Sie und Hester hatten einen Teil ihres Wochenendes mit der Wolle und den Mustern verbracht und rasch nachgeholt, was sie verpasst hatten. Es war schön zu sehen, dass Hester glücklich und fast normal aussah, als sie zusammen mit einer gleichaltrig aussehenden Freundin einen Pullover aus der gleichen Wolle strickte wie diese.

Die Schwestern Watt waren keine besonders geschickten Strickerinnen. Wie ich hatten sie ja ein Geschäft zu führen. Im Gegensatz zu mir hatte ihr Geschäft nicht wirklich etwas mit Stricken zu tun. Sie waren zu dem Entschluss gekommen, dass ein Pullover vielleicht ein bisschen zu kompliziert für sie war, und dass sie stattdessen lieber Sofakissenbezüge stricken wollten. Hudson Carter konnte nicht kommen, da er eine Prüfung hatte, aber Eileen war da und hatte noch mehr

Bilder von Baby Henry dabei, die wir alle bewundern konnten, und dazu den perfekten kleinen handgestrickten Pullover.

„Ich kann kaum glauben, dass du schon fertig bist", sagte Scarlett und hielt ihre eigene, kaum begonnene Strickarbeit hoch.

Eileen sah etwas verlegen aus. „Aber es ist doch nur ein kleiner Pullover."

Auch heute hielt ich Ausschau nach Fiona, und als ich sie nicht sah, nahm ich an, dass ihr Arm noch nicht richtig verheilt war. Doch kurz vor sieben stürmte sie herein. Ihre Wangen waren rot, als wäre sie den ganzen Weg von St. Mary's hierhergelaufen, aber vielleicht lag es auch an der Kälte. Ich freute mich, sie zu sehen, denn ich hatte vorgehabt, sie und Judith Morgan in einem entspannten und freundlichen Umfeld zusammenzubringen. Ich hoffte, Judith könnte Fiona ebenso als nette Hobby-Strickerin wie auch als Dozentin wahrnehmen und Fiona könnte in Judith mehr sehen als nur eine Studentin. Judith bekäme dadurch nicht unbedingt bessere Zensuren, aber ich hoffte, dass sie es schaffen würden, eine positive und freundschaftliche Beziehung zueinander aufzubauen.

Fiona sah überrascht aus, Judith im Kurs zu sehen, und bei der Begrüßung wirkten beide etwas verlegen. Neben Judith war ein Platz frei, und ein weiterer neben Florence Watt. Ich sah, dass Fiona zögerte, bevor sie sich neben ihre Studentin setzte. Sie wechselten ein paar freundliche Worte über das Stricken, verglichen ihre Wolle, und ich nahm mit einem erleichterten Seufzen den verbleibenden Platz neben Florence ein.

Einen Kissenbezug zu stricken, hielt ich für eine sehr gute

Idee und dachte, dass ich vielleicht lieber damit das Popcorn-muster üben sollte, anstatt mir mit dem Versuch, einen trag-baren Pullover hinzubekommen, zusätzlichen Stress aufzubürden.

Alice verbrachte etwa fünfzehn Minuten damit, das Muster zu erklären und die schwierigen Stellen zu erläutern. Dann sagte sie, dass sie jeder helfen würde, die nicht klar-käme oder Fragen hätte. Sie stand auf und ging im Kreis herum, betrachtete die Arbeit jedes Einzelnen, machte Vorschläge oder lobte. Ansonsten saßen wir einfach da und strickten.

Das kam uns allen entgegen, da wir sowohl in Bezug auf die Pullover als auch in Bezug auf unsere Strickkünste unter-schiedlich weit gediehen waren.

Da ich mich auf mein Muster konzentrieren musste, hatte ich nicht viel Zeit, mich zu unterhalten, aber alle anderen schienen recht gesprächig zu sein. Wir hörten alles über den kleinen Henry, wie oft er lächelte und wie intelligent er war, weil er so wenig schlief. Vielleicht um dem Gespräch eine andere Wendung zu geben, sagte Florence: „Alice, du wirst eine wunderbare Mutter sein."

Alice errötete tief und bedankte sich.

Eileen lachte. „Aber nicht zu bald, hoffe ich. Ich rate Paaren immer, ihre Ehe ein paar Jahre zu genießen, bevor sie sich in die Elternschaft stürzen."

„Ja, zuerst musst du sicher sein, dass die Ehe hält", sagte Mary. „Und du musst dir sicher sein, dass dein Gemahl deiner würdig ist." Da sie aus eigener Erfahrung sprach, folgte darauf eine peinliche Pause.

Um diese zu füllen, meldete sich Fiona zu Wort. „Ich bin

absolut derselben Meinung. Ich bin so froh, dass ich nie Kinder bekommen habe.“

Ich war überrascht. Ich hatte sie für eine alleinstehende Frau gehalten. „Bist du denn verheiratet, Fiona?“

„Ich war es einmal. Wie so viele Ehen begann sie mit Leidenschaft und Vorfreude und endete an einem verregneten Dienstagmorgen in einer Anwaltskanzlei. Eigentlich ist es mir egal. Ich bin mit meinem Job verheiratet. Wenigstens hatten wir keine Kinder.“

„Wäre meine Mutter während ihrer unglücklichen ersten Ehe nicht schwanger geworden, dann wäre ich jetzt nicht hier“, sagte Judith und rammte die Stricknadel in ihre Wolle.

Oje. Bislang schien mein Plan, die beiden einander näher zu bringen, nicht zu funktionieren.

Während ich mir den Kopf darüber zerbrach, was ich sagen sollte, und gleichzeitig meine Maschen zählte, ergriff Fiona wieder das Wort. „Du hast recht, Judith. Denk nur, wie viele unserer Lieblingsromane es nicht geben würde, wenn die Heldinnen immer alles richtig gemacht hätten. Hätte Hester Prynne im entscheidenden Moment ‚Nein‘ gesagt, hätte es ihre Tochter Pearl, die kostbare Perle, nie gegeben.“

„Was?“, fragte meine Hester.

„Der scharlachrote Buchstabe“, sagte Judith.

„Wenn *Jane Eyre* eine andere Stelle gefunden hätte.“

„Wenn Scrooge nicht drei Geister erschienen wären.“ Damit hatte ich meine eigenen literarischen Was-wäre-wenn-Perlen beigesteuert, aber mir wurde mir klar, dass es nicht gerade geschickt gewesen war, Geister ins Gespräch zu bringen.

Alice, die in einer Buchhandlung arbeitete, wahrscheinlich noch mehr Bücher las als Fiona und nichts von dem Poltergeist in St. Mary's wusste, sagte: „Es ist interessant, wie oft Geister benutzt werden, um die Handlung voranzutreiben. Hamlet war nur ein unglücklicher Student, bis ihm der Geist seines Vaters erschien und Rache forderte. Und, wie Lucy sagt, verändern die drei Geister in Charles Dickens' *Weihnachtsmärchen* nicht nur das Leben von Scrooge, sondern auch das vieler Menschen, denen er dann helfen kann." Ich war so beeindruckt, dass sie ein literarisches Gespräch führen konnte, ohne ihr Stricktempo im Mindesten zu verringern.

„Der Vater hat Hamlet allerdings keinen Gefallen getan, nicht?" Ich dachte immer noch darüber nach. „Indem er ihm erschien und ihn Rache schwören ließ, stürzte er seinen Sohn in eine große Tragödie. Hamlet hätte um seinen Vater trauern und trotzdem Verachtung für seinen Onkel empfinden können, aber er wäre nicht zur Rache getrieben worden, wenn er nicht von dem Verrat erfahren hätte. Vielleicht wäre es besser für ihn gewesen, wenn er es nicht gewusst hätte."

Wieder Verrat. Da war es, das Stichwort, das mir der Geist gegeben hatte, so wie Hamlets Vater diesem von einem Verrat erzählt hatte. War es unter Geistern üblich, Lebende auf diese Art herauszufordern und sich in ihr Leben einzumischen? Vielleicht saßen sie in ihrem Geisterreich wie Regisseure und Drehbuchautoren und warfen den Lebenden Probleme hin, als wären diese Marionetten oder Schauspieler.

Über die Geister in den Büchern machte ich mir jedoch weniger Gedanken. Mehr Sorgen machte mir der Geist, der mir selbst Botschaften hinterlassen hatte. Wer hatte Georgiana Quales verraten? Und warum dachte sie, ich sei in Gefahr?

Ich hatte das Gefühl, dass ich, wenn ich die Antwort auf die erste Frage fände, auch die Antwort auf die zweite erhalten würde.

Ich hatte zwar die Literatur nicht mit Löffeln gefressen, wie die meisten hier im Raum, aber ich hatte Hamlet in der Schule gelesen und auch die verfilmte Theaterversion mit Benedict Cumberbatch in der Hauptrolle gesehen. Hamlet lockt die Verräter mit einem Theaterstück aus der Reserve. Und das brachte mich auf eine Idee.

Währenddessen unterhielten sich Judith und Fiona weiter. Fiona legte ihr Strickzeug oft weg, um sich den Arm zu reiben. Als ich sie fragte, ob er ihr wehtat, sagte sie, es sei Teil der Therapie, den Arm viel zu benutzen.

„Ich kann dir bei deinem Vortrag helfen, wenn du willst. Ich könnte schwere Bücher tragen oder so."

„Das ist sehr nett von dir. Aber ich möchte dich nicht ablenken. Ich werde viel über den Proto-Feminismus sprechen, und darüber, wie subtil Charlotte ihre subversiven Gefühle mit anderen Frauen teilte."

Am Ende der Strickstunde konnte ich mit Genugtuung feststellen, dass Fiona und Judith viel freundlicher miteinander umgingen, dass sich alle auf die nächste Woche freuten und dass ich sogar ein paar ansehnliche Reihen hatte stricken können. Aber etwas anderes war noch besser. Ich hatte einen Plan.

Ich war nicht im Geringsten überrascht, als ich in meine Wohnung zurückkam und Rafe dort vorfand. Allerdings saß er vor meinem Fernseher. Er sah so selten fern, dass ich zweimal hinschauen musste.

Er sah auf. „Du bist sicher überrascht, mich zu sehen."

„Rafe, ich wäre schockiert gewesen, wenn du nicht hier gewesen wärst." Wenn ich heute Abend in Gefahr gewesen wäre, wäre er mit ausgefahrenen Reißzähnen unten gewesen, das wussten wir beide. Er versuchte nicht, es zu leugnen. „Ich nehme an, die Strafe für deinen übermäßigen Beschützerdrang ist, hier oben festzusitzen, wo du nichts zu tun hast außer Fernsehen. Was läuft den gerade?"

Er saß auf der Couch und Nyx hatte sich in seinem Schoß zusammengerollt. Ich schaute auf den Bildschirm und begann zu lachen. „Du schaust *Ghostbusters*?"

„Ja."

„Willst du diese Typen anheuern, um den Poltergeist loszuwerden?"

Er schaute über seine lange Nase auf mich herab. „Ich finde es anstrengend, deine entsetzlichen kulturellen Anspielungen nicht zu verstehen. Daher habe ich beschlossen, mir den Film anzuschauen, von dem du und Violet anscheinend so begeistert seid."

„Das muss ich sehen."

Ich warf mein Strickzeug beiseite, setzte mich neben ihn auf die Couch und schaute *Ghostbusters*. Vielleicht lachte Rafe nicht so laut wie ich, aber ich habe ihn auf jeden Fall in sich hineinlachen hören.

„Und?", fragte ich, als es zu Ende war. „Was hältst du davon?"

„Der Film war auf alberne Art gewissermaßen unterhaltsam."

Ich drehte mich zu ihm um. „Und wenn ich in deine Zeit zurückreisen könnte? Ich wette, auch damals gab es viel alberne Unterhaltung. Du kannst nur von Glück sagen, dass nichts davon überlebt hat."

„Und du hast das Pech, dass heutzutage alles überlebt."

Nun, da konnte ich ihm nicht widersprechen. Stattdessen berichtete ich ihm die gute Neuigkeit. „Ich habe einen Plan."

Er schien von der Idee nicht begeistert zu sein. „Lucy, wann immer du einen Plan hast, geht er unweigerlich schief."

Da konnte ich ihm auch nicht widersprechen, aber wie Hamlets Geist und Scrooges Geister und sogar der *Stay Puft Marshmallow Man* bekamen Geister einiges erledigt.

Und auch er wusste, dass einige meiner verrückten Ideen funktionierten. Ich erklärte ihm also, dass wir die Manuskripte in die Bibliothek zurückbringen und sehr deutlich machen sollten, wo sie aufbewahrt wurden.

„Du willst aller Welt mitteilen, dass zwei äußerst wertvolle und unersetzliche Manuskripte in einer Schulbibliothek liegen?"

„Ja", sagte ich genüsslich. „Die Sache ist nur die, dass es natürlich nicht die Originale sind. Wir machen Kopien."

Er schwieg so lange, bis ich schließlich herausplatzte: „Was? Findest du die Idee so schrecklich? Du hast doch bereits einen Köder ausgelegt und Andeutungen gemacht, dass du die Manuskripte hast."

„Nein. Es ist so einfach, dass es genial ist."

Kaum war ich damit fertig, mich zu meiner eigenen Genialität zu beglückwünschen, sprach er weiter. „Aber du wirst dich von der Bibliothek fernhalten."

Ich setzte zu meiner Verteidigung an. „Kommt nicht in Frage."

Rafe überarbeitete meinen Plan ein wenig, und ich musste zugeben, dass er ihn verbesserte. Anstelle einer plumpen öffentlichen Bekanntmachung beschloss er, dass nur zwei Personen informiert würden. Ein Händler für seltene Manuskripte mit großer Klappe und vielen Beziehungen und Amelia Cartwright. „Sie ist die einzige Person außer dir, bei der ich mir sicher bin, dass sie nichts mit Diebstahl oder Gewalt zu tun hat."

Es bestand die Möglichkeit, dass sie irgendein finsteres Spiel spielte, aber ich musste zugeben, dass das unwahrscheinlich war, und irgendjemandem mussten wir schließlich vertrauen. Amelia Cartwright die Wahrheit zu sagen, bedeutete natürlich auch, dass ihre Assistentin und die Vorstandsmitglieder von dem Fund erfahren würden. Sonst wüsste es niemand.

„Und wie würdest du es begründen, die Manuskripte in der Bibliothek aufzubewahren? Wird Amelia Cartwright sie nicht sofort im Safe einschließen?"

„Wenn ich dazu gedrängt werde, versichere ich Professor Cartwright, dass die Originale sicher sind und es sich um Kopien handelt. Wir werden morgen die Falle aufstellen und hoffen, dass die Ratte den Köder frisst."

Rafe versuchte erneut, mir das Betreten der Bibliothek auszureden, indem er sich auf die Warnhinweise an der Wand berief, aber ich blieb hartnäckig. Ich erinnerte ihn daran, dass er auch da wäre und nicht zulassen würde, dass mir etwas passierte. Außerdem würde Amelia Cartwright zweifellos zusätzliche Sicherheitsleute einstellen. Schließlich stimmte er widerstrebend zu, dass ich mitkommen durfte. Und so fand ich mich am nächsten Abend erneut in der Bibliothek von St. Mary's wieder. Ich hatte schon früher schlechte Erfahrungen in Bibliotheken gemacht, als ich an der Uni dort ganze Nächte durchmachte und wegen meines

Kicherns zum Schweigen ermahnt wurde, aber in meinem ganzen Leben hatte ich noch nie so schlechte Erfahrungen in einer Bibliothek gemacht wie hier in St. Mary's. Und doch war ich wieder hier.

Ich war ganz in Schwarz gekleidet, weil es mir passend erschien. Rafe hob eine Augenbraue, als er mein Outfit sah, aber es gab nicht viel, was er sagen konnte. Auch er war ja ganz in Schwarz gekleidet. Allerdings reichte seine Farbpalette meist von Schwarz über Grau bis Blau – allerdings Marineblau, nicht Himmel- oder Babyblau. Ganz in Schwarz war also keine große Veränderung.

Wir warteten, bis die Bibliothekare nach Hause gegangen waren, und schlichen uns dann leise in die Bibliothek. „Bist du sicher, dass es heute Abend passieren wird?", fragte ich. Das Problem beim Auslegen von Fallen war, dass man nicht wusste, wann das gewünschte Ungeziefer um die Falle herumschnüffeln würde.

„Nein. Ich denke aber, dass es bald so weit sein wird. Jemand wartet schon seit langer Zeit auf die Manuskripte. Und der wird sie sich schnell schnappen wollen, bevor sie an einen anderen Ort gebracht oder verkauft werden."

Das Gute an Rafes Gesellschaft war, dass ich mir wegen des Poltergeists keine allzu großen Sorgen machen musste. Ich hatte sogar meine Schutzkristalle abgenommen, denn wenn Rafe hier war, würde der Poltergeist nicht auftauchen, und ich hatte keine Lust, den Übeltäter zu verscheuchen, indem ich bei jeder Bewegung mit den Kristallen rasselte. Wir befanden uns im Hauptgeschoss der Bibliothek, ein Stockwerk höher als der Eingang zum College. Die Treppe, die Wilfred Eels hinuntergestürzt war, war immer noch abgesperrt, also mussten wir durch das College gehen, um hierher zu gelangen. Alles schien ruhig zu sein.

Rafe war ein Geschöpf der Dunkelheit und der Nacht, und so schien es ihm gar nichts auszumachen, in einer Nische zu sitzen. Er entschied sich für die Nische direkt gegenüber der Abteilung für Handarbeitsbücher, in der die ledergebundenen Bücher mit Handschriften genauso wieder hingestellt worden waren, wie sie vorher gestanden hatten. Der einzige Unterschied bestand darin, dass wir Kopien der Manuskripte anstelle der Originale geliefert hatten. Die handschriftlichen Kopien rechtzeitig fertig zu bekommen, war wirklich ein Wettlauf mit der Zeit gewesen. Silence hatte die Handschrift von Charlotte Brontë am besten nachahmen können, und Theodore kopierte alle Zeichnungen. Shelleys Schrift wurde von Carlos imitiert, der sich als hervorragender Fälscher erwies. Ich begann zu glauben, dass es bei Carlos noch viel zu entdecken gab. Hester hatte natürlich darauf bestanden, auch eine Aufgabe zu übernehmen, und sie musste die Seiten zusammenstellen und mit den Originalen vergleichen. Rafe übernahm das Binden der Bücher, und zwar so originalgetreu, dass ich das Original nicht von der Fälschung hätte unterscheiden können.

Rafe ließ sich schweigend und regungslos auf einem Stuhl nieder. Ich jedoch war ein Tagwandlerin, und zwar eine ruhelose, auch zu meinen besten Zeiten. Und ich durfte nicht einmal das Licht anmachen, um eines der äußerst langweiligen Bücher dieser Bibliothek zu lesen. Der Bildschirm meines Telefons leuchtete, also war das auch tabu. Ich wollte mir nicht mit Rafe eine Nische teilen und mich von ihm wegen meiner Zappelei anstarren lassen, also wählte ich die nächste Nische. Von dort hatte ich einen Blick auf die Türen der Bibliothek und auf Teile der Handarbeitsabteilung. So würde mich niemand überraschen können.

Ich saß dort im Dunkeln und fragte mich, ob dies die erste von vielen Nächten wäre, in denen ich hier sitzen und auf jemanden warten müsste, der vielleicht nie auftauchen würde.

Und ohne etwas zu tun zu haben.

Mann, die hätten hier drin ein paar bequemere Stühle gebraucht. Der Stuhl war hart und schien von einer Sekunde zur anderen härter zu werden. Die Stuhllehne grub sich in meine Schulterblätter. Wer hat eigentlich diese Foltergeräte entwickelt? Kein Wunder, dass so viele Kinder die Schule hassten.

Ich schaute auf meine Uhr. Wir waren seit zehn Minuten hier. Mir war so langweilig, dass ich versuchte, alle Wollnamen aufzuzählen, die ich in meinem Geschäft verkaufte. Angefangen mit der linken Ecke der Wand hinter der Kasse machte ich die Runde. Dabei überging ich alle Wollsorten, die mir nicht einfielen, und das waren eine ganze Menge.

Dann versuchte ich, mir meine Lieblingsstellen aus *Ghostbusters* in Erinnerung zu rufen. Das war unterhaltsamer, aber ich fing versehentlich an, laut zu kichern, also musste ich aufhören.

Ich konnte etwas bequemer sitzen, wenn ich meinen Kopf auf den Schreibtisch legte, mit meinen Armen als Kissen.

Ich wusste nicht, dass ich eingeschlafen war, bis mich etwas aufweckte. Anfangs dachte ich, ich hätte einen Albtraum, inmitten von Dunkelheit und Büchern, mit Schmerzen im Kreuz. Niemand wusste besser als ich, dass Bücher Albträume auslösen konnten. Bücher konnten Waffen sein, und ich das meine ich nicht im Sinne von „die

Feder ist mächtiger als das Schwert". Ich dachte eher an Poltergeister, die schwere Bücher nach mir werfen. Dann ging mein ganzer Körper in Alarmbereitschaft. Jemand war in die Bibliothek gekommen. Genau genommen sogar zwei. Ich sah ihre Schatten, die sich in der schwachen Nachtbeleuchtung bewegten.

Mein Herz klopfte, und ich war sehr froh, dass Rafe in der Nähe war, auch wenn niemand es je erfahren würde. Er war schweigsamer als die Bücher und saß genauso still. Ich musste seinem Beispiel folgen und reglos sitzen bleiben.

Ich fragte mich, ob es ein falscher Alarm war, und nur ein paar Studenten hereinschlichen, um Forschungsmaterial zu suchen, aber niemand schaltete das Licht an. Sie bewegten sich unglaublich leise. Die vordere Person war klein und drahtig, eine größere, massigere Figur folgte. Zielsicher gingen sie auf die Handarbeitsabteilung zu. *Ja.* Mein Plan funktionierte.

Bis auf die Tatsache, dass ich jetzt natürlich mit ein paar Leuten konfrontiert war, die möglicherweise einen Mord begangen hatten. Mit Rafe fühlte ich mir hier ziemlich sicher, aber trotzdem fürchtete ich mich davor, dieser Art des Bösen so nahe zu kommen.

Damit Rafe mir erlaubte, heute Abend mitzukommen, hatte ich ihm versprechen müssen, alles ihm zu überlassen. Das tat ich nur allzu gerne. Ich war nichts weiter als eine stille Zeugin und wahrscheinlich die Anruferin beim Notruf 999, falls wir Wilfrid Eels Mörder in die Falle gelockt hätten.

Eine Taschenlampe wurde eingeschaltet, und in ihrem Lichtschein erkannte ich Travis, den Wartungstechniker. „Hier wird es sein, Mr Cameron", sagte er leise. Ich beobachtete und wartete, und ich spürte, wie Rafe beobachtete und wartete, als die beiden mehrere Manuskriptordner herunternahmen, bevor sie die richtigen fanden. Wir hatten Amelia Cartwright allgemeine Beschreibungen der beiden Ordner gegeben, wollten aber nicht zu genau sein, falls unsere Diebe Verdacht schöpften. Zu meiner Überraschung erkannte ich sogar den großen Kerl. Es war der Mann, den ich in der Nacht, in der Wilfred Eels ermordet wurde, mit Cassandra Telford vor meinem Laden gesehen hatte. Das war also Reginald Cameron. Ich spürte, wie der heiße Zorn in mir hochstieg. Warum hatte ich den büchersammelnden Milliardär nicht mit dem Mann in Verbindung gebracht, den ich in Begleitung von Cassandra Telford gesehen hatte? Das hätte uns allen bei der Ergreifung des Täters viel Zeit ersparen können. Nun, jetzt würden wir ihn ja bekommen.

Natürlich wartete ich ungeduldig darauf, dass sie die Manuskripte von Brontë und Shelley finden würden. Ich hatte mein Handy bereit, um sie auf frischer Tat zu filmen, aber noch nicht sofort. Wir warteten genau auf den Moment, als die beiden gebundenen Bücher offen auf dem Tisch lagen und Reginald Cameron, nachdem er die kostbaren Manuskripte in Augenschein genommen hatte, einen kleinen Freudenschrei ausstieß. „Endlich", sagte er fast ehrfürchtig.

Seine Freude währte nicht lange. Amelia Cartwright, die sich geweigert hatte, bei der verdeckten Operation außen vor zu bleiben, schaltete die großen Scheinwerfer ein, und ich begann, mit meiner Kamera zu filmen. Beide Männer blickten mit demselben Ausdruck von Entsetzen und Überraschung auf. Doch dann wurden ihre Reaktionen sehr unterschiedlich. Travis ließ die Taschenlampe fallen und sprintete zur Tür. In Sekundenschnelle war Rafe an ihm dran und jagte ihn zur Tür hinaus.

Amelia Cartwright ging auf den amerikanischen Milliardär und Büchersammler zu. Er blieb bei den Büchern, als wüsste er, dass er nur ein paar Minuten Zeit mit ihnen verbringen konnte und keine Sekunde verschwenden durfte. Sie sagte, als wäre er ein extrem schlechter Schüler, den sie von der Schule verweisen wollte: „Reginald Cameron, ich bin sehr enttäuscht von Ihnen."

„Bitte, Professor Cartwright. Ich zahle Ihnen jede Summe. Diese muss ich haben."

„Erzählen Sie das dem Richter", sagte sie im knappen Tonfall einer Rektorin und führte ihn am Arm zur Tür. „Kein Manuskript ist es wert, dafür zu töten."

„Töten? Was soll das heißen? Sehen Sie. Wir können uns einig werden. Ich habe genug Geld, um dieses College für die Ewigkeit auszustatten. Shelley können Sie behalten. Alles, was ich will, ist Brontë."

Als sie an der Tür ankamen, drehte sich Amelia um, weil sie wusste, dass ich dort irgendwo war. „Bitte, Lucy, bleib bei diesen Manuskripten, bis ich zurückkomme."

Cameron versuchte immer noch, einen Deal auszuhandeln, als sich die Tür hinter ihnen schloss. Ich schaltete mein Telefon aus und ging hinüber zu den Manuskripten, die offen auf dem Tisch lagen. Ich starrte auf sie hinab. Ich stellte mir die beiden Schriftstellerinnen vor, wie sie sich über Seiten wie diese beugten und ihre Geschichten schrieben, ohne zu ahnen, dass jemand eines Tages Millionen für diese hingekritzelten Seiten bezahlen würde. Oder dafür töten würde.

Verrat. Das Wort hallte um mich herum, als ob Georgiana Quales es mir ins Ohr geflüstert hätte. *Gefahr.* Irgendetwas stimmte hier nicht.

Verrat. Gefahr.

Dann wurde mir klar, wie dumm ich gewesen war, denn plötzlich fügten sich alle Teile des Puzzles in meinem Kopf zusammen. Wir hatten einen Fehler in unserer Planung gemacht. Jetzt wusste ich es, ganz deutlich.

Ich musste hier weg, ich musste die echten Manuskripte schützen. Ich musste es Rafe sagen.

Ich drehte mich ruckartig um, denn der Drang zu rennen war so stark, dass ich ihm nicht widerstehen konnte. Diese plötzliche Drehung rettete mir das Leben.

Eine Marmorbüste stürzte auf mich herab. Schemenhaft sah ich, dass es Charlotte Brontë war, die als Waffe benutzt wurde. Hätte ich mich nicht umgedreht, wäre sie auf meinen Hinterkopf geprallt und hätte diesen zweifellos zerschmettert. Zwar zuckte ich zurück, aber nicht schnell genug. Als ich meinen Arm hob, um den Schlag abzuwehren, wurde ich am Arm und an der Schulter getroffen. Der Schmerz war so plötzlich, schockierend und intensiv, dass ich stolperte und fiel. Fiona McAdam stand über mir und umklammerte die Büste ihres Idols, mit einem beunruhigenden Leuchten in ihren Augen.

Ich hörte das Knacken, als mein Hinterkopf auf dem Tisch aufschlug, und dann stürzte ich in die Dunkelheit. Fiona McAdam. Sie war die Verräterin. Sie war es, die eine Gefahr für mich darstellte. Jetzt wusste ich alles, und es war zu spät.

Sie stellte die Büste ab. Ich hörte, wie sie den Tisch berührte, und dann war ich mir vage bewusst, dass ihre Hände meine Achseln umklammerten und sie mich zog. Der Schmerz in meiner Schulter und in meinem Kopf war so stark, dass ich schwach „Nein" rief.

„Ruhe."

„Verrat. Du warst es."

Wie hatte ich nur so dumm sein können? „Vor elf Jahren hast du *Landschaften des Geistes* veröffentlicht. Du hast sogar Monate im Brontë-Parsonage-Museum verbracht. Warum, wenn du nicht die Originalmanuskripte untersucht hast?"

Ich stöhnte, als sie mich über den Boden stieß.

„Du wusstest von dem Brontë-Manuskript hier in St. Mary's. Du musst Georgiana Quales kennengelernt haben, und sie hat es dir als Kollegin für deine Studien zur Verfügung gestellt. Aber du wolltest mehr, nicht wahr? Du wolltest das Manuskript ganz für dich."

Sie lachte leise. „Deine Erkenntnis kommt etwas spät, nicht wahr? Du bist kein Sherlock Holmes, meine Liebe. Du bist noch nicht einmal Miss Marple. Die konnte wenigstens ordentlich stricken."

So etwas nannte man, jemandem einen Schlag zu versetzen, wenn er bereits am Boden lag.

„Georgiana Quales schöpfte Verdacht, dass du von Charlotte Brontë besessen warst. Ich hätte es merken müssen, als ich damals in deiner Wohnung war. Ich dachte nur, du wärst eine eifrige Lehrerin."

Sie zog mich vorwärts, aber langsam, und dabei grunzte und stöhnte sie fast so sehr wie ich. Plötzlich ließ sie mich fallen, und mein Kopf schlug auf dem Boden auf. Ich konnte halb erkennen, wie sie neben mir saß und sich den Arm rieb. Er hatte sich von den Verletzungen der letzten Woche noch nicht erholt. Dumm gelaufen, vor allem, da sie sich diese selbst zugefügt haben musste, wie ich jetzt begriff.

„Warum hast du Wilfrid Eels getötet?"

Sie bog ihre Finger und streckte ihren Arm aus, als ob sie ihre Therapieübungen machen würde. „Das hätte ich nicht getan. Es war ganz allein seine eigene Schuld. Ich dachte, er hätte es gefunden, verstehst du? Er war ständig hier drin und arbeitete, aber ich sah ihn oft in Büchern stöbern. Ich war mir sicher, dass er von jemandem auch für die Suche nach den Manuskripten bezahlt wurde. Ich bin sicher, dass er Dinge kaputt machte, um sich länger in der Bibliothek aufhalten zu können. Er war so ungebildet, dass ich bezweifelte, dass er die Manuskripte erkennen würde, wenn er sie fände, aber dann sah ich ihn eines Tages kichernd und mit einem in Leder gebundenen Buch in der Hand."

„Und du dachtest, er hätte das Brontë-Manuskript entdeckt?"

„Es war das Einzige, an dem mir etwas lag." Sie zuckte jetzt mit den Schultern und schüttelte ihre Hand, vielleicht um sie wieder spüren zu können. *Lass dir Zeit*, hätte ich gern gesagt.

„Ich habe ihn gehört. ‚Ich habe es gefunden. Ich habe es gefunden.' Er führte Selbstgespräche und tanzte jubelnd auf und ab. Den Einband erkannte ich nicht als ein Buch, das ich schon einmal gesehen hatte. Und ich hatte diese Bibliothek systematisch Roman für Roman, Band für Band durchforstet, und doch war dieser dumme, unwissende Mann auf das gestoßen, wonach ich jahrelang gesucht hatte. Nach all den Opfern, die ich gebracht hatte, sollte er nicht mit diesem Buch davonkommen."

„Also hast du ihn die Treppe hinunter in den Tod gestoßen."

„Technisch gesehen ist er gefallen. Ich bat ihn höflich um das Buch. Er weigerte sich, es mir zu geben. Vielleicht habe ich ihn geschubst, aber er ist gestolpert und selbst ganz hinuntergefallen."

„Genau wie Georgiana Quales?"

Sie schien nachzudenken. „Nein, sie habe ich definitiv umgebracht. Ich habe ihr zuerst den Kopf eingeschlagen, so wie ich es bei dir versucht habe. Nur war sie nicht mehr so jung, und ihre Reflexe waren nicht so gut."

Wie kann jemand so leichtfertig über zwei Morde sprechen? Und sich dabei auf den dritten vorbereiten?

Ich musste mich wirklich zusammenreißen. Wenn ich nur hätte denken können. Mein Kopf pochte so stark, dass mir übel wurde, und ich konnte nicht einmal meinen verletzten Arm heben. Ich musste versuchen, eine Waffe zu finden. Oder Hilfe.

„Sieh mich nicht so an. Du wärst schon tot, wenn ich mich nicht von der Leiter hätte stürzen müssen, um keinen Verdacht auf mich zu lenken. Nach dieser Sache hier muss ich einen weiteren Termin mit der Physiotherapeutin vereinbaren. Sie wird nicht erfreut sein, dass ich es so übertreibe. Sie sprach von sanften Übungen."

„Aber Wilfred Eels hatte das Brontë-Manuskript gar nicht."

„Nein. Dummer Kerl. Er fand eine falsch eingeordnete frühe Ausgabe von *Jane Eyre* mit handschriftlichen Randnotizen. Er glaubte, das fehlende Manuskript gefunden zu haben. Was er fand, waren die Notizen, die eine Studentin für ein Essay an den Rand des Romans gekritzelt hatte."

„Er ist also umsonst gestorben." Ich konnte ihre Besessenheit nicht verstehen. „Es ist doch nur ein Buch."

„Nur ein Buch!" Ich dachte, sie würde mich für meine Unverschämtheit mit bloßen Händen erwürgen. „Diese Seiten sind voller Gedanken, die einem genialen Verstand und einem reinen Herzen entsprungen sind und von ihrer eigenen lieben Hand niedergeschrieben wurden. Ich habe Charlotte Brontë mein ganzes Leben lang verehrt. Diese Seiten hat sie berührt, und mit ihren eigenen bitteren Tränen benetzt. Das sind ihre eigenen Zeichnungen. Aber das Beste sind die Briefe. Sie hat es vielleicht nicht gewusst, aber sie schrieb an mich. Es wird ein privater Schriftwechsel sein, denn kein anderes Auge wird diese schönen Briefe je zu Gesicht bekommen."

„Wirst du zurückschreiben?" Mit Sarkasmus versuchte ich, meine Angst und die Übelkeit zu überwinden. Es funktionierte nicht.

Sie kniete nieder und sagte eilig: „So, genug geplaudert. Bringen wir es hinter uns."

Da die Sache, die sie hinter sich bringen wollte, meine Ermordung war, war ich nicht an einer Zusammenarbeit interessiert. Ich streckte meine unverletzte Hand aus, meine linke, die nicht viel taugte. Aber die Angst würde mir Kraft geben, da war ich mir sicher.

Ich war eine Hexe, rief ich mir in Erinnerung. Ich konnte zaubern. Denk nach. Denk an einen Zauberspruch. Der Aufräumzauber kam mir in den Sinn. Den schob ich beiseite. Mein Kopf schmerzte so sehr, dass ich nicht klar denken konnte. Die Panik war nicht gerade hilfreich. Auf der Suche nach Inspiration schaute ich mich um. Wenn ich eine Stunde Zeit gehabt hätte, um mich mit meinem Grimoire zu beschäftigen, hätte ich dieser Frau Einhalt gebieten können. Vielleicht. Aber hier war ich von Büchern umgeben, von nichts als Büchern, und ich wette, es war kein einziges anständiges Grimoire darunter.

Moment mal. Bücher. Als Waffe war ein Buch vielleicht

nicht viel, aber vielleicht konnte ich es schaffen, eines zu mir zu rufen.

„Buch sei hier, das befehle ich dir, so will ich es, so soll es sein."

Wahrscheinlich war das der schlechteste Versuch eines Zauberspruchs, den es je gegeben hatte.

Und doch bekam meine linke, ausgestreckte Hand den Rand eines Buches zu fassen, während sie mich an den Bücherkisten vorbeizog. Es war ein Taschenbuch, aber ich hielt es fest. Wenn ich ihr damit ins Gesicht schlagen könnte, könnte ich mich vielleicht wegrollen. Und dann rennen.

Mir war kalt geworden. Wahrscheinlich setzte der Tod bereits ein. Ich spürte, wie sie mich hinter sich herzog, und ich nicht die Kraft hatte, mich zu wehren. Ich versuchte, ihr mein Taschenbuch ins Gesicht zu knallen, aber sie schlug es weg.

Hinter ihr konnte ich sehen, wie nahe wir der Todestreppe kamen. Sie war mit einem Seil abgesperrt und ein Schild warnte die Bibliotheksbesucher, sie nicht zu betreten, aber das konnte Fiona McAdam nicht aufhalten.

„Hilfe." Meine Stimme war heiser und schwach. Rafe. Warum hörte er mich nicht? „Hilfe. „Rafe." Es heißt, dass Ertrinkende ihr Leben vor ihren Augen vorbeiziehen sehen. Ich sah einen weißen Blitz, und dann hörte ich einen Schrei. Einen Moment lang dachte ich, ich hätte selbst geschrien.

Aber ich war es nicht gewesen. Fionas Kopf zuckte zurück, und neben mir fiel ein Buch auf den Boden. Ich sah mich um, und ein weiteres Buch flog quer durch den Raum und traf sie am Kopf. Und dann noch eins. Sie schrie. „Aufhören! Aufhören!"

Fiona McAdam war alles andere als unentschlossen.

Immer wieder flogen Bücher auf sie zu und prallten an ihr ab, und trotzdem zerrte sie mich weiter. Wir waren jetzt nahe an der tückischen, mörderischen Treppe. Ich musste etwas tun. Der Poltergeist stand mir zwar zur Seite, aber retten musste ich mich selbst. Es gelang mir, eines der Bücher zu erwischen, das Fiona getroffen hatte und von ihr abgeprallt war. Es war ein gebundenes Buch. Mit meinem unverletzten Arm versuchte ich es erneut und zielte dabei auf ihre Nase. Ich schlug so fest ich konnte und als sie schrie und zurückfiel, wusste ich, dass ich sie getroffen hatte. Eine Stimme rief: „Lucy, beweg dich!"

Ich erkannte die Stimme nicht, aber ich folgte ihr blindlings. In dem Moment, als Fiona mich losließ, um sich die Hand an die Nase zu halten, rollte ich mich weg. Das war alles, was ich tun konnte, denn von der Anstrengung wurde ich beinahe noch einmal ohnmächtig. Dann hörte ich ein gewaltiges Krachen. Ein Bücherregal war zwischen uns gestürzt. Fiona war nicht getroffen worden, aber die Bücher stürzten alle auf sie, so dass sie zumindest ein paar Minuten lang bewegungsunfähig war. Ich stützte mich auf beide Hände und Knie. Aus meiner Kehle löste sich ein qualvoller Schrei.

Ok, nur auf eine Hand und die Knie. Meinen armen, verwundeten Arm hielt ich mir an die Brust und auf meinem gesunden Arm und zwei Knien kroch ich zur Tür. Wenn ich doch nur mein Telefon finden könnte. „Rafe", schrie ich erneut. Es klang wie ein müdes Quietschen.

Aber es genügte.

Die Eingangstür ging auf, und er war da. Er rannte auf mich zu, und drei Polizisten kamen hinter ihm her. „Fiona", sagte ich. „Es war Fiona."

Sie rannten an mir vorbei zu Fiona McAdam, die unter den Büchern eingeklemmt war und sich schreiend aufbäumte, um sich zu befreien.

Rafe hob mich sanft vom Boden auf und drückte mich an seine Brust. „Lucy. Mein Liebling. Lucy."

„Rafe."

Seine Stimme schien von weit her zu kommen. „Bleib bei mir", befahl er mit rauer Stimme.

„Ich gehe nirgendwo hin", sagte ich, schloss die Augen und ließ mich treiben.

KAPITEL 19

*I*ch wachte im Krankenhaus auf. Rafe saß neben mir. Eine Krankenschwester kam fast sofort herein und sagte mir, dass ich eine Gehirnerschütterung hatte, meine Schulter ausgekugelt und der ganze Arm stark geprellt war.

Natürlich war Rafe am Boden zerstört, weil er mich in der Gefahr zurückgelassen hatte. Wenn ein Vampir blass aussehen konnte, dann galt das jetzt für ihn. Um uns beide zu beruhigen, sagte ich: „Die gute Nachricht ist, dass ich nicht tot bin."

„Und der Arm ist nicht gebrochen." Dann nahm er meine linke Hand in seine. „Ich hatte versprochen, für deine Sicherheit zu sorgen. Ich habe versagt."

„Du bist gekommen, als ich dich gerufen habe." Ich hatte einen trockenen Mund und war verwirrt. „Das tust du immer."

„Ich war so gefangen in meiner Wut und meinem Wunsch nach Gerechtigkeit für Georgiana Quales, dass ich dich erst nicht gehört habe."

„Ich glaube, Georgiana hat mich gerettet."

„Das hätte ich tun müssen." Er konnte nicht genug für mich tun. Ich weigerte mich, mich von ihm zur Konvaleszenz, wie er es nannte, nach Crosyer Manor bringen zu lassen. Ich hatte das starke Gefühl, dass ich dort in Watte gepackt und so sehr verwöhnt werden würde, dass ich nachher gar nicht mehr wegwollte. Es war eine verlockende Aussicht, aber ich hatte ein Geschäft zu leiten und ein unabhängiges Leben zu führen.

Rafe tat sein Bestes, verständnisvoll zu sein, und dank meiner Gehirnerschütterung verschwendete er nicht viel Zeit darauf, sich mit mir zu streiten. Granny und Sylvia holten mich im Bentley vom Krankenhaus ab, und ich wurde stilvoll nach Hause gefahren. Rafe schickte mir William Thresher, damit er mir meine Lieblingsspeisen kochen und meinen Kühlschrank füllen konnte. Wunderschöne Blumensträuße trafen ein, und jeden dritten Tag wurden sie auf wundersame Weise durch frische Blumen ersetzt.

Alle Vampire besuchten mich, und ich entdeckte, dass das Beste an einer ausgekugelten Schulter war, nicht stricken zu müssen. Ich hatte nicht einmal ein schlechtes Gewissen, als sie an meinem Bett saßen und strickten und häkelten, während sie mir alle Neuigkeiten erzählten.

Rafe war mein häufigster Besucher, und mit jedem Blick, jedem kleinen Geschenk, jedem neuen Blumenstrauß sagte er: „Es tut mir leid, dass du wegen mir fast umgebracht worden wärest."

Ich fühlte mich von ihnen allen beschützt und verwöhnt. Wenn ich auch nur ein bisschen stöhnte, waren Granny oder Sylvia gleich zur Stelle, schüttelten meine Kissen auf, gaben mir Schmerzmittel und brachten mir Snacks und Getränke mit. Granny berichtete mir, dass Rafe darauf bestand, dass sie ständig in Alarmbereitschaft waren, falls ich etwas brauchte. Sie sagte das ziemlich entrüstet. „So, als ob er deiner eigenen Großmutter sagen müsste, wie sie dich pflegen soll."

Die weltgewandte Sylvia erklärte es Granny: „Er wird sich nie verzeihen, dass er nicht da war, als sie ihn brauchte. Er wäre gern selbst Tag und Nacht hier, aber sein Schuldgefühl und sein Anstand verbieten es ihm."

Ich drückte es etwas moderner aus: „Er will nicht wie ein gruseliger Stalker wirken."

Sylvia schüttelte den Kopf. „Ihr modernen Frauen habt keinen Sinn für Romantik. Lucy, er sagt dir damit, dass er dich liebt."

Das wusste ich. Ich wusste auch, dass ich Zeit brauchte. Wenn man beinahe umgebracht wurde, bekam das Leben eine neue Perspektive. Ich genoss jede Minute, vom Geschmack meines Morgenkaffees bis zum Duft jedes frischen Blumenstraußes, der ankam.

Während ich arbeitsunfähig war, las ich Jane Eyre. Nicht das unschätzbar wertvolle Manuskript, sondern eine Taschenbuchausgabe. Ich hatte es vor Jahren schon einmal gelesen, aber da ich wegen Charlotte Brontë fast gestorben wäre, fühlte ich mich mit ihr seelenverwandt. Und seltsamerweise spürte ich beim Lesen des Romans eine starke Verbindung zur Titelheldin.

Genauso wie ich hatte sie ohne Freunde und fehl am Platz angefangen. Und Mr Rochester hatte eine verblüffende Ähnlichkeit mit Rafe Crosyer, mit seiner grüblerischen Art und seinem herrischen Wesen. Ich war am Ende des Buches angekommen. *Leser, ich heiratete ihn*, hallte es in meinem Kopf.

Fiona McAdam war in der Nacht, in der sie versucht hatte, mich zu töten, verhaftet worden. Theodore sagte mir, er vermute, dass ihre Anwälte auf „nicht schuldig wegen Unzurechnungsfähigkeit" plädieren würden, sodass sie nicht ins Gefängnis, sondern in eine Klinik für kriminelle Geisteskranke käme. Wenn es eine literarische Gerechtigkeit gäbe, müsste man sie auf einem Dachboden einsperren. Es war mir egal, wohin sie kam, solange sie niemandem mehr schaden konnte.

Sylvia erzählte mir, dass Reginald Camerons Anwälte alles daransetzten, dass er nicht einmal angeklagt würde. Anfangs war ich wütend. Er hatte sich vielleicht nicht als Mörder entpuppt, aber er hatte definitiv einen Diebstahl vorgehabt, als er die Hausmeister von St. Mary's anheuerte, um nach den Manuskripten zu suchen.

Er hatte versucht, sie von Georgiana Quales zu kaufen, und als sie ablehnte, lud er Cassandra Telford zum Mittagessen und zum Tee ein. Sie hatte die Termine zwar in Georgiana Quales' Kalender eingetragen, aber sie war diejenige, die zu den Treffen ging, nicht ihre Chefin. Sie gab zu, dass sie sich anfangs geschmeichelt gefühlt hatte, dass ein Mann wie er sich für sie interessierte, und erst vor kurzem hatte sie verstanden, dass er mehr an ihrer Verbindung zum College interessiert war. Sicherlich hatte er damit mangelndes Feingefühl an den Tag gelegt, aber dafür, dass man Frauen benutzte, kam man wohl nicht hinter Gitter.

Erschreckender war die Tatsache, dass sich der amerikanische Milliardär die Art von Anwälten leisten konnte, die für ihn die These verfochten, er hätte, als er sich spät nachts mit Travis und einer Taschenlampe in die Bibliothek geschlichen und die Manuskripte durchgeblättert hatte, nichts

Schlimmeres im Sinn gehabt als die Bestätigung ihrer Echtheit. Die Anwälte behaupteten, er habe die Absicht gehabt, ein sehr großzügiges Angebot für den Kauf der Manuskripte zu unterbreiten.

Mein Zustand erlaubte es mir bereits wieder, in meinem Wohnzimmer zu sitzen, und, als Rafe und Granny bei mir saßen, sprachen wir natürlich über nichts anderes. Granny wurde richtig wütend. „Da Reginald Cameron keine Bücher aus der Bibliothek mitgenommen hat, glaube ich, dass er mit dem Beinahe-Diebstahl dieser Manuskripte noch einmal davonkommen wird."

Mein Herz stockte, als Rafe in dem kältesten Tonfall, den ich je gehört habe, erwiderte: „Nein, das wird er nicht".

„Rafe, mach keine Dummheiten."

„Die größte Dummheit, die ich je gemacht habe, war, dich in dieser Bibliothek mit einer hinterhältigen Mörderin allein zu lassen. Keine Sorge, Reginald Cameron wird sein Leben nicht lassen müssen. Ich habe eine viel angemessenere Strafe für ihn im Sinn."

Ich wusste nicht, ob ich ihm glauben sollte, aber er wechselte das Thema und sprach etwas an, das mich sehr interessierte. Abendessen mit Spielfilm. William hatte mir ein wunderbares Essen zubereitet. Ich konnte riechen, wie es in der Küche aufgewärmt wurde. Dann bot mir Rafe für den Abend drei Filme zur Auswahl an. „Ich habe Sylvia um Empfehlungen gebeten, und hier sind sie."

Es waren *Casablanca*, *Vom Winde verweht* und der erste *Star Trek*-Film. Ich blickte zu ihm auf. „*Star Trek* hat Sylvia nicht vorgeschlagen."

„Nein", gestand er. „Ich habe auch Violet gefragt, was dir gefallen könnte."

„Ich habe viel Zeit. Sehen wir sie uns alle an."

Er stellte die letzte Vase mit frischen Blumen so hin, dass ich den Fernseher besser sehen konnte. „Nach dem Essen gibt es Popcorn."

Ich lehnte mich zurück und dachte, dass sich dieser Abend ziemlich gut entwickelte. „Rafe, machst du mir etwa den Hof?"

Er sah mich fragend an. „Wenn du mich das fragen musst, Lucy, dann mache ich es wohl nicht besonders gut."

KAPITEL 20

*E*s war ein kalter, aber sonniger Tag, Mitte Februar.
Ich war in einen schönen dicken Schal gehüllt, der
sich herrlich bequem um meinen Arm schlang. Dieser
steckte immer noch in einer Schlinge, obwohl ich diese nicht
ständig brauchte. Meine untoten Pflegekräfte vergewisserten
sich erst, dass die Ärztin mit meinem Ausflug einverstanden
war, und sie erlaubte es, solange ich mich mit dem Arm nicht
in eine Menschenmenge begab. Da ich meine linke Hand
immer noch nicht richtig gebrauchen konnte, hatte Sylvia
mich geschminkt und frisiert, und Granny hatte mir ein
wunderschönes blaues Kaschmirkleid geschenkt, das sie an
meinem Bett gestrickt hatte.

Vielleicht waren wir eine unkonventionelle Familie, aber
die Vampirgemeinschaft, die unter meinem Laden wohnte,
war meine zweite Familie geworden.

Sylvia half mir die Treppe hinunter, obwohl ich es
durchaus allein geschafft hätte, und Rafe fuhr den Wagen
direkt vor meinen Laden. Als ich herauskam, hielt er mir die

Autotür auf und sah mich besorgt an. „Bist du sicher, dass du fit genug bist?"

„Also ehrlich, wenn ich nicht bald aus meiner Wohnung rauskomme, werde ich noch verrückt."

Außerdem würde ich mir diesen Auftritt nicht nehmen lassen. Nicht um alles in der Welt.

Unsere Fahrt zum St. Mary's College war leise und kurz. Als wir dort ankamen, half Rafe mir zärtlich aus dem Auto, dann gingen wir durch den Haupteingang des Colleges. Würdenträger, Studierende, Unipersonal und geladene Gäste waren bereits dort. Ich freute mich, Judith Morgan und ihre Eltern hier zu sehen. Carlos hatte Hester eingeladen, und sie standen dicht nebeneinander und unterhielten sich.

Bevor ich die Bibliothek betreten konnte, musste ich erst einmal tief durchatmen, aber ich spürte sofort den Unterschied in der Stimmung dort. Sie war viel freudiger und viel weniger gruselig als bei meinen letzten Besuchen dort. Es war eine große Menschenmenge versammelt, und Amelia Cartwright als Rektorin war ganz in ihrem Element. Als sie uns sah, kam sie sofort lächelnd auf uns zu. Zuerst streckte sie Rafe beide Hände entgegen. „Dies ist ein wundervoller Tag, und ohne Sie wären wir nicht hier. Ich wünschte, ich dürfte mich richtig, öffentlich bei Ihnen bedanken." Er schüttelte nur den Kopf.

Dann wandte sie sich mir zu. „Und Lucy. Es tut mir sehr leid, dass Sie verletzt wurden, aber es war alles für einen guten Zweck."

Ich würde über meine Verletzung vielleicht nicht auf diese Art sprechen, aber es war mir eine gewisse Genugtuung zu wissen, dass dieses College nun gerettet sein würde. „Und Sie wollen auch nicht erwähnt werden?"

Wie Rafe war ich der Meinung, dass es immer besser war, das Rampenlicht zu meiden, wenn man Geheimnisse zu wahren hatte. Also beharrte ich darauf, so wenig getan zu haben, dass ich einfach gekommen war, um das glückliche Ergebnis zu genießen.

Nachdem wir herumgegangen waren und unsere Bekannten begrüßt hatten – die für Rafe den größten Teil der Anwesenden umfassten und für mich Judith Morgan und ihre Eltern sowie Hester und Carlos –, bat Amelia Cartwright alle um Ruhe. Sie stand am Rednerpult, und hinter ihr befand sich ein mit blauem Stoff bespanntes Gestell. In ihrer unmittelbaren Nähe standen Würdenträger, Medienvertreter und einige sehr wichtige Personen, die extra aus Yorkshire angereist waren.

Mit einem freundlichen Lächeln und ganz ohne Mikrofon begrüßte sie alle und wies dann mit einer Geste auf zwei schlicht gekleidete Frauen.

„Unsere lieben Freundinnen vom Brontë Parsonage Museum in Haworth, Yorkshire! Es ist mir eine große Freude, Ihnen allen mitzuteilen, dass ein sehr großzügiger Mäzen, der darum gebeten hat, anonym zu bleiben, die beiden Schätze von St. Mary's erworben hat, also ein Manuskript aus Charlotte Brontës eigener Hand, mit einer Reihe von Briefen, und ein Originalmanuskript von *Frankenstein*. Das *Frankenstein*-Manuskript bleibt in Oxford, in der Bodleian-Library. Das Brontë-Manuskript spenden wir dem Brontë Parsonage Museum, im Namen einer Frau, die es sich zur Lebensaufgabe gemacht hat, die Werte des St. Mary's College zu fördern. Diese Frau ist meine Vorgängerin, Professor Georgiana Quales."

Es gab begeisterten Beifall im ganzen Saal, und mir

wurde klar, dass viele der Anwesenden eingeladen worden waren, weil sie sich noch an Georgiana Quales erinnerten.

„Wir werden die Originalmanuskripte zwar nicht aufbewahren, aber originalgetreue Kopien der Originale sind nun Teil unserer ständigen Sammlung. Wir werden diesen Flügel der Bibliothek zum ‚Georgiana Quales Memorial'-Flügel umbenennen."

Ich kannte nicht alle Einzelheiten, aber ich wusste, dass Rafe und die Anwälte von Reginald Cameron eine Vereinbarung getroffen hatten, nach der der Milliardär die Manuskripte, die er unbedingt haben wollte, erwerben und dann spenden durfte, damit jeder, der das wollte, sie sehen, studieren und sich an ihnen erfreuen konnte. Damit sollten sowohl rechtliche Unannehmlichkeiten als auch unerfreuliche Publicity vermieden werden. Ich bezweifelte, dass auch der Georgiana-Quales-Flügel dieses Colleges auf das Konto des Wohltäters Cameron ging und vermutete, dass der Mann an meiner Seite dafür verantwortlich war, auch wenn er es natürlich niemals zugeben würde.

Ich schaute um mich herum in lauter glückliche Gesichter, als Amelia Cartwright allen berichtete, dass das St. Mary's College dank dieser Großzügigkeit für die absehbare Zukunft finanziell abgesichert sei.

Während alle klatschten, bemerkte ich eine Bewegung am anderen Ende des Raumes. Der untere Teil der halb kippbaren Fenster stand jeweils etwa einen Zentimeter weit geöffnet, vermutlich um frische Luft hereinzulassen, während sich so viele Personen in der Bibliothek aufhielten. Ich bemerkte ein Stück Stoff, das über der Fensterbank zu hängen schien.

Als ich es erkannte, stockte mir der Atem. Ich stupste

Rafe an und flüsterte: „Der Schal von Georgiana Quales. Siehst du ihn? Er hängt an der Fensterbank."

Rafe folgte meinem Blick, und dann schwebte der Schal vor unseren Augen aus dem Fenster und verschwand, als hätten ihn unsichtbare Hände von außen in die Freiheit gezogen.

„Gute Reise, Georgiana", flüsterte er.

Als die Gedenktafel enthüllt wurde, nahm ich meinen rechten Arm aus der Schlinge und ergriff Rafes Hand.

Danke, dass Sie das Buch gelesen haben. Ich hoffe, Sie hatten Spaß mit Lucys neuestem Abenteuer. Werfen Sie hier gleich noch einen Blick in den nächsten Krimi, *Gargoyles und Geheimbünde.*

Eine Nachricht von Nancy

Liebe Leser und Leserinnen,

Vielen Dank, dass Sie die Serie der Strickclub der Vampire lesen. Ich freue mich sehr über die Begeisterung, die diese Serie hervorruft. Ich habe vor, noch viele Geschichten über Lucy und ihre bestrickenden Vampire folgen zu lassen.

Über Rezensionen freue ich mich immer, und vergessen Sie nicht, anderen Liebhabern von Häkel- und Strickkrimis von dieser Serie zu erzählen.

Sie können Ihre Rezension auf Amazon hinterlassen.

Ihre Beiträge sind die Wolle, mit der ich diese Geschichten stricke.

Bis zum nächsten Mal.
Viel Spaß beim Lesen,

Nancy

BÜCHER VON NANCY WARREN

Erfahren Sie mehr über neue Ausgaben und Sonderangebote in Nancy's Newsletter (auf Englisch) bei NancyWarrenAuthor.com oder folgen Sie ihr auf Facebook auf facebook.com/nancywarrenDeutsche

Der Strickclub der Vampire

Der Strickclub der Vampire: Band 1-3

Der Blumenladen von Willow Waters

Die Magie der Pfingstrose - Band 1

Das Verwunschene Brautkleid

Eine Serie aus fünf romantischen Komödien über Frauen, die auf der Suche nach dem richtigen Kleid, den dazu passenden Schuhen und dem perfekten Mann sind.

Die Flucht der Braut - Buch 1

Die Braut aus Zweiter Hand - Buch 2

Brautjungfer zu mieten - Buch 3

Ein Brautkleid zum Verlieben - Buch 4

Wenn das Kleid passt - Buch 5

Die Oma

Das Jahr, in dem die Weihnachtsoma das Weite suchte

Um eine vollständige Liste ihrer Bücher zu sehen, gehen Sie auf Nancys Website NancyWarrenAuthor.com

ÜBER DIE AUTORIN

Nancy Warren ist eine USA Today Bestseller-Autorin und hat mehr als 100 Romane verfasst. Sie stammt ursprünglich aus Vancouver, Kanada, zieht jedoch gerne um und hat längere Zeit in England, Italien und Kalifornien gewohnt. Die Inspiration zur Strickrunde der Vampire kam ihr während ihrer Zeit in Oxford. Gegenwärtig lebt sie teils in Großbritannien, in Bath, wo sie oft so tut, als sei sie Jane Austen, oder zumindest eine von deren Romanfiguren, und teils in Victoria, Britisch-Kolumbien, wo sie es genießt, am Meer zu leben. Zu ihren Lieblingsmomenten zählen die Tage, als sie die Antwort in einem Kreuzworträtsel der kanadischen Zeitung National Post war, als sie es mit ihrem Roman Speed Dating, dem Auftakt zur Buchreihe Harlequin's NASCAR, auf das Titelblatt der New York Times schaffte, und die drei Male, als sie für den RITA-Award, den bedeutenden Preis für englischsprachige Liebesromane, nominiert wurde. Sie hat einen MA in kreativem Schreiben von der Bath Spa University. Sie ist eine begeisterte Wanderin, liebt Schokolade und vor allem liebt sie es, von ihren Lesern zu hören!

Die beste Weise, mit ihr in Kontakt zu bleiben, ist, sich über NancyWarrenAuthor.com für Nancys Newsletter anzumelden (auf Englisch).

Mehr über Nancy und ihre Bücher erfahren Sie hier:
NancyWarrenAuthor.com

facebook.com/nancywarrenDeutsche

instagram.com/nancywarrenauthor

amazon.com/Nancy-Warren/e/B001H6NM5Q

goodreads.com/nancywarren

bookbub.com/authors/nancy-warren